MOEWIG BEI Ullstein

ZUM BUCH:

Grace Asherton erhält einen Brief von ihrer Kusine Willa, die in Stockholm bei der britischen Botschaft arbeitet. Aufgrund einer Absprache aus Kindertagen glaubt Grace, einen verschlüsselten Hilferuf aus dem Brief lesen zu können. Als sie nichts mehr von Willa hört, fliegt sie nach Stockholm, um nach dem Rechten zu sehen. Willa ist verschwunden. Bei ihren Nachforschungen lernt Grace auch die anderen Botschaftsmitglieder kennen. Sie scheinen alle sehr nett und hilfsbereit. Oder haben sie doch etwas zu verbergen? Nach und nach kommt Grace zu der Überzeugung, daß hinter dem Verschwinden ihrer Kusine wesentlich mehr steckt als ein Liebhaber ...

ZUR AUTORIN:

Dorothy Eden verbrachte ihre Kindheit auf einer Farm in Neuseeland. Mit sechzehn siedelte sie nach England über, wo sie eine Zeitlang als Sekretärin arbeitete, bevor sie sich der Schriftstellerei widmete. Sie schrieb etwa dreißig Romane, mit denen sie zu einer international bekannten Autorin wurde. Dorothy Eden gilt als eine der erfolgreichsten Schriftstellerinnen Englands. Sie starb 1983 in London.

DOROTHY EDEN

Die Spur führt durch die Wälder

Roman

MOEWIG BEI Ullstein

Moewig bei Ullstein
Englischer Originaltitel:
Waiting For Willa
Übersetzt von
Elisabeth Epple

Ungekürzte Ausgabe

Umschlagentwurf:
Hansbernd Lindemann
Illustration:
Silvia Christoph

Printed in Germany 1994
Druck und Verarbeitung:
Ebner Ulm
ISBN 3 8118 2829 0

September 1994
Gedruckt auf alterungs-
beständigem Papier mit
chlorfrei gebleichtem Zellstoff

Die Deutsche Bibliothek –
CIP-Einheitsaufnahme

Eden, Dorothy:
Die Spur führt durch die Wälder /
Dorothy Eden. [Übers. von
Elisabeth Epple]. – Ungekürzte
Ausg. – Rastatt : Moewig bei
Ullstein, 1994
Einheitssacht.: Waiting for
Willa <dt.>
ISBN 3-8118-2829-0

Von derselben Autorin
in der Reihe
Moewig bei Ullstein:

Krähenrufe (62671)

1

Die etwas eintönige schwedische Landschaft schoß unter den Tragflächen des Flugzeugs dahin. Endlose, ordentliche Nadelwälder, wie mit einem Besen ausgefegt, hin und wieder verstreute, herbstlich gefärbte Birken, oder Felsen, die wie weißlich schimmerndes Gebein wirkten. Dazwischen kleine, dunkelrote Häuschen, geduckt zwischen den Bäumen, als ob sie jemand zufällig dort verloren hätte.

Es war zu spät, um Willas Brief noch einmal zu lesen. Grace kannte ihn ohnehin schon beinahe auswendig. Die erste Seite enthielt Willas impulsive Schilderung ihres Lebens in Stockholm. Auf ihre ungezwungene Art erzählte sie von den Leuten, die sie kennengelernt hatte, von Partys, vom andersgearteten Essen. Alles, sogar wenn es nur eine Bemerkung über das Wetter war, klang bei ihr aufregend und nach Überraschung.

Die magere Willa mit ihrem scharf geschnittenen Gesicht hatte sich schon immer gewünscht, mehr zu sein als sie war. Sie gab sich deshalb die größte Mühe, all das zu tun, was sie für ungeheuer wichtig hielt, um bedeutend zu sein.

Sie ist so ganz und gar anders als ich selbst, dachte Grace in ihrer nüchternen Art. Trotzdem wußte nur sie von den wahren Gefühlen, die hinter Willas künstlicher Fröhlichkeit, ihren exzentrischen Frisuren und auffallenden Kleidern steckten.

Gerade deshalb war Grace über den letzten, kurzen Absatz in Willas Brief so erschrocken.

»Jedenfalls muß ich Dir mitteilen, daß sich eine bestimmte Situation zu entwickeln beginnt. Sag jetzt nicht, daß das immer der Fall bei mir ist, denn diesmal ist es etwas ganz anderes. Ich habe einen Entschluß gefaßt, und ich weiß nur noch nicht, ob es der richtige war. Obwohl es einfach für mich keinen anderen Ausweg mehr gibt . . .

Wilhelmina.«

Und das war der springende Punkt. Als sie beide zehn Jahre alt waren und auf verschiedene Internate geschickt wurden, hatten Grace und Willa eine Abmachung getroffen.

Falls Willa in Schwierigkeiten kommen sollte (seltsamerweise hatten sie beide nie daran gedacht, daß etwa Grace Schwierigkeiten haben könnte), sollte sie ihren Brief mit ihrem vollen Namen unterschreiben, mit dem altmodischen Wilhelmina, das sie geradezu haßte. Wilhelmina. Das war also ein geheimer Hilferuf, ein privates SOS.

Es war eine der üblichen verrückten Schulmädchen-Abmachungen, von der sie seit Jahren keinen Gebrauch mehr gemacht hatten. Ja, Grace hatte sie schon beinahe vergessen, bis dieser Brief aus Stockholm ankam. Das unvertraute ›Wilhelmina‹, quer über das ganze Blatt gekritzelt, hatte ihrem Herzen einen schmerzhaften Stich versetzt. Was war das für eine geheimnisvolle Situation, die sich noch dazu entwickelte, und weshalb konnte Willa auf ihre gewöhnliche, sorglose Art nicht damit fertig werden?

Nachdem Grace den Brief erhalten hatte, wartete sie ungefähr eine Woche in der Annahme, daß sehr bald ein weiterer Brief folgen und diesen Hilferuf erklären würde. Sie hätte zudem gern jemanden um Rat gefragt. Es gab da eine Reihe von Leuten, die ihr nur zu gern geholfen hätten. Ihre Verleger, die sowohl Geschäftspartner als auch persönliche Freunde waren, ihr Vater, und noch ein paar von ihren und Willas Freunden. Sie alle wären sicher begierig gewesen, diesen Brief auf ihre Weise zu interpretieren und herauszulesen, was hinter den Worten und zwischen den Zeilen stand.

Die Mütter von Grace und Willa waren eineiige Zwillinge gewesen und enger miteinander verbunden als mit ihren Ehemännern oder ihren Töchtern. Innerhalb weniger Monate waren sie beide auch gestorben. Ihre geheimnisvolle Verbundenheit hatte sie sogar im Tod vereint.

Grace und Willa hatten abgemacht, daß es sich um eine wirklich geheime und wichtige Sache handeln müsse, wenn sie das Codewort benützten. Weshalb sonst hätten sie es anwenden sollen? So war es offensichtlich Willas Wunsch, daß niemand außer Grace von ihren Schwierigkeiten, welcher Art sie auch immer sein mochten, erfahren sollte.

Man könnte sich fragen, weshalb Willa nicht einfach schrieb: ›Kannst du kommen?‹ Sie wußte, daß Grace sich in deem rastlosen und gereizten Stadium zwischen der Arbeit an zwei Büchern befand. Sie hatte während des Sommers gelegentlich geschrieben, daß Grace kommen und einige Zeit bei ihr bleiben solle, sobald sie das eine Buch beendet habe. Diese Einladung war verlockend.

Willa bewohnte der Schilderung nach ein hübsches Apartment in Strandvägen, der Straße, von der aus man auf den Hafen sehen konnte und einen wundervollen Blick auf den königlichen Palast und die Gebäude der Altstadt hatte. Das war der Vorteil einer Stellung an der Botschaft. Ein Mädchen verdiente dort genug Geld, um angenehm leben zu können. Wäre Willa in London geblieben, hätte sie jetzt höchstens Kindermädchen in der Fulham Road sein können, was besonders bitter gewesen wäre, zog man in Betracht, daß Grace gerade anfing, mit ihrer Schreiberei ein hübsches Einkommen zu verdienen. Trotz ihrer tiefen Zuneigung zueinander wetteiferten die Kusinen nämlich verbissen. Erst unlängst hatte sich Grace gefragt, ob ihr eigener, unbescholtener Ruf Willa nicht geradezu herausforderte, die Ereignisse in ihrem Leben zu dramatisieren oder gar Dramen zu erfinden.

Was auch immer die Ursache dieses Briefes sein mochte, irgend etwas mußte geschehen.

Grace schickte ein Telegramm: ›VERSTEHE DEINEN BRIEF NICHT, SCHREIB MEHR.‹

Als nach einer Woche keine Antwort eintraf, befand sich Grace in einem so erregten und besorgten Zustand, daß sie sich eine Flugkarte nach Stockholm besorgte und noch einmal telegrafierte, um Tag und Stunde ihrer Ankunft mitzuteilen.

Und da war sie nun.

Obwohl sie eine ziemlich ängstliche Person war, die selten etwas aus einer Augenblickslaune heraus tat, fand sie es doch recht lustig, eine so nutzlose Reise zu unternehmen. Denn dafür hielt sie das Ganze, da sie sicher war, Willa würde sie hinter dem Zoll erwarten und ausrufen: ›Grace! Das ist einfach wundervoll, daß du kommst.‹

Es war ein unerwartet kalter und frostiger Tag. Über die Landebahn fegte ein scharfer Wind. Airport-Wind, dachte Grace und hüllte sich enger in ihren Mantel. Sie überlegte, wie rasch sich die warme und einschmeichelnde Luft Englands in diesen nördlichen Winterhauch verwandelt hatte. Der Himmel war blaß und klar, mit einem zartrosa Hauch am Horizont. Man mußte unwillkürlich an Finnland und Lappland denken, an Treibeis und an den Polarstern.

Und plötzlich fand Grace alles sehr aufregend. Sie war froh, daß sie hergekommen war. Und sie zweifelte nicht im geringsten daran, daß Willa sie willkommen heißen würde.

Doch Willa war nicht auf dem Flugplatz, um sie zu empfangen.

Eine Anzahl gleichgültiger Leute, in der Hauptsache wohl Schweden, in schwere Mäntel und Überzieher gehüllt, die Hüte tief in die blassen Gesichter gezogen, standen jenseits der Barriere. Niemand war da, der auch nur im entferntesten Willa glich. Auch wenn Grace bedachte, daß man bei Willa nie wußte, welche Haarfarbe sie im Augenblick bevorzugte oder welcher Mode sie sich gerade verschrieben hatte. Ihr Blick wanderte suchend die Reihe entlang . . .

Willa war nicht unter den Wartenden.

Grace lauschte zerstreut dem tadellosen Englisch des Zollbeamten.

»Sie sind auf Ferien hier, Miß Asherton?«

»Ja.«

Ein Stempel wurde in ihren Paß gedrückt.

»Tak. Wir wünschen einen angenehmen Aufenthalt.«

Niemand holte sie ab.

Der Flughafenbus füllte sich mit Fremden. Dann kam die lange Fahrt durch die unfreundlich wirkende Landschaft zur Stadt. Der Verkehr wurde immer dichter, rasante Volvos, Mercedes und Saabs. Ein langgestreckter, schmaler Friedhof mit hohen, düsteren Kiefern, die die grauen Grabsteine winzig erscheinen ließen, bemalte und vergoldete Tore, die zu Palästen führten, in der Ferne die strengen Umrisse von Hochhäusern. Dann der Busbahnhof und ein finster blickender Taxifahrer, der Grace zu Willas Wohnung in Strandvägen hinausfuhr.

Die Tür des schmalen dunkelroten Hauses, das dem Hafen gegenüberlag, wurde von einer stämmigen Frau geöffnet, deren blaßblaue Augen mit der Zeit farblos geworden waren. Sie waren rund und hervorquellend wie stumpfe Achate und verliehen der Frau einen Ausdruck unendlicher Kälte, obwohl ihre Stimme höflich und sogar bemerkenswert freundlich klang.

»Sprechen Sie Englisch?« fragte Grace, und als die Frau dies bejahte: »Wohnt hier Miß Willa Bedford?«

»Sie wohnt hier, aber sie ist im Augenblick nicht da. Hat sie Sie erwartet?«

»Ich bin nicht sicher. Wissen Sie, wo sie ist?«

»Nej. Sie hat mir nicht gesagt, wohin sie gegangen ist. Kommen Sie herein. Der Wind ist zu kalt.«

Grace folgte ihr in die schmale, fliesenbelegte Eingangshalle. Sie sah eine steile Treppe, ein Brett an der dunkelbraunen Wand mit einer Liste von Namen, vermutlich jenen der Mieter, und einen Tisch mit unabgeholter Post.

»Ich bin Frue Lindström«, sagte die Frau. »Sind Sie eine Freundin von Froken Bedford?«

»Ja, ihre Kusine. Grace Asherton. Ich schickte vor ein paar Tagen ein Telegramm, aber sie hat es nicht beantwortet.«

Die Frau nahm einen Umschlag vom Tisch.

»Dies hier? Es ist noch immer da. Ungeöffnet, denn Froken Bedford ist noch nicht zurückgekommen.«

Grace fröstelte plötzlich.

»Hat sie Ihnen gesagt, wie lange sie fortbleiben würde?«

»Nicht ein Wort. Sie ist mit einer kleinen Tasche abgereist.«

»Wann?«

»Lassen Sie mich nachdenken – vielleicht vor zehn Tagen.«

Das war ungefähr um die Zeit, als sie diesen Brief an Grace geschrieben hatte. ›Eine Situation ist eingetreten . . .‹

»Aber sie kommt doch bestimmt zurück?«

»Ich nehme an. Sie hat noch immer ihr Apartment. Soviel ich weiß, ist die Miete bis Ende des Jahres bezahlt. Ich nehme an, sie wird all das kaum so ohne weiteres aufgeben.«

»Nein, das wird sie nicht. Haben Sie vielleicht einen Schlüssel zu dem Apartment. Mrs. Lindström? Könnte ich vielleicht hinaufgehen?«

»Sicher. Sie sind mir willkommen. Ich bin froh, daß Sie gekommen sind. Ich war ein wenig, nun ja . . .«

»In Sorge?« fragte Grace instinktiv.

Die Frau schüttelte den Kopf. »Verwirrt vielleicht. Es ist jetzt so ruhig da oben, verstehen Sie? Froken Bedford war nicht gerade eine stille junge Dame.«

»Pflegte sie Ihnen hin und wieder etwas zu erzählen?«

»Ja, das ist es, was ich meine. Zuerst hat sie dauernd geplaudert. In letzter Zeit wurde sie plötzlich ruhig. Dann kam sie die Treppe herunter mit ihrer Tasche und sagte, sie würde für kurze Zeit weggehen und wie froh sie sei, daß sie keinen Vogel habe.«

»Einen Vogel?«

Frue Lindström lächelte unerwartet herzlich.

»Sie wollte sich einen Kanarienvogel kaufen, der singen kann. Sie sagte, ihr Zimmer sei zu ruhig. Sie liebt den Lärm. Ich nehme an, Sie wissen das?«

Grace nickte zustimmend. Willa mochte weder die Stille noch die Dunkelheit. Sie war sechzehn, als sie sich dazu überreden ließ, ohne Nachtlicht zu schlafen.

»Ein singender Kanarienvogel. Es war eine hübsche Idee

von ihr. Vielleicht ist sie weggegangen, um einen zu suchen. Wer weiß. Diesen Weg hier, bitte, Froken Asherton. Die Treppe ist steil. Geben Sie acht, aber es ist nur zwei Stock hoch.«

Willa hatte niemals irgendwo gelebt, ohne dem Ort ihre unverkennbare Note zu geben. So triumphierte auch hier ihr Wesen über die modernen, zweckentsprechenden Möbel, den makellos sauberen Fußboden, die schmucklosen Beleuchtungskörper.

Eine Tischlampe mit einem gelben Rüschchenschirm, ein dunkles Gemälde in einem enormen vergoldeten Rahmen, das beinahe die Hälfte der Wand einnahm, ein lustiger, dickbauchiger chinesischer Ofen mit Blumenmuster. Perserteppiche vor der niederen Couch. Eine Unmenge von Kissen in kräftigen Farben. Die Vorhänge waren von Samtbändern zurückgehalten. Topfpflanzen. Willa hatte mit Topfplanzen immer eine glückliche Hand gehabt.

Und der leere Vogelkäfig in Form einer chinesischen Pagode.

Willa pflegte zu sagen, sie habe das Zeug zu einem umherziehenden Trödelsammler. Innerhalb einer Zeit von nur sechs Monaten hier in Schweden hatte sie tatsächlich eine Menge teurer Trödlerwaren zusammengetragen. Das dunkle Bild sah aus wie ein Original. Die Farben der persischen Teppiche leuchteten, sie schienen echt zu sein. Wie konnte Willa sich von dem Gehalt einer Sekretärin der Britischen Botschaft das alles kaufen? Hatte ihr ein Freund dies alles geliehen oder geschenkt?

»Es ist hübsch«, sagte Grace, da Frue Lindström offensichtlich einen Kommentar erwartete.

»Ja. Sie hat es sehr hübsch gemacht. Immer hat sie irgend etwas Neues gefunden. Sie müssen ihr Schlafzimmer und das Bett ansehen.«

Das Schlafzimmer war zwar klein, aber entzückend eingerichtet. Mit einem zartgrauen, geschwungenen Bett, das wie eine Babywiege aussah, und dem gleichfarbigen Toilettentisch, dazu eine passende Garderobe. Wenn das Bett eine echte Antiquität war, mußte es eine Menge gekostet haben. Es war möglicherweise eine Kopie. Aber selbst dann konnte es immer noch nicht billig gewesen sein.

»Es stammt aus der Zeit Gustavs III.«, erklärte Frue Lindström mit Kennermiene und berührte andächtig die geschwungenen Enden.

»Echt?«

»Nej. Aber doch fast so alt. Es war in ganz miserablem Zustand, als sie es hierherbrachte. Aber Herre Polsen hat ihr geholfen, es anzustreichen.«

»Herre Polsen?«

»Das ist der Herr, der hier drüber wohnt. Er hat das Dachgeschoß und stößt sich dauernd den Kopf an.« Frue Lindström verfiel in ein unmotiviertes Kichern. »Er trägt den Kopf zu hoch.«

»Ist er Schwede?«

»Halb Schwede, halb Däne. Er hält Vorlesungen an der Universität.«

»Vielleicht hat meine Kusine ihm gesagt, wohin sie gegangen ist«, meinte Grace hoffnungsvoll.

»Vielleicht. Es gehört nicht zu meinen Aufgaben, mich darum zu kümmern.« Die Frau rasselte mit den Schlüsseln. »Was haben Sie nun vor, nachdem Ihre Kusine nicht da ist, um Sie zu empfangen?«

»Ich weiß nicht.« Grace sah zum Fenster hinaus in den schon dunkler werdenden Himmel. Wieder überfiel sie die Melancholie, die sie schon am Flugplatz empfunden hatte, als Willa nicht da war, um sie abzuholen. Und auch Verwirrung. Wo in aller Welt konnte Willa sein?

»Könnte ich die Nacht über hierbleiben?« fragte sie. Frue Lindström dachte nach.

»Ich denke, das kann ich erlauben. Ich bin nur die Beschließerin, aber das Apartment gehört Ihrer Kusine, die Miete ist bezahlt. Warum also nicht? Wer könnte etwas dagegen haben? Die Hotels in unserer Stadt sind sehr teuer.«

»Willa kann morgen schon zurück sein.«

»Eben.«

»Und Sie sind ganz sicher, daß sie nicht gesagt hat, wie lange sie wegbleiben wollte?«

»Kurze Zeit, sagte sie. Wie lange ist eine kurze Zeit? Eine Woche, zwei Wochen?«

»Was machte sie für einen Eindruck? War sie erregt? Ich meine so, als ob sie in Ferien fahren würde?«

»Nur in großer Eile, so, als ob sie einen Zug erreichen müsse. Es tut mir leid, daß ich Ihnen nicht mehr sagen kann, Froken Asherton.«

»Sie waren sehr freundlich. Ich werde hierbleiben. Und ich werde die Botschaft anrufen. Dort muß man wissen, wo meine Kusine ist. Sie würde nicht einfach von ihrer Arbeit weglaufen. Sie hat vermutlich noch Urlaubstage gut, die sie noch vor Einbruch des Winters nehmen muß.«

»Das ist wahr. Wenn der Winter erst einmal anfängt, dauert es lange genug. Die Engländer mögen unseren Winter nicht.« Frue Lindström lächelte flüchtig, ihr plumpes Gesicht verzog sich in tausend Fältchen, doch ihre blassen Augen blieben völlig ausdruckslos. »Dann werde ich Sie also allein lassen. Wenn Sie irgend etwas brauchen, klopfen Sie an meine Tür, ich bin immer da.«

Als sie in dem hübschen Zimmer allein war, wurde Grace von Unbehagen überwältigt. Die teuren Teppiche, das dunkle Bild, das zwar nicht antike, aber trotzdem alte und teure Bett ... Welche Art von Leben führte Willa? Wurde sie von einem Mann ausgehalten? Sogar wenn dies der Fall gewesen wäre, war das kein Grund, allzu unglücklich zu sein. Nichts, woraus man ein Geheimnis machen mußte.

Die zu stille Wohnung wirkte unleugbar ein wenig drükkend. Sie deprimierte ein wenig. Lag es an den alten Sachen? Die Fenster blickten auf den im Dämmerlicht stahlgrauen See, die schlingernden Boote lagen vertäut. Das patinierte Kupfer des Palastdaches und der Kirchturm am jenseitigen Ufer wurden leuchtender im schwächer werdenden Licht. Eine wunderbare Aussicht. Im Sommer mußte es ein Flimmern und eine wahre Farbenpracht sein. Jetzt aber wirkte alles öde, kalt und trostlos.

Grace zog die Vorhänge zu, um das alles auszuschließen, und knipste die Lampe mit dem gelben Rüschchenschirm an.

Sie versuchte, logisch zu denken. Es würde in der Wohnung wohl nichts Eßbares geben. Sie mußte also ausgehen und irgend etwas kaufen, bevor die Läden schlossen. Aber zuerst mußte sie die Botschaft anrufen und versuchen, Willas Chef zu sprechen. Einen Mann namens Sinclair. Er war einer der jüngeren Diplomaten. So viel wußte Grace. Willa hatte geschrieben: ›Mein Chef, Peter Sinclair, ist ein sehr umgänglicher Bursche, er zwingt mich nicht dazu, hart zu arbeiten.‹

»Ich habe nicht verstanden. Würden Sie mir Ihren Namen noch einmal sagen?«

»Grace Asherton. Willa Bedfords Kusine. Ist Willa nicht Ihre Sekretärin?«

»War.«

Die Stimme klang lakonisch, unbeteiligt. *War!*

»Ist sie es denn nicht mehr? Ich meine, ich weiß, daß sie im Augenblick nicht da ist, denn ich bin gerade angekommen, um sie zu besuchen, und fand eine leere Wohnung. Aber sie wird sicher zurückkommen. Alle ihre Sachen sind da.«

»Einen Moment. Eines nach dem anderen. Ich nehme an, sie wird wohl zu ihren Sachen zurückkehren, aber nicht an ihren Arbeitsplatz. Sie hat die Stelle aufgegeben. Wußten Sie das nicht?«

Graces Finger umkrampften den Telefonhörer. Frue Lindström mußte die Heizung hier oben abgedreht haben. Es war schaurig kalt.

»Nein, das wußte ich nicht.«

»Sie hat Ihnen nicht gesagt, daß sie heiraten will?«

»Heiraten?!«

Die Stimme am Telefon wurde noch ein wenig kühler. »Offensichtlich also nicht. Nun, auch uns hat sie überrascht.«

»Aber wen hat sie geheiratet? Wissen Sie das?«

»Nein. Leider nicht. Einen Mann namens Gustav. Hören Sie, wir können das nicht gut am Telefon besprechen. Wenn Sie sich Sorgen machen, kommen Sie zu mir, und ich werde Ihnen alles sagen, was ich weiß.«

»Machen Sie sich Sorgen, Mr. Sinclair?«

Kam das kurze, trockene Lachen zu rasch?

»Nicht im mindesten. Willa war ein fantastisches Mädchen, aber, ganz unter uns, nicht gerade die geborene Sekretärin.«

Schon wieder *war*. Sicherlich nur ein Versprecher.

»Ich möchte gern zu Ihnen kommen, Mr. Sinclair.«

»Ja, tun Sie das. Aber nicht hierher ins Büro, sondern in meine Wohnung. Meine Frau wird sich freuen, Sie kennenzulernen. Heute abend?«

»Geht das? Ich gestehe, ich mache mir Sorgen.«

»Natürlich. Sechs Uhr? Nehmen Sie ein Taxi. Wir wohnen in einem Apartment-Block gleich beim Vallhallavägen. Er heißt Vasahuset. Nummer neun, zweiter Stock. Haben Sie's?«

»Ja.«

»Gut. Bis später.«

Und wieder war das Zimmer still, stiller als zuvor. Grace betrachtete den leeren Vogelkäfig, die welken Topfpflanzen, das schmale, graue Bett im Schlafzimmer. Ein Einzelbett. Das bedeutete natürlich nichts, außer daß Willa möglicherweise nicht mit einem Liebhaber zusammengelebt hatte. Außerdem hätte Frue Lindström eine so interessante Information bestimmt nicht für sich behalten.

Grace ging in die Küche und ließ Wasser in eine Kanne laufen, um die welken Pflanzen zu gießen. Es wäre ein Jammer, wären sie kaputt, wenn Willa zurückkehrte. Sie hätte allerdings daran denken sollen.

Aber was bedeuteten Topfpflanzen im Vergleich zu einem brandneuen Ehemann?

War das die Situation, aus der sie nicht herausfinden konnte? Erwartete sie ein Kind? Grace wußte, daß sie bereits einmal, vor zwei Jahren, eine Abtreibung an sich vornehmen ließ. Sie hatte das ganz im geheimen gemacht und Grace erst drei Wochen später ins Vertrauen gezogen. Aber dann hatte sie ihr bleich und unglücklich gestanden, daß sie sich eigentlich deswegen haßte, daß sie diese ungeheure Schuld auf sich geladen habe. Seitdem träume sie immer wieder davon, daß sie ein totes Baby in den Armen halte. Sie sagte, es habe keine andere Möglichkeit gegeben. Der Mann, wer immer es auch war, hätte keinerlei Verantwortungsgefühl, und es wäre verrückt und verantwortungslos von ihr, ein unerwünschtes Kind in die Welt zu setzen. Auch ohne einen solchen Lebensbeginn wendeten sich die Karten oft genug zum Unglück. Sie selbst würde aber so etwas bestimmt nicht wieder tun.

Willas Unempflindlichkeit hatte ihr jedoch rasch über diese Periode der Niedergeschlagenheit hinweggeholfen, und bald schon genoß sie das Leben wieder in vollen Zügen. Damals hatte sie begonnen, auf Partys dunkle Brillen zu tragen, die sie bedeutend erscheinen ließen. Wenigstens bildete sie sich das ein.

Nur Grace wußte, was für ein zwiespältiger Mensch Willa war. Doch obwohl sie ihre Kindheit und die meiste Zeit ihrer Jugend gemeinsam verbracht hatten und trotz ihrer engen Verwandtschaft verstand nicht einmal Grace ihre Kusine vollkommen.

»Du kannst sicher sein, ich werde mich nicht wieder drankriegen lassen«, hatte Willa mehr als einmal in bezug auf die unglückliche Geschichte gesagt.

Wenn sie sich also jetzt doch hatte drankriegen lassen, mußte sie es wohl gewünscht haben. War der Vater vielleicht dieser mysteriöse Gustav, der von der Situation nicht so begeistert war?

All diese wilden Vermutungen gingen Grace durch den Kopf. Sie hoffte nur, daß Peter Sinclair in der Lage sein würde, alles aufzuklären. Wieviel vertraute eine Sekretärin ihrem Chef an? Das kam wohl auf den Chef an. Vielleicht hatte Willa ein paar Freundinnen in der Botschaft, obwohl sie nicht der Typ war, der enge Freundschaft mit Frauen schloß. In einem fremden Land, in dem sie alle Ausländer waren, mochte das aber vielleicht anders sein.

Abwesend öffnete Grace ihren Koffer und begann auszupacken. Nachdem sie nur mit einem Aufenthalt von etwa einer Woche gerechnet hatte, hatte sie nicht viel mitgebracht. Die Garderobe sollte allerdings kein Problem darstellen – außer daß Willas Kleiderschrank im Schlafzimmer geradezu gerammelt voll von Kleidern war und die Auswahl schwerfiel.

Hatte sie denn überhaupt nichts auf die Hochzeitsreise mitgenommen? Oder war sie verrückt geworden und hatte alles neu gekauft und dieses einfach umwerfende, golden glitzernde Cocktailkleid zurückgelassen, den modischen Hosenanzug aus Seidenjersey, das kleine rote Kleid, das nagelneu wirkte, all die langen Hosen und Röcke, den zottigen, schwarzen Pelzmantel (genau das Richtige für das Land bei diesem scheußlichen Wetter), die Unmengen von Schuhen, von denen kaum ein Paar abgetretene Absätze hatte.

Heiratete Willa einen Millionär?

Graces Hand zitterte leicht, als sie begann, die Schubladen des Toilettentisches zu öffnen. Es war schwierig zu sagen, wieviel Make-up Willa mitgenommen hatte, denn sie hatte schon immer Dutzende von geheimnisvollen Töpfchen, Tuben und Tiegeln besessen.

Auch über den Schmuck wußte Grace nicht Bescheid, obwohl ein oder zwei sehr wertvolle Stücke darunter waren. Die Wäsche konnte sie nicht kontrollieren. Sie hatte Grund anzunehmen, daß Willa sich ein aufregendes neues Negligé und ein ebensolches Nachthemd gekauft hatte. Und der Morgenrock, der hinter der Tür hing, hatte auch schon bessere Tage gesehen.

Doch die Kleider im Garderobenschrank verwirrten Grace am meisten. Ob Peter Sinclair oder sonst jemand Willa jemals in diesem goldenen Cocktailkleid gesehen hatte? Es war nicht eben das übliche Abendkleid für eine Stenotypistin auf einer Party der Botschaft.

»Oh, Willa!« platzte Grace laut heraus. »Warum um alles in der Welt bist du so geheimnistuerisch geworden? Wenn du nicht wolltest, daß ich all das erfahren sollte, weshalb hast du mir dann dieses SOS geschickt? Werde ich jetzt vielleicht auch gar den Kühlschrank voller Lebensmittel finden?«

Genau das war der Fall, obwohl man nicht behaupten konnte, daß er überfüllt gewesen wäre. Nur die Dinge, die man üblicherweise im Haus hatte, wie Butter, Tiefkühlgemüse, Eier, ein halber Laib Brot, die Reste eines Bratens, sorgfältig in Frischhaltefolie gewickelt.

Alles Dinge, die man zurückläßt, wenn man vorhat, in ein oder zwei Tagen wieder zurückzukehren. Oder wenn man in so großer Eile weg mußte, daß man auf solche Kleinigkeiten nicht mehr achtete.

2

Die Tür der Wohnung in Vasahuset wurde von einem kleinen sommersprossigen, unansehnlichen Mädchen mit Rattenschwänzen geöffnet. Hinter ihr stand ein kleiner, ebenfalls nicht sehr hübscher Junge.

Die Kinder kicherten.

»Hallo«, sagte Grace. »Wohnt hier Mr. Sinclair?«

»Natürlich. Er ist unser Vater«, sagte das Mädchen naseweis. Und der Junge fügte weniger keck, aber doch in dem Wunsch, von seiner Schwester nicht in den Schatten gestellt zu werden, hinzu: »Väter wohnen immer bei ihren Kindern.«

»Sei still, Alexander! Die Dame weiß das. Mein Bruder ist erst vier«, erklärte das kleine Mädchen Grace und fügte dann höflich hinzu: »Möchten Sie nicht lieber hereinkommen?«

Eine Stimme aus dem Innern der Wohnung rief:

»Georgy! Alexander! Laßt Miß Asherton doch nicht draußen auf der Treppe stehen!«

»Sie kommt schon rein, Daddy. Ich habe sie gerade eingeladen.«

Ein Mann erschien und strich sich sein dichtes blondes Haar zurück. Er sah nicht besonders gut aus, seine Haut war mit blassen Sommersprossen übersät (die hatten die Kinder also von ihm geerbt), er war ein wenig zu feist, aber das Lächeln, mit dem er Grace begrüßte, hatte Charme.

»Miß Asherton? Kommen Sie herein. Diesem geschwätzigen Volk wird eben beigebracht, daß es zwar zu sehen, aber nicht zu hören sein soll, ob Sie's glauben oder nicht. Wir hätten schon vor Jahren damit beginnen sollen. Geht sofort hinauf, alle beide.«

Er streckte die Hand nach Grace aus. Die Kinder protestierten lautstark.

»Aber Daddy, es ist erst sechs Uhr. Wir haben noch nicht zu Abend gegessen!«

»Hinauf!« rief ihr Vater und deutete mit dem Finger nach oben.

Die Kinder erkannten die Gefahr und flüchteten. Peter Sinclair lächelte entschuldigend und geleitete Grace in das Wohnzimmer.

»Sie gehören nicht zu meinen besten diplomatischen Erfolgen. Die Kinder sind einfach verwöhnt. Meine Frau meint, das kommt daher, weil wir immer im Ausland leben. Was möchten Sie trinken? Sherry, Gin oder das Landesgetränk, Schnaps? Nein, den sollten Sie doch lieber nicht trinken. Die Schweden bestehen beinahe fanatisch darauf, ihn nur zum Essen zu trinken. Und das ist gut so.«

»Ich würde gern einen Scotch trinken«, gestand Grace. »Ich gebe zu, ich bin vollkommen durcheinander. Ich komme hierher, um Willa zu besuchen, und finde nichts als ein großes Geheimnis.«

»Hat sie Sie erwartet?« fragte Peter Sinclair mit dem Rükken zu ihr, weil er an der Bar stand.

»Nein. Ich kam aus einer Augenblickslaune heraus.«

»Also dann ist ja nichts Geheimnisvolles an der Geschichte. Willa hat Sie nicht erwartet und ist daher auch nicht da, um Sie zu empfangen. Sagten Sie, Sie seien Kusinen?«

»Ja, und eigentlich mehr, unser Verhältnis ist trotz unserer Verwandtschaft sehr eng.«

Peter Sinclair hatte sich umgedreht und gab ihr den Scotch. Er sah sie aufmerksam an.

»Sie gleichen ihr nicht. Nicht im mindesten.«

Er betonte das. Grace dachte, daß er ihre unauffällige Erscheinung als uninteressant abtat. Und das war sie auch, nicht nur im Vergleich zu Willas Hang zum Überschwenglichen, sondern weil sie sich schon immer lieber zurückgezogen hatte, mit ihrem nachdenklichen, oft finster blickenden Gesicht, mit ihrem Haar, das trotz allen Bürstens und Pflegens oftmals unordentlich vom Kopf abstand, mit ihrem eckigen Körper, der noch dünner war als der von Willa, und ihren kleinen, plumpen Händen.

»Ich behauptete nicht, daß wir uns ähnlich sehen. Ich sagte nur, daß wir einander verstanden. Daß wir einander alles sagten. Oder fast alles.«

»Aber nicht etwas so Wichtiges wie Heiratspläne«, fügte der Mann gedankenvoll hinzu und ließ Eisstückchen in ein anderes Glas fallen. »Ist es das, was Ihnen zu denken gibt?«

»Natürlich. Würden Sie sich da keine Gedanken machen?«

»Ja, ich nehme an, wenn ich mit jemandem so verbunden wäre, wie Sie es anscheinend mit Willa waren. Ich weiß nicht. Was die wirklich wichtigen Dinge angeht, so finde ich, können die Menschen äußerst zurückhaltend sein. Vielleicht aus Angst, daß man ihre Pläne nicht billigt.«

»Weshalb sprechen Sie immer in der Vergangenheitsform?« fragte Grace. »Sie haben das schon am Telefon gemacht. Sie sagten, Willa war ein fantastisches Mädchen. Jetzt sagen Sie, ich *war* mit ihr verbunden, nicht ich *bin*.«

»Du lieber Himmel, Sie sind aber in bezug auf Kleinigkeiten sehr empfindlich. Ich habe mir gar nichts dabei gedacht. Ich nehme an, das kommt daher, weil Willa für mich schon Vergangenheit ist. Immerhin ist sie seit zehn Tagen weg, und ich habe inzwischen eine neue Sekretärin, eine Miß Jenkins, eine ausgezeichnete Schreibkraft. Ich kann ihr gar nicht genug Arbeit verschaffen. Aber sie lähmt mich einfach. Ich glaube, die schusselige Arbeitsweise Ihrer Kusine war mir doch lieber.« Er zuckte die Achseln. »Sekretärinnen kommen und gehen. Wußten Sie das nicht? Sie selbst sind keine?«

»Nein.«

Er wartete darauf, daß sie ihm sagte, was sie sei. Aber Grace achtete nicht darauf. Sie hatte das Gefühl, daß er geflissentlich darauf bedacht war, nicht über Willas Verschwinden zu reden, daß er sie geschickt auf andere Geleise zu lenken versuchte. Das kommt daher, daß er Diplomat ist, dachte sie.

»Bitte, Mr. Sinclair, erzählen Sie mir etwas über diesen Gustav. Oder wer immer das sein mag.«

»So hat Willa ihn immer genannt. Und mein Name ist Peter. Wir wollen nett zueinander sein. Wie heißen Sie?«

»Grace. Aber haben Sie ihn denn niemals kennengelernt?«

»Nein. Ich war nur Willas Chef, wissen Sie. Ich habe mich nicht in ihre Privatangelegenheiten gemischt.«

»Natürlich. Das verstehe ich. Aber da ich weiß, was Willa für eine Klatschbase ist, habe ich doch gedacht, sie hätte Ihnen von etwas so Wichtigem, wie es eine Heirat ist, erzählt.«

»Habe ich nicht genau das eben gesagt? Je wichtiger die Angelegenheit ist, um so verschwiegener werden die Leute.«

»Wenn es etwas zu verbergen gilt«, sagte Grace mit einem Gefühl des Unbehagens.

»So etwas wie eine überstürzte Heirat?«

»War es das?«

»Sieht beinahe so aus, nicht wahr?«

»Aber weshalb?«

»Wer weiß? Vielleicht Widerstände von seiten der Familie des Mannes? Vielleicht war er schon verheiratet und mußte sich erst scheiden lassen? Vielleicht wollte er alle Welt vor eine vollendete Tatsache stellen?«

»Wissen Sie wirklich nicht mehr darüber?«

Peter saß auf dem Sofa neben Grace. Er hatte große, sehr ernste blaue Augen, mit denen er sie jetzt fest ansah. Sie konnte sich vorstellen, daß er auf die gleiche Weise eine widerspenstige Sekretärin ansah oder einen Fremden, der sich erlaubte, den Standpunkt der Britischen Botschaft nicht zu teilen.

»Ich sage Ihnen alles, was ich weiß, und das ist verdammt wenig. Willa war ein ausgesprochenes Party-Mädchen. Ich nehme an, Sie wissen das. In letzter Zeit hat sie sich zu viele Nächte um die Ohren geschlagen, kam zu spät ins Büro und machte schockierende Fehler. Ihre Arbeit wurde allmählich wirklich unmöglich. Ich mußte sie verschiedene Male zurechtweisen. Sie sagte dann, es täte ihr leid, sie stand ganz unter dem Einfluß dieses Gustav. Der wollte nie zu Bett gehen. Nein, ich meine, er ließ ihr viel zuwenig Schlaf. Ob sie miteinander geschlafen haben, weiß ich nicht. Das ging mich nichts an. Ich ärgerte mich nur über ihre schlecht geschriebenen Briefe und über die Unpünktlichkeit. Es war ein Jammer. Wir alle mochten Willa. Auch meine Frau. Willa kam immer hierher und hütete die Kinder. Bis sie Gustav kennenlernte. Dann hatte sie niemals mehr Zeit.«

»Ist Gustav Schwede?«

»Anscheinend. Bei diesem Namen.«

»Aber Willa hat Ihnen niemals irgend etwas über ihn erzählt?«

»Nein. Ich bilde mir ein, er lebte auf dem Lande. Woher ich das weiß, kann ich nicht sagen. Willa pflegte an den Wochenenden hinauszufahren. Dann, vor ungefähr zwei Wochen, kam sie morgens – sogar fünf Minuten zu früh – in mein Büro gestürzt und erklärte, sie wolle kündigen. Sie würde heiraten. Und ob es sehr unpassend wäre, wenn sie jetzt sofort zusammenpacken und gehen würde.«

»Noch im gleichen Augenblick?«

»Praktisch ja.«

»Waren Sie damit einverstanden?«

»Mir blieb nicht viel anderes übrig. Ich wußte, ich würde keinerlei Leistung aus ihr herausbekommen, wenn ich darauf bestand, daß sie blieb, und sie wußte, daß ich eine Aushilfskraft vom Land bekommen konnte. Sie wollte nicht einmal ein weiteres Wochensalär oder was sie auf ihrem Konto noch guthatte. Sie ging, ohne eine Adresse zu hinterlassen, und noch immer wartet hier ein Scheck darauf, daß sie ihn abholt.«

»So weiß in der Tat niemand, wo sie ist.«

»Bist jetzt nicht. Aber nun schauen Sie doch nicht so erschrocken drein, Grace. Sie wird schon auftauchen. Trinken Sie noch etwas!«

Grace überließ ihm ihr Glas. Sie versuchte an all die Dinge zu denken, die sie fragen sollte und die möglicherweise wichtig waren. Aber wie sollte sie ihre Gedanken ordnen?

»Sagen Sie mir noch eines, Mr. Sinclair, ich meine Peter. Glauben Sie, daß sie schwanger war?«

Er antwortete nicht gleich. Er nahm das Eis mit einer Silberzange und ließ den Würfel mit einem Plumps ins Wasser fallen.

»Das könnte sein«, sagte er endlich.

»Vermuten Sie das nur? Oder hat sie es Ihnen gesagt?«

»Nein, sie hat es mir nicht gesagt. Sie ließ nur einmal eine versteckte Bemerkung darüber fallen, daß sie noch rechtzeitig zum Altar käme. Wenn ich jetzt recht darüber nachdenke, war diese Andeutung gar nicht so versteckt. Ich glaube, ihre Absicht war sogar kristallklar.«

»Allem Anschein nach hatte sie ja noch einige Monate Zeit, um zum Altar zu gehen«, bemerkte Grace trocken. »Wenn man ihr die Schwangerschaft noch nicht einmal ansah.«

»Ja. Der springende Punkt mochte wohl der sein, daß Gustav eventuell noch seine Absicht ändern könnte. Sie hat ihn ungefähr auf die Art geschnappt wie einen abfahrenden Zug.«

Peter begann plötzlich zu lachen. Seine blauen Augen strahlten fröhlich.

»Ich weiß nicht, weshalb wir so niedergeschlagen sind. Dies ist doch eigentlich eine glückliche Angelegenheit. Willa hat den Mann geangelt, den sie haben wollte. Andernfalls hätte sie sich wohl kaum durch einen kleinen Fehler wie eine Schwangerschaft in seine Arme treiben lassen. Es wird sicher nicht mehr lange dauern, und sie wird als strahlende Braut auftauchen.«

»Ich frage mich, ob er vielleicht nicht erwischt werden wollte«, murmelte Grace. »Sind die Schweden in diesen Dingen eigentlich ehrenhaft?«

»So ehrenhaft wie die meisten Männer, würde ich sagen. Ehrenhaft – welch ein Ausdruck! Bedenken Sie doch, wenn ein Mädchen es so offensichtlich darauf anlegt, einen Mann auf diese Weise einzufangen . . .«

»Willa würde das nicht tun«, sagte Grace entrüstet. »Das weiß ich. Ich kenne sie. Aber sie würde auch keine Abtreibung vornehmen lassen, um irgend jemandem einen Gefallen zu erweisen.«

»Und weshalb nicht?«

»Weil sie das schon einmal getan hat, und das brach ihr dann beinahe das Herz. Sie kam jahrelang nicht von ihrer Schuld los. Sie sagte, das Baby würde zurückkommen und sie holen.«

»Um Himmels willen! Diese Seite Willas kenne ich gar nicht.«

»Solltest du das?« ertönte eine Stimme von der Tür her. Beide wandten sich nach der Frau um, die dort stand, einer schlanken, dunkelhaarigen Person mit seltsam glücklosen Augen.

»Kate«, sagte Peter und sprang auf. »Komm, das ist Grace. Willas Kusine. Ich habe dir gesagt, daß sie kommt. Meine Frau Kate, Grace.« Sie schüttelten sich die Hände. Kates Händedruck war kraftlos. Sie sah müde aus. Um ihre Augen lagen dunkle Ringe.

»Hallo«, sagte sie. »Sie ähneln Willa nicht, nicht wahr?

Wieso sind Sie so schnell nach Stockholm gekommen? Hat Willa Sie darum gebeten?«

»Nein. Nun eigentlich nicht direkt. Sie schrieb mir einen Brief, den ich nicht verstand.«

»Du meine Güte, Sie müssen sehr aneinander hängen, daß Sie auf einen geheimnisvollen Brief hin nach Stockholm fliegen.«

»Sie hat auch nicht auf mein Telegramm geantwortet«, sagte Grace. »Das sieht ihr nicht ähnlich. Und außerdem, ja, wir hängen aneinander.« Ihr Ton war leicht ärgerlich. Wie kam diese blasierte Frau dazu, zu glauben, daß Empfindungen zwischen Familienmitgliedern etwas Seltsames seien?

»Über den Brief haben Sie mir nichts erzählt«, sagte Peter.

»Ich bin noch nicht dazu gekommen. Ist das wichtig?«

»Nur in bezug auf das, was drin steht.«

Der Hilferuf? Grace hatte nicht die Absicht, über diese geheime Abmachung zu einem Fremden zu sprechen. Wenigstens jetzt noch nicht. Wenn die Dinge noch verwirrter oder gar alarmierend würden, könnte sie das noch immer nachholen, aber das war natürlich ausgeschlossen. Alles würde sich über kurz oder lang in Wohlgefallen auflösen.

Kate nahm den Drink, den ihr Peter reichte, und leerte das Glas, als ob sie sehr durstig wäre. Über den Rand des Glases hinweg musterte sie Grace mit ihren dunklen Augen.

»Es stand nichts Besonderes in dem Brief«, sagte Grace. »Willa schrieb nur, daß sie sich in einer Situation befinde, aus der sie nicht mehr heraus könne. Ich nehme an, das bedeutete, daß sie schwanger ist, wie Peter sagt. Was glauben Sie?« fragte sie Kate.

»Ja, ich bin auch der Meinung. Nicht, daß sie mir etwas gesagt hätte, dieses Vertrauen schenkte sie eigentlich nur meinem Mann.«

Verbarg das Flattern ihrer Stimme Bitterkeit? Aber das Gebaren dieser jungen Frau war zu hochmütig, sie schien weder etwas erfreuen noch erschüttern zu können. Sie bildete einen rechten Kontrast zu ihrem Mann mit seinem direkten, gewinnenden Lächeln.

»Da irrst du dich, meine Liebe«, sagte Peter leichthin. »Sie hat mir nichts gesagt. Sie machte nur Andeutungen. Aber ich kann zwei und zwei zusammenzählen.«

»Eines Abends hätte sie sich hier beinahe übergeben«, sagte Kate. »Nach nur einem Drink. Sie sagte, sie sei müde. Zu viele durchtanzte Nächte. Aber wenn man selbst ein Baby gehabt hat, kennt man das Aussehen. Als sie in der darauffolgenden Woche kündigte, konnte ich auch zwei und zwei zusammenzählen. Außerdem trug sie plötzlich diesen auffälligen Ring.«

»Kate meint, daß er wie ein Familienerbstück aussah«, erklärte Peter. »Es war tatsächlich der Siegelring eines Mannes, Lapislazuli mit eingraviertem Wappen. Willa mußte ihn am Mittelfinger tragen. Er war für ihren Ringfinger zu groß.«

»Könnte das das Wappen von Gustavs Familie gewesen sein?« fragte Grace.

»Ich habe nicht die leiseste Ahnung«, sagte Peter fröhlich. »Ich kenne mich in den alten schwedischen Familien nicht besonders gut aus. Wir bewegen uns kaum in derartigen Kreisen. Nicht wahr, Liebling?«

»Was haben Sie jetzt vor, Grace?« fragte Kate. »Wollen Sie hierbleiben, bis Willa auftaucht?«

»Ja.« Grace faßte den Entschluß in diesem Augenblick. »Ich kann in ihrer Wohnung bleiben. Die Beschließerin ist eine komische Frau mit Augen wie weiße Murmeln. Sie sagte mir, die Miete sei bis Ende des Jahres bezahlt. Willa wird also zurückkehren. Außerdem hat sie praktisch alle ihre Sachen hiergelassen. Ein wunderbares Bett aus der Zeit Gustavs III. Ich kann mir während der Zeit des Wartens Stockholm ansehen.«

»Viel Vergnügen«, sagte Kate spöttisch.

»Mögen Sie es nicht? Soviel ich vom Taxi aus sehen konnte, erschien es mir recht hübsch.«

»Warten Sie den Winter ab. Warten Sie, bis es niemals mehr richtig hell wird, bis der Schnee fällt und die Nacht ewig zu dauern scheint. Ich habe nur einen Winter hier erlebt, und ich weiß heute noch nicht, wieso ich nicht verrückt geworden bin.«

Peter legte seinen Arm liebevoll um seine Frau.

»Kate sehnt sich noch immer zurück nach Surbiton, nicht wahr, Liebes? Auf Cypern war es das gleiche, obwohl dort die Sonne genug schien. Es ist nicht nur der lange nördliche Winter, es ist ständiges Heimweh.«

Kate legte in einer plötzlichen Aufwallung ihren Kopf an seine Schulter.

Peter sah über ihren Kopf hinweg Grace an.

»Ich habe darum gebeten, in die Heimat versetzt zu werden, wenn meine Zeit hier um ist. Aber ich muß weitere zwei Jahre hier bleiben, und du mußt das durchstehen, meine Liebe. Oder willst du, daß ich mein Leben lang ein kleiner Sekretär im Foreign Office bleibe?«

»Ich verabscheue den Winter zutiefst«, nörgelte Kate. »Die Kinder sind die ganze Zeit im Haus, sie machen einen solchen Krach, und immer, wenn man zum Fenster hinaussieht, ist es dunkel. Das macht mich verrückt.«

»Komm, komm, Liebes, so schlimm ist es nun wieder nicht. Du gehst auf eine Menge Partys.«

»Botschafts-Partys.«

»Nun, das sind nicht die schlechtesten. Und die Getränke sind frei. Man sieht eine Menge neue Gesichter. Wir haben gerade wieder eine Party, Grace, würden Sie zu einer kleinen Gesellschaft kommen, die morgen abend stattfindet? Wie meine Frau sagt, werden zwar in der Mehrzahl Botschaftsleute dort sein, aber Sie werden auf diese Weise alle kennenlernen, die Willa kannten. Irgend jemand kann Ihnen vielleicht etwas Wichtiges sagen.«

»Ich komme sehr gern«, sagte Grace. »Wie nett von Ihnen.«

Sie erhob sich und wollte gehen.

»Ich werde Sie zurückbringen«, sagte Peter. »Okay, Liebling?« Er drückte seine Frau wieder an sich. »Ich bleibe nicht lange. Sag den Kindern, daß ich noch hinaufkomme und ihnen gute Nacht sage.«

Im Auto stieß Peter einen deutlichen Seufzer aus und sagte: »Es tut mir leid, daß Kate wieder einmal ihre Rolle gespielt hat. Sie tut das jedesmal.«

»Ist sie hier denn so unglücklich?«

»Ich vermute es. Tatsache ist, daß sie einfach nicht glücklich sein will. Als sie mich heiratete, wußte sie, daß dies unser Leben sein würde. Sie kommt aus einer sehr großen Familie und will alle um sich haben, Mama, Daddy, die Tanten, die ganze Bande. Besonders zu Weihnachten oder wenn eines der Kinder Geburtstag hat. Im Grunde ihres Herzens ist sie unverändert bürgerlich geblieben.«

»Und Sie nicht?«

»O Gott!«

»Aber verstehen Sie mich nicht falsch«, sagte er nach einer Pause. »Wir gehören zueinander. Wir tragen gemeinsam das Gute wie das Böse. Sie wird noch zwei weitere Jahre hier bleiben, dann werde ich mich mit einer Aufgabe in der Heimat zufriedengeben. Aber wie komme ich dazu, Ihnen von meinen Problemen zu erzählen, wenn wir genug damit zu tun haben, die Ihren zu lösen?«

»Nicht meine, die von Willa.«

»Oh, Willa hat jetzt keine mehr. Denken Sie an meine Worte. Was tun Sie, Grace? Ich meine, um zu leben?«

»Ich schreibe.«

»Tatsächlich?« Seine Stimme war voller Bewunderung. »Bücher?«

»Romane.«

»Aha! Das erklärt allerdings Ihre blühende Fantasie.«

»Im Fall von Willa? Aber ich habe doch nur Tatsachen erwähnt.«

»In einer höchst melodramatischen Art, wenn ich das sagen darf. Einfach so nach Stockholm zu fliegen. Obwohl das für uns sehr nett ist. Sie sind ein attraktives Mädchen, Grace. Anders als Willa.«

»Danke«, sagte Grace und wußte, daß er einer von den Männern war, die glauben, sie müßten einem Mädchen eine Menge schmeichelhafter Dinge sagen. Sie wußte außerdem, daß er kein Wort ernst meinte. »Darum geht es aber eigentlich nicht.«

»Im Leben eines Mädchens geht es immer darum. Streiten Sie das nur nicht ab. Und ganz nebenbei ...«, er hielt vor dem Haus in Strandvägen, wandte sich jetzt Grace zu und sah sie ernst an, » ... setzen Sie sich bloß nicht in den Kopf, dies sei ein Fall für die Polizei.«

»Aber daran habe ich überhaupt nicht gedacht«, rief Grace ehrlich erschrocken aus.

»Ich habe nur gemeint, Ihre Schriftstellerfantasie könnte Ihnen da einen Streich spielen. Sie könnten vielleicht ganz mysteriöse Dinge vermuten, Mord und Totschlag, aber das ist es ganz gewiß nicht. Ich habe ein Gefühl dafür. – Und außerdem können wir hier keinen Skandal brauchen. Das Prestige unseres Landes und so weiter. Sie verstehen schon. Gute Nacht, Grace. Ich freue mich schon, Sie morgen abend zu sehen.«

3

Als Grace das Haus betrat, öffnete sich die Tür der Parterrewohnung einen Spalt. Frue Lindström war also eine dieser lästigen Personen, die überall horchten und aufpaßten. Allerdings überraschte das Grace nicht, wenn sie an das auffallende Interesse der Frau an Willas Abwesenheit und ihrer eigenen Ankunft dachte. Vermutlich hoffte sie, Grace würde an ihre Tür klopfen, um ihr von ihren Unternehmungen zu erzählen. Als Grace aber mit betont lauten Schritten die Treppe hinaufstieg, schloß sie die Tür leise, fast bedauernd.

Grace hatte im Augenblick keine Zeit für Frue Lindström. Sie kochte vor Wut. Ihre Schriftstellerfantasie! Machte sich

Peter Sinclair lustig über ihre Sorge um Willa? Sie hoffte es. Sie hoffte es inständig. Denn falls seine Warnung wegen der Polizei ernst gemeint war, bedeutete das, daß er fürchtete, sie könnte etwas Unangenehmes entdecken.

Grace zündete in Willas stiller Wohnung alle Lampen an, um Gemütlichkeit zu erzeugen. Und sie setzte sich hin, um logisch nachzudenken.

Willa hatte ihr geheimes SOS gesandt. Sie mußte gewußt haben, daß dies eine sofortige Antwort von Grace zur Folge haben würde. Aber sie hatte nicht auf die Antwort gewartet. Sie war sogar fortgegangen, bevor sie noch Graces Telegramm erreichte. So würde sie entweder zurückkommen – oder sie hatte eine Nachricht hinterlassen, die Grace bei ihrer Ankunft finden sollte. Das war es. Unwillkürlich erschauerte sie.

Die Wohnung mußte irgendeinen Fingerzeig enthalten. Willa gehörte zu den Leuten, die Sachen an verrückten, aber augenfälligen Orten versteckten. Ihren Schmuck zum Beispiel in einer alten, allerdings unbenutzten Teekanne, ihr Tagebuch unter dem Kopfkissen. Grace stieß einen überraschten Ruf aus und wunderte sich, daß sie den allerwichtigsten Hinweis hatte vergessen können.

Willas Tagebuch war ebenso ein Teil ihrer selbst wie ihr Make-up, ihre Art zu sprechen, ihr eigenartiges Benehmen. Sie hielt sich für eine Fanny Burney des zwanzigsten Jahrhunderts und schilderte für die interessierte Nachwelt das Leben einer durchschnittlichen jungen Frau der modernen Zeit. Es dürfe erst vierzig Jahre nach ihrem Tode veröffentlicht werden, hatte Willa einmal in vollem Ernst gesagt, was eigentlich schade sei, da Grace bereits jetzt die Genugtuung habe, ihr eigenes Werk gedruckt zu sehen, worum sie sie beneide.

»Aber ich bin eine Tagebuchschreiberin, keine Romanautorin«, hatte Willa geseufzt. Sie hatte Grace gelegentlich Proben aus den kostbaren Büchern lesen lassen (zehn davon lagen bereits in einer verschlossenen Kiste unter Willas Sachen in England). Die Arbeiten waren unordentlich und undiszipliniert wie Willas Briefe, aber stellenweise verrieten sie eine seltsame Kraft, besonders der Absatz, den sie über ihre Abtreibung geschrieben hatte. Ihr Schmerz und ihre Angst traten deutlich zutage. Für Willa bedeutete das Tagebuch zugleich Bekenntnis und Absolution, eine Beichte vor sich selbst. Irgendwie gelang es ihr dadurch, sich ihre eigenartige Unberührtheit zu bewahren, trotz ihres impulsiven und nicht immer bewundernswerten Benehmens.

Irgendwo in der Wohnung mußte also ein angefangenes Tagebuch verborgen sein, wenn sie es nicht mitgenommen hatte.

Grace sprang auf und begann zu suchen. In ihrer Ungeduld warf sie die Sachen einfach um sich. Hatte sie es zwischen den Büchern im Bücherschrank versteckt, in einer der Schubladen des Schreibtisches – nein, das war zu deutlich –, in einem der Sofakissen mit Reißverschluß, unter dem Teppich, hinter dem großen, dunklen Bild, zwischen den Schüsseln und Platten in der Anrichte, unter den Kissen oder Matratzen des hübschen Bettes, in der Garderobe, im Schmutzwäschekorb im Badezimmer, vielleicht hinter den Tüten mit Zucker und Tee im Küchenregal oder im Kühlschrank?

»Ich fürchte, es hat keinen Sinn, da hineinzuschauen. Willa hatte niemals so viel Lebensmittel im Hause, um eine hungrige Maus zu füttern. Ich habe mir erlaubt, etwas herzurichten, und hier ist es.«

Der schlanke Mann, der plötzlich unter der Tür stand, trug ein gutbeladenes Tablett. In ihrer Angst hatte Grace den steinharten, in Folie verpackten Bratenrest fallen lassen.

»Werfen Sie das weg, es sieht scheußlich aus«, sagte der Mann. »Wollen Sie sich eine Lebensmittelvergiftung zuziehen? Dann hätten wir noch ein Unglück.«

»Noch eines?«

»Willas Abreise ist doch schon eines, oder etwa nicht?«

»Wer sind Sie?«

»Mein Name ist Polsen. Ich wohne im obersten Stock.«

»Nur Polsen?« Das ist also der Mann, der Willa das Bett lackieren half, dachte sie.

»Ich habe schon noch einen anderen Namen, aber Sie könnten ihn ja doch nie aussprechen. Und jetzt sagen Sie mir, wer Sie sind.«

Sein gelassenes, etwas unbeholfenes Wesen wirkte beruhigend. Grace entspannte sich und sagte: »Ich bin Grace Asherton, Willas Kusine. Ich kam her, um sie zu besuchen, und mußte feststellen, daß sie fort ist. Was ist das unter dem Tuch?«

Polsen zog das Tuch vom Tablett und zeigte ein Arrangement von Schüsseln.

»Suppe. Geräucherter Hering. Butter. Roggenbrot, Kaffee, Schnaps und Bier. Okay?«

Grace warf die Kühlschranktür mit dumpfem Knall zu. Sie seufzte vor Vergnügen. Das Tagebuch konnte warten.

»Ich bin am Verhungern. Ich habe das gar nicht bemerkt.«

»Ich auch. Hier ist genug für zwei. Darf ich mich mit Ihnen zu Tisch setzen? Willa und ich haben das auch manchmal so gemacht. Allerdings nicht oft. Willa führte ein sehr reges Leben.«

Grace setzte sich und betrachtete ihren Besucher mit unverhohlenem Interesse. Er war sehr schlank, mit unordentlichem dunklem Haar und einem langen Gesicht. Er trug einen zottigen Rollkragenpullover zu Kordsamthosen. Seine kurzsichtigen Augen lagen hinter starken Brillengläsern. Grace fragte sich, ob er jemals lache. Sie fragte sich außerdem, wieviel diese kurzsichtigen Augen mit ihrem milden, unpersönlichen Ausdruck wirklich sahen. Wieder seufzte sie vor Wohlbehagen, nicht nur wegen der Aussicht auf das Essen, sondern auch deshalb, weil sie nun wieder eine neue Informationsquelle gefunden hatte.

»Können wir erst essen, bevor ich Ihnen Fragen stelle?«

»Natürlich. Fragen mit Kaffee? In der Zwischenzeit können Sie mir etwas über sich selbst erzählen.«

»Ich nehme an, Mrs. Lindström hat Ihnen von mir erzählt?«

»In diesem Haus haben die Neuigkeiten Flügel. Sie müssen Ihren Schnaps zum Fisch trinken. Aber zuerst die Suppe.«

Grace nahm einen Löffel voll.

»Ausgezeichnet.«

Polsen nickte ernsthaft. »Oh, ja. Ich bin ein erstklassiger Koch, wenn ich Zeit habe. Ich unterrichte an der Universität, ich male ein bißchen und mache etwas Hausarbeit. Im Winter fahre ich Ski und versuche alle die Bücher zu lesen, die ich lesen möchte.«

»Keine Frau?«

»Im Augenblick nicht.«

»Was wollen Sie damit sagen?«

Die seltsamen Augen hinter den dicken Brillengläsern betrachteten ihre ringlosen Finger.

»Keinen Mann?«

»Im Augenblick nicht«, gab Grace zurück. Dann runzelte sie die Stirn, ärgerlich über sich selbst. »Das war nicht nett von mir. Nachdem Sie mir diese wunderbare Mahlzeit verschafft haben. Nein, ich habe keinen Ehemann. Bis jetzt habe ich meine Chancen ausgeschlagen und bin mit meiner Schreibmaschine verheiratet. Ich war schon immer viel vorsichtiger als Willa. Sie neigt zu sehr nach der einen, ich nach der anderen Seite. Die goldene Mitte treffen wir beide nicht.«

Er sah sie eine ganze Weile schweigend an. Er war einer jener Männer, die erst gründlich überlegen, bevor sie zu sprechen beginnen. Dann lächelte er bewundernd und sagte: »Das war klug von Ihnen.«

»Wieso?«

»Sie sind so ehrlich, daß die Höflichkeit es verlangt, daß auch ich ehrlich bin. Natürlich habe ich eine Frau. Immerhin bin ich beinahe vierzig. Aber wir leben getrennt. Ich habe einen Sohn, den ich jeden Sonntag sehe. Und auf dieses Recht möchte ich niemals verzichten. Er ist ein lieber kleiner Bursche. Diesen Winter werde ich ihm das Skilaufen beibringen. Das wär's.«

»Aber wenn Sie sich wieder verlieben sollten?«
»Ich?«
Grace hatte den Eindruck, daß er traurig aussah. Sie fragte sich, was Willa wohl von ihm gehalten haben mochte. Langweilig, aber vielleicht ganz nützlich. Willa schätzte Nützlichkeit bei anderen niemals gering ein, sie nützte die Leute immer ein wenig aus.
»Nun den Schnaps.« Er füllte zwei Gläser randvoll mit der honigfarbenen Flüssigkeit und erhob seines. »Skål.«
Grace tat es ihm nach. Sie fühlte sich jetzt glücklicher und entspannt. Das Essen hatte ihr gutgetan und auch diese Unterhaltung ohne Fragen. Es war für sie ein langer, einsamer Tag gewesen.
»Da ich nun schon einmal hier bin, fange ich wenigstens an, Stockholm zu mögen.«
»Dann haben Sie Ihren ungemütlichen Bettgenossen also nicht mitgebracht?«
»Meinen was?«
»Die Schreibmaschine, die Sie so unentbehrlich finden.«
Grace lächelte gequält. Sie begriff zwar, daß das ein Scherz sein sollte, aber sie fand ihn nicht sehr lustig.
Scherze über schreibende Frauen fand sie nie lustig.
Sie legte Messer und Gabel nieder und wechselte absichtlich das Thema.
»Sagen Sie mir, was wissen Sie über Willa? Haben Sie ihre Freunde kennengelernt? Diesen Gustav? Kennen Sie ihn?«
»Gustav?«
»So heißt der Mann, den sie anscheinend geheiratet hat. Haben Sie nie von ihm gehört?«
»Nein.«
Grace zog erstaunt die Augenbrauen hoch.
»Wollen Sie damit sagen, daß Willa ihn nie erwähnt hat?«
»Nun, vielleicht schon. Sie erwähnte so viele Männer. Möglicherweise war auch ein Gustav dabei. Das ist in Schweden ein verbreiteter Name.«
»Sie sagten doch, Sie und Willa waren gute Freunde.«

»Das dachte ich.« Polsen runzelte die Stirn. »Offensichtlich bedeutete das aber nicht, daß sie mir alle ihre Geheimnisse anvertraute. Außerdem steckten wir ja nicht ständig zusammen. Ich habe meine Abendkurse, sie ihre Verabredungen. Ich bin nicht Frue Lindström mit dem Ohr an der Tür.«

»Ich meine nicht...«, begann Grace, wurde aber brüsk unterbrochen.

»Es macht mich sehr glücklich, ins Kreuzverhör genommen zu werden.«

»Das will ich ja nicht. Ich bemühe mich nur so sehr, irgendwelche Informationen zu bekommen. Die kleinste Spur. Was ist zum Beispiel mit all diesen teuren Sachen, die nicht zu einer möblierten Wohnung gehören?«

Polsen erhob sich, um die Kissen vom Boden aufzuheben.

»Haben Sie unter dem Sofa nach ihr gesucht?«

»Machen Sie keine Witze, bitte. Ich habe nach Spuren gesucht, Willa hat eine Vorliebe dafür, Dinge an außergewöhnlichen Orten zu verstecken.«

»Aber Sie haben nichts Besonderes bemerkt?«

»Nur, daß sie offensichtlich über ihre Verhältnisse lebt. Wie konnte sie zum Beispiel diese Perserteppiche kaufen?«

»Ich dachte immer, sie habe irgendein privates Einkommen«, gab Polsen zu. »Sie sagte, sie brauche während des langen, dunklen Winters Farben um sich.«

»Alle scheinen hier wegen des Winters Zustände zu bekommen.«

»Das kommt ganz auf die Menschen an.«

»Dann hatte Willa doch offensichtlich vor, den Winter hier zu verbringen. Frue Lindström sagte, Willa wollte einen Kanarienvogel kaufen. Was veranlaßte sie dazu, ihre Pläne so plötzlich zu ändern?«

»Ich kann nur vermuten, daß die Liebe eine unvorhergesehene Meinungsänderung verursachte.«

»Jetzt sprechen Sie genau wie ein Professor! Sagen Sie, haben Sie jemals einen jener ominösen Männer gesehen, die zu Willa kamen?«

»Ich glaube nicht, daß so viele kamen. Willa ging aus. Sie hatte dauernd Verabredungen. Kurz bevor sie ver..., wegging, gab sie hier eine Party. Es waren so viele Leute da, daß ich nicht mit Sicherheit sagen kann, wer eigentlich wer war. Meistens Leute von der Botschaft, denke ich.«

»Niemand mit Namen Gustav?«

»Nicht daß ich wüßte. Es war allerdings eine große Party. Willa hatte sich zu diesem Zweck das Haar gelb färben lassen. Wir sagten, sie solle sich an Stelle eines Kanarienvogels selbst in den hübschen Vogelkäfig setzen.«

»Das gleicht Willa«, meinte Grace. »Ihr Haar hat im Laufe der Zeit schon alle Farben außer Grün gehabt.«

»Es sah hübsch aus. Sie sagte, sie wolle es während des ganzen Winters gelb tragen. Es sollte die Landschaft erhellen. Ich meine, es *soll* die Landschaft erhellen.«

Grace starrte ihn wortlos an und empfand wieder diese grundlose Unruhe. Plötzlich sah sie förmlich das unfreundliche Bild, Willa mit ihrem sonnenblumenfarbenen Kopf fröstelnd in einer Landschaft aus Schnee und dunklen Wäldern.

»Wir hatten ein Abkommen getroffen«, fuhr Polsen fort. »Sie klopfte mit einem Besenstiel in der Küche an die Decke. Zwei Klopfer bedeuteten, daß sie sich unterhalten wollte, denn sie wurde trübsinnig, wenn sie allein war, drei Klopfer bedeuteten die Frage, ob ich etwas zu essen hätte, sie sei am Verhungern.«

Das alles klang nicht nur wahrscheinlich, sondern war sicherlich die Wahrheit. Willa und ihre Spielchen. Die geheime Unterschrift auf Briefen, die Art, wie sie Dinge versteckte, die Aufregung um ihr Verschwinden.

»Die gleichen Regeln gelten auch für Sie, während Sie hier sind, Grace.«

»Spielen Sie für uns Kindermädchen?« fragte Grace und bereute es sofort, denn ein schmerzlicher Ausdruck trat auf sein Gesicht. Er verstand nicht ganz, was Kindermädchen bedeutete. Als sie es ihm erklärte, war er nicht weniger verletzt.

»Ich hätte nicht gedacht, daß Sie so empfindlich wären, Polsen.«

Betroffen ließ er seinen mächtigen Kopf hängen.

»Sie mögen mich für einen Trottel halten«, sagte er endlich. »Für einen Mann bin ich blödsinnig sensibel. Aber ich war für Willa kein Kindermädchen. Über das Alter, in dem man so jemanden braucht, war sie lange hinaus. Ich war nur ein Freund. Sie redete zu viel, aber das war für ein so stilles Wesen wie mich ganz gut. Ich mochte sie. Ich glaube, sie war die meiste Zeit glücklich.«

»Nur die meiste Zeit?«

»Ja, das sagte ich. Manchmal mußte sie aufgeheitert werden. Wahrscheinlich hatte sie dann Streit mit einem ihrer Freunde . . .«

»Mit *welchem* Freund?«

»Wie soll ich das wissen? Aber ich kann erraten, wenn ein Mädchen eines Mannes wegen weint.«

»Hat sie Ihnen gesagt, daß sie schwanger ist?«

Er erschrak, seine dunklen Augen starrten sie durch die starken Gläser an.

»War sie das?« fragte er nach einigen Augenblicken.

»Die Sinclairs scheinen das zu glauben.«

Er beugte sich vor und sagte ernst: »Weshalb dann diese Aufregung, Grace? Je eher sie heiratet, um so besser. Für ein Baby gab es nie eine bessere Einrichtung als einen Vater. Weshalb hören Sie nicht auf, sich Sorgen zu machen? Das könnte doch alles erklären. Machen Sie sich also hier eine schöne Zeit, bis sie mit ihrem Ehemann zurückkommt, und es spielt gar keine Rolle, wie er heißt, Gustav, Jacob oder wie immer.«

»Ja, genau das raten alle anderen auch.« Grace seufzte. »Ich nehme an, mir bleibt gar nichts anderes übrig.« Außer Willas Tagebuch zu finden, wonach sie weiter suchen würde, wenn Polsen gegangen war. Das Tagebuch mußte einfach Willas Hilferuf erklären, dachte sie.

Sie fand es am unmöglichsten, sogar für Willas Verhältnisse unmöglichsten Ort.

Der Vogelkäfig hatte einen doppelten Boden. Das Tagebuch füllte den Zwischenraum genau aus. Man mochte sich fragen, ob Willa den Vogelkäfig nur zu diesem Zweck gekauft hatte. Sie hatte das Tagebuch sicherlich eigens angeschafft, um ihre schwedischen Abenteuer niederzuschreiben, denn es begann genau an dem Tag ihrer Ankunft.

Es enthielt mehr als fünfzig eng beschriebene Seiten. Willas exakte, steile Schrift veränderte sich nie, selbst dann nicht, wenn sie etwas niederschrieb, was sie mit drei Ausrufezeichen versah.

Graces Herz klopfte zum Zerspringen vor Freude und Aufregung. Jetzt würde das Geheimnis sich lüften. Sie hörte förmlich, wie Willa entrüstet ausrief: »Grace, wage es nicht, das zu lesen. Es ist nur für künftige Generationen bestimmt!« Aber die Umstände erforderten es, daß Willas Intimsphäre nicht länger respektiert werden konnte. Grace war genötigt, an der Tür zum nächsten Jahrhundert zu lauschen.

Draußen hatte sich ein heftiger Wind erhoben. Er drückte gegen die Fenster, und ein leichter, kalter Luftzug schien ins Zimmer zu dringen. Grace drehte die Heizung stärker und fragte sich, ob die Hitze den Topfpflanzen schaden könnte. Sie hatte sich eine solche Kälte nicht vorstellen können. Die Windböen rüttelten an den Fenstern und bewegten sogar leise die Vorhänge, als atmete jemand hinter ihnen. Vielleicht würde in dieser Nacht der erste Schnee dieses Winters fallen. Und es wäre schade, wenn die Birken schon so früh all ihre zarten gelben Blätter fallen ließen. Dann würde das Land in der Tat düster sein und die Dunkelheit des Winters beginnen.

Es schien, als habe sie in diesem Raum bereits begonnen, nachdem Grace alle Lichter gelöscht und nur das eine beim Lehnstuhl hatte brennen lassen.

Sie fröstelte ein wenig, als sie sich hinsetzte und zu lesen begann.

Zwei Stunden später schloß sie das Buch und rieb ihre müden Augen. Im Zimmer war es jetzt ungemütlich überheizt, und der Wind schien sich gelegt zu haben. Wenigstens heulte er nicht mehr wie ein Rudel hungriger Wölfe, wie eine Bemerkung von Willa lautete. Und da waren noch weitere, rätselhafte Eintragungen:

›All jene dunklen Bäume werden ewig stehen bleiben, und der Regen auf dem Dach macht mich verrückt . . .‹

Das hatte sie Ende September niedergeschrieben. Auch alles Vorherige war ebenso skizzenhaft, ebenso verloren, außer einigen Tupfen von Fröhlichkeit, wenn sie etwa eine Party beschrieb, zu der sie sich das Haar kanariengelb hatte färben lassen. Aber an konkreten Tatsachen enthielt das Tagebuch rein nichts. Es hätte ebenso ein Code sein können. Sätze, die begannen, als ob sie wirkliche Informationen vermitteln würden, endeten in einer mysteriösen Bemerkung.

›Waren in Schloß Gripsholm, sahen ein Porträt von Gustav IV. Sagte ihm, es gleiche ihm so sehr, daß ich ihn von jetzt an immer Gustav nennen werde . . .‹

Ihn. Wen? Grace hätte vor Enttäuschung heulen können.

Die Beschreibung von Frue Lindström: ›Diese lauernde Thomasina‹ dort unten. Und von Polsen: ›Der Riese im Dachgeschoß mit seinem Schnaps, seinem alten Kartoffelgetränk . . .‹

Bemerkungen über ihre Arbeit in der Botschaft: ›Ich wünschte, Peter wäre nicht so böse über mich, wenn ich Fehler mache. Er hat keine Geduld.‹ Und später: ›Dieser Ort ist voller Wölfe.‹ Aber ob sich das auf die Botschaft bezog, war nicht klar.

Sie erwähnte auch Kate Sinclair und die Kinder. ›Kate sagt, ich erzählte ihnen Geschichten, von denen sie Alpträume bekommen. Ob ich nicht über irgend etwas anderes als über dunkle Wälder reden könne . . .‹ Dann eine seltsame Eintragung: ›Ein Haus mit einem Türklopfer in Form eines kleinen goldenen Drachen. Natürlich in der Altstadt.‹ Und dann ganz unerwartet: ›Ich hasse diese melancholischen Friedhöfe mit den hohen Bäumen.‹

Doch war sie offensichtlich umworben von dem ›König mit den zwei Königinnen‹, obwohl sie nicht erklärte, von wem sie sprach. Es war zum Verrücktwerden. Später erwähnte sie den König noch einmal: ›Die arme Königin wird im Dachgeschoß festgehalten.‹

Nach all diesen wirren Bemerkungen bedeutete ein zusammenhängender Abschnitt direkt eine Erholung.

›Die Backes luden mich fürs Wochenende ein. Ein Haus am See, dunkle Tapeten, dunkle Bilder, Seidenvorhänge, überall Teppiche. Papa beobachtete mich die ganze Zeit. Mama sehr dick, mit Händen wie kleine weiße Kissen. Ulrika sieht es nicht gern, daß Sven mich mag, sie will alles für sich haben. Ich kann die beiden für alle Zeiten in diesem dunklen Strindberg-Haus sehen . . .‹

Sven. War er Gustav?

Aber diese Eintragung war im August gemacht worden. In den darauffolgenden Abschnitten wurde das Wochenende bei den Backes nicht mehr erwähnt. Dann kam wieder etwas Rätselhaftes: ›Gustav gefällt meine neue Haarfarbe nicht, er sagt, sie mache mich zu auffallend.‹ Aber offensichtlich hatte sie sie seinetwegen nicht geändert.

Sie machte auch eine Bemerkung über die endlosen Reihen der dunkelroten und senffarbenen Häuser: ›Wenn ich mein eigenes haben werde, will ich es rosa streichen.‹

Dann: ›Axel mit seinen Glotzaugen‹, und ›Jacob, nicht zu unterschätzen. Diese stillen Männer . . .‹

Eine der letzten Eintragungen war: ›Ich hätte den Kanarienvogel kaufen sollen, dieser Raum ist einfach verdammt still‹, und die letzte, die genau vor zwei Wochen niedergeschrieben wurde, lautete geheimnisvoll: ›Beinahe Zeit zu gehen. Ich hoffe, es schneit nicht. Wie sollen wir sonst jemals zurückkommen?‹

4

Grace erwischte Polsen, bevor er zur Universität ging. Sie hörte, wie er die Treppe herunterkam, und lauerte ihm ganz nach Art von Frue Lindström auf.

»Haben Sie einen Augenblick Zeit, Polsen?«

Er sah sie auf seine ernste, gedankenvolle Art an.

»Natürlich.«

»Ich habe letzte Nacht eine Entdeckung gemacht.«

Seine Augen blitzten hinter den dicken Gläsern.

»Ja? Und welche?«

»Ich fand Willas Tagebuch.«

»Ein Tagebuch?« rief er erregt. »Und? Hat es alles erklärt?«

War er interessierter, als er es hätte eigentlich sein sollen, wenn Willa für ihn nicht mehr als eine flüchtige Freundin war?

»Es erklärt überhaupt nichts. Es ist praktisch wie ein Codebuch.«

»Aber ist es wenigstens beruhigend? Ist es harmlos?«

Grace schüttelte verzweifelt den Kopf. »Ich habe die Nacht kaum geschlafen. Vielleicht bilde ich mir wieder Dinge ein, aber ich glaube nicht. Ich kenne Willa zu gut. Sie lebte in einer Art Alptraum, Polsen. Sie muß sich wahnsinnig gefürchtet haben.«

»Unmöglich!«

»Vielleicht hat sie es nur nicht gezeigt. Vielleicht gestand sie es nur ein, wenn sie in ihrem Tagebuch schrieb. Sie hat ihr Tagebuch schon immer für geheime Bekenntnisse benützt. Aber diesmal konnte sie nicht einmal mehr das tun, denn sie hatte zu große Angst, die Dinge klar auszudrükken.«

»Grace, Sie müssen mir dieses Tagebuch zeigen.«

Seine Stimme klang so drängend, daß sie unwillkürlich fragte: »Weshalb interessiert Sie das so sehr?«

Er packte sie so heftig am Arm, daß es schmerzte.

»Würden Sie mir den Gefallen tun und mich nicht mit

solchem Mißtrauen behandeln? Ich war Willas Freund. Wenn Sie in Schwierigkeiten ist, möchte ich helfen, ebenso wie Sie das tun. Falls Sie aber meine Hilfe nicht annehmen wollen, dann auf Wiedersehen. Auf Wiedersehen! Ich werde Sie nicht mehr behelligen.«

Er begann die Treppe hinabzusteigen, und es war nun an Grace, seinen Arm zu packen. Sie hatte das Gefühl, daß sie es nicht ertrug, in dieser Situation, in einem fremden Land, länger allein zu sein. Und es war einfach blödsinnig, diesem netten, bärenhaften Mann zu mißtrauen, der so langsam sprach und dessen Augen so schnell traurig wurden.

»Sie werden keine Zeit haben, es jetzt zu lesen. Sie müssen zur Universität.«

»Geben Sie es mir mit.«

Grace zögerte nur einen Augenblick. Wenn sie sich jetzt entschied, konnte Polsen ihr Freund werden. Er war Willas Freund gewesen, und Willa war verschwunden.

Sie überwand ihre Bedenken sofort.

»Gut. Wann werden Sie zurück sein?«

»Nicht vor dem Abend. Leider.«

»Ich muß zu einer Party bei den Sinclairs.«

»Dann bleiben Sie nicht zu lange. Kommen Sie so bald es geht nach Hause, damit wir uns unterhalten können.«

Grace nickte. Ihr war jetzt etwas leichter ums Herz. Die Nacht war schrecklich gewesen, endlos. Immer wieder war sie aus wirren Träumen aufgeschreckt. Sie hatte sich eingebildet, irgendwo Wölfe heulen zu hören. Als sie dann ans Fenster getreten war und in die geheimnisvolle, rosafarbene, windstille Dämmerung hinaussah, die über der stillen Stadt lag, fröstelte sie. Das warme, glühende Rosa trog. In Wirklichkeit war es kalt wie Eis.

»Und, Grace, sperren Sie die Ohren auf, aber sprechen Sie selbst auf dieser Party nicht zu viel.« Polsen musterte sie besorgt, während er Willas Tagebuch in die Mappe steckte.

»Sie wollen mich doch nicht etwa davor warnen, einen Skandal in der Botschaft auszulösen?«

»Sind Sie denn schon gewarnt worden?«

Sie nickte. »Ich nehme an, Peter Sinclair mußte das tun. Es ist wichtig. Aber anscheinend wird erwartet, daß alle über Willa sprechen werden, wenn sie erfahren, daß ich ihre Kusine bin.«

»Dann hören Sie sich einfach gut an, was man Ihnen so erzählt.«

Der Raum schien bereits überfüllt, als Grace ihn betrat. Peter Sinclair bemerkte sie sofort und ging mit seinem gewinnenden Lächeln auf sie zu, das sein sonst gewöhnliches Gesicht unerwartet anziehend machte.

»Hallo, Grace. Ich freue mich, daß Sie es geschafft haben. Kommen Sie, ich stelle Sie ein paar Leuten vor.«

Er tat das flüchtig und beinahe routinemäßig.

Grace fiel auf, daß er besondere Betonung auf ihre Erfolge als Schriftstellerin legte und daß er mit keinem Wort erwähnte, daß sie Willas Kusine war.

»Wir müssen sehen, daß wir einen schwedischen Verleger für sie finden«, sagte er wohlgelaunt. »Das ist gut für den britischen Export.«

Die Namen in Willas Tagebuch. Grace hatte sie auswendig gelernt. Sven, Jacob, Axel, Gustav. Es waren schwedische Namen, und die meisten der Gäste waren Engländer oder Amerikaner. Sie alle erweckten den Eindruck, als ob man sie hierher verbannt hatte.

»Sind Sie zu Besuch hier, Miß Asherton? Eindrücke sammeln? Sie werden nicht bleiben wollen, wenn erst der Winter eingesetzt hat.«

»Warum nicht?« fragte Grace.

»Nun, erstens ist es so verdammt dunkel. Ich habe nichts übrig für die ewige Nacht.«

»Studieren Sie die Schweden?« fragte jemand anderer. »Kamen Sie schon darauf, alle haben etwas von Strindberg, wie?«

»Im Sommer können wir wenigstens in unsere Häuser am See ziehen, aber im Winter stirbt man hier buchstäblich vor Langeweile.«

»Wo wohnen Sie, Miß Asherton?«

»In einem Apartment auf Strandvägen.«

»Sie haben Glück! Hat Ihnen das jemand geliehen?«

»Ja, meine Kusine. Willa Bedford.«

»Willa!«

Eine Frau mittleren Alters mit übermäßig geschminktem, lebhaftem Gesicht stand vor ihr.

»Sagten Sie, Sie sind Willas Kusine? Aber weshalb hat Peter uns nichts davon gesagt? Dann können Sie das Geheimnis um sie sicher lüften.«

»Welches Geheimnis?« fragte Grace kühl.

»Gibt es denn etwa keines?« Die Frau machte ein langes Gesicht. »Wie enttäuschend! Ich weiß, Peter versicherte, es gäbe keines, aber wir alle dachten, er verheimlicht etwas. Um einen Skandal zu verhüten, wissen Sie. Solches Zeug wie ›Sekretärin der Britischen Botschaft vermißt‹ beispielsweise. Wollen Sie mir weismachen, sie habe wirklich geheiratet?«

»Das sagte ich nicht«, gab Grace vorsichtig zu. »Ich bin gerade erst angekommen und weiß nicht viel mehr als Sie. Aber Willa war schon immer impulsiv und unberechenbar. Ich finde eine Situation wie diese wirklich nicht überraschend.«

»Hat sie Ihnen keine Erklärung hinterlassen?«

»Sie wußte nicht, daß ich komme.«

»Oh!« Die Frau war nun wirklich enttäuscht. Das neugierige Glitzern verschwand aus ihren Augen. »Ich bin Winifred Wright«, sagte sie. »Paßabteilung. Willa teilte meine und Nancy Prices Wohnung, als sie hier ankam. Dann zog sie in ihre eigene. Um ehrlich zu sein, wir waren erleichtert. Sie war für uns alte Schachteln zu lebenslustig.«

»Zu viele Freunde?« fragte Grace vorsichtig.

»Sie kam zu oft spät nach Hause. Wir waren es müde, daß immer in den frühen Morgenstunden alle Lichter angedreht wurden.«

»Das sieht Willa ähnlich.«

»Nicht, daß wir sie nicht mochten. Und ich glaube, sie mochte uns auch, denn ich muß sagen, sie wirkte eigentlich nie mehr so richtig glücklich, nachdem sie in ihre eigene Wohnung gezogen war. Immer ängstlich.«

»So, als ob sie die Miete nicht bezahlen könne?«

»Oh, nein, solche Sorgen waren es nicht. Ärger mit ihren Freunden, glaubte Nancy. Ich persönlich glaube, sie hatte ein Verhältnis mit einem verheirateten Mann und wollte deshalb ihre eigene Wohnung.«

»Wissen Sie, wer dieser Mann war?«

»Nein.« Miß Wright sah wieder ganz betrübt aus, da sich abermals keine Gelegenheit zu einem interessanten Gespräch bot. »Man munkelte einiges darüber, daß er einer angesehenen schwedischen Familie angehörte. Aber jetzt ist sie ja selbst verheiratet – *wenn* sie es ist –, und wir werden bald alles wissen, nicht wahr?«

»Nun, Winifred, welchen Klatsch erzählen Sie Grace?« sagte Kate Sinclair hinter ihnen. »Grace, Sie müssen Winifreds Erzählungen einige Körnchen Salz beimischen, damit Sie sie genießen können. Sie hat außerordentliches Geschick darin, langweilige Tatsachen aufzuputzen. Ist es nicht so, meine Liebe?«

Winifred brachte ein krampfhaftes Lächeln zustande. Sie konnte ihrer Gastgeberin gegenüber nicht unhöflich sein.

»Das sind eigentlich keine langweiligen Tatsachen, Kate. Wir sprechen über Willa.«

»Ach, schon wieder dieses Mädchen!«

»Sie sah wohl deshalb so sorgenvoll aus, weil sie ein Kind erwartete«, sagte Grace absichtlich. »Aber wie Sie sagen, ist sie ja jetzt aus allem heraus. Weshalb sollten wir uns also Sorgen machen?«

»Ja, eben!« sagte Kate so heftig, daß Grace sie überrascht ansah.

Sie faßte sich sofort wieder.

»Dieses Gerede über Ihre Kusine macht mich einfach krank und müde, Grace. Sie ist hier nicht sehr beliebt. Sie hat die Kinder aufgeregt und ließ Per einfach mitten in der Arbeit sitzen, als sie so plötzlich auf und davon ging. Winifred, helfen Sie mir bitte mit den Drinks. Peter vergißt wie gewöhnlich, daß er nicht dazu hier ist, um seine eigene Party zu genießen. Wollen Sie uns bitte entschuldigen, Grace?«

Eine heiße kleine Hand schlich sich in Graces Hand.

»Miß Asherton, mein Bruder und ich wissen, wo Willa ist.«

Grace blickte hinab in das emporgewandte ernste, sommersprossige Gesicht von Georgy Sinclair. Das Kind trug ein blaßblaues Kleidchen, was seine Blässe noch unterstrich. Das flachsblonde Haar hing strähnig bis auf die Schultern. Die Augen waren voll tödlichem Ernst und verscheuchten sofort jeden Gedanken daran, daß sie spaße.

»Wo?« fragte Grace.

»Im Wald.«

»In *welchem* Wald?«

»Wo die Elche sind. Kommen Sie mit hinauf, damit wir uns unterhalten können.«

»Wo ist Alexander?«

»Oben. Er ist noch zu klein für Erwachsenenpartys. Und ich sollte auch nicht hier sein, bevor ich mich richtig unterhalten kann.«

»Gehen wir also«, sagte Grace.

Alexander trug einen farbenprächtigen, gestreiften Pyjama. Sein sandfarbenes Haar fiel ihm in die Augen. Alle Fenster des Schlafzimmers waren geschlossen, es herrschte dumpfe Hitze. Grace setzte sich auf eines der Betten und sagte:

»Nun also. Was hat Willa denn so mit euch gemacht? Hat sie euch Geschichten vorgelesen?«

»Nein, sie hat welche erfunden«, antwortete Georgy.

»Sie hat uns vom Elchschießen erzählt«, fügte Alexander hinzu. »Ich habe mich immer gefürchtet.«

»Weil du so ein Baby bist«, sagte seine Schwester grob. »Es war ja alles nur erfunden. Sie schreien nicht so, wie sie uns erzählt hat. Das hat Daddy gesagt. Willa hat übertrieben. Sie hat immer übertrieben.«

»Was denn noch?«

»Zum Beispiel hat sie gesagt, wenn sie eines Tages nicht mehr zurückkommt, sollen wir die Polizei rufen«, platzte Alexander heraus und wühlte sich in sein Kissen hinein.

»Nein, nicht die Polizei, den Botschafter«, verbesserte ihn Georgy.

»Nein, das ist nicht wahr, Georgy. Du sagst nicht die Wahrheit. Die Polizei. Aber wir können ja gar nicht Schwedisch«, fügte er dann unsicher hinzu.

»Siehst du, da hast du's, du Dummkopf.«

»Und habt ihr es der Polizei oder dem Botschafter gesagt?« fragte Grace mit ruhiger Stimme.

Zwei Augenpaare starrten sie an.

»Ich meine, Willa ist doch nicht zurückgekommen, oder?«

»Nein, aber es ist alles richtig, sie heiratet ja«, erklärte Georgy triumphierend. »Das ist doch nicht so, wie wenn man von einem alten Elch totgetreten wird. Und auch nicht im Wald verirrt.«

»Wirklich nicht?« fragte Alexander fast flehentlich.

Die Tür öffnete sich, und Peter Sinclair trat ins Zimmer. Er sah ärgerlich aus.

»Grace, haben diese zwei Rangen Sie bereits eingespannt? Georgy! Alexander! Was ist das denn für ein Benehmen!«

»Es macht nichts«, sagte Grace. »Ich mag Kinder.«

»Gut und schön, aber auf einer Party . . .«

»Peter!«

Das war Kates Stimme, die näher kam und etwas Drängendes an sich hatte. »Peter, Ebba ist da. Du mußt herunterkommen.«

Für den Bruchteil einer Sekunde erschien in Peters Augen ein gequälter Ausdruck. Dann sagte er: »Du lieber Himmel! Ja! Ich dachte nicht, daß sie kommen würde. Grace, Sie müssen mit herunterkommen und die Baronin von Sturpe kennenlernen.«

Wenige Augenblicke später hörte Grace ihn sagen:

»Ebba, darf ich Ihnen Grace vorstellen? Sie ist eben aus London angekommen.«

Grace blickte in ein langes, blasses Gesicht, das durch einen hohen Turm blonder Haare noch länger wirkte. Eine kühle, schmale Hand ergriff die ihre. So also sah die schwedische Aristokratie aus: kühl, zurückhaltend, seltsam blutarm mit dieser farblosen Haut und den blaßblauen Augen. Aber eindrucksvoll in dem einfachen schwarzen Kleid, mit schlankem Hals und einer vollendeten Figur. Ein bißchen einschüchternd...

»Sind Sie eine neue Sekretärin für die Botschaft, Miß Asherton?«

Grace spürte, daß es keinen Zweck hatte, hier ihre Schocktherapie anzuwenden, indem sie sagte, daß sie Willas Kusine sei. Diese Frau hatte zu viel Haltung, um irgendeine unkontrollierte Reaktion zu zeigen.

»Nein, ich bin Schriftstellerin.«

»Das ist aber interessant. Peter, werden Sie sie herumführen? Sie muß das Land gründlich kennenlernen. Vielleicht können mein Mann und ich etwas für Sie tun. Möchten Sie vielleicht unser Haus sehen, Miß Asherton? Es ist weder sehr groß noch sehr großartig, aber dafür ziemlich alt und typisch schwedisch.«

»Wie freundlich«, murmelte Grace.

»Ebba ist die liebenswürdigste Person in Schweden«, sagte Peter enthusiastisch. »Nicht wahr, Ebba? Es tut mir wirklich leid, daß Jacob nicht kommen konnte. Nun will ich sehen, ob ich für euch zwei Mädchen etwas zu trinken bekommen kann.«

Kate hielt sich im Hintergrund. Eine kleine, finstere Gestalt in schwarzem Kleid. Als Grace sie ansah, fing sie einen gespannten, beinahe von panischer Angst erfüllten Blick auf.

Diese langweiligen Botschaftspartys, hatte Kate gesagt. Diese eine jedoch schien keineswegs langweilig zu sein, da sie einen derartigen Ausdruck in Kates Augen brachte...

»Jacob«, sagte Grace spät an diesem Abend zu Polsen, »einer der Namen in Willas Tagebuch. Ich weiß, wer das ist. Der Baron von Sturpe. Er war nicht bei der Party, aber seine Frau. Sie ist recht eindrucksvoll. Sie schien die guten Sinclairs ein bißchen durcheinanderzubringen. Eigentlich paßt sie gar nicht zu den anderen Freunden. Man könnte sich vorstellen, daß sie wohl zum Bekanntenkreis des Botschafters gehört, aber doch nicht zu dem eines jungen Diplomaten, der seine Laufbahn erst beginnt. Sagt Ihnen der Name etwas?«

»Natürlich. Eine leicht verarmte, aber sehr alte schwedische Familie.«

»Haben Sie ihn oder die Baronin einmal kennengelernt?«

»Was hätte ein armer Professor wohl in solchen Kreisen zu suchen?«

Versuchte er ihr auszuweichen?

Polsen notierte etwas in ein kleines Buch.«

»Was schreiben Sie da?«

»Jacob – Baron von Sturpe. Wir müssen systematisch vorgehen. Aber ich glaube, wir können ziemlich sicher sein, daß er mit Willas Heiratsplänen nichts zu tun hat. Er scheint mit seiner tollen Frau recht fest verheiratet zu sein. Was ist mit den anderen? Haben Sie einen Axel oder einen Sven getroffen?«

Grace schüttelte den Kopf.

»Auch keinen Gustav?«

»Wie hätte ich Gustav treffen können, wenn er Willas Bräutigam ist?« Grace berichtete Polsen von Winifred Wrights Theorie, nach der Willa mit einem verheirateten Mann ein Verhältnis hatte. Sie erzählte auch von den wilden Fantasien der Kinder, daß Willa sich im Wald verirrt habe. Polsen machte weitere Notizen.

»Man muß schon die Fantasie der Kinder haben, um Willas ungewöhnliches Tagebuch zu verstehen. Der Wald, in dem der Regen rauscht. Ich frage mich, ob die Kinder irgend etwas wissen.«

»Es ist ja ganz gut, Vermutungen anzustellen«, sagte Grace ungeduldig. »Aber können wir denn nicht irgend etwas *tun*? Wenn Willa wirklich in einem der Häuser im Wald ist, könnten wir sie nicht suchen?«

»Wissen Sie, wie viele Tausende von Quadratkilometern Wald es in Schweden gibt?«

»Nein, aber wenn man sich auf die Eintragungen im Tagebuch beschränkt, müßte man doch . . .«

»Welche Eintragungen zum Beispiel?«

»Ich fürchte, die über den Wald sind nicht allzu aufschlußreich«, gab Grace unglücklich zu.

»Eben. Es regnet über einem ziemlich großen Stück Wald. Sie müssen irgendeine Gelegenheit herbeiführen, um die Kinder weiter auszufragen.«

Grace nickte. »Das werde ich tun.«

»Und in der Zwischenzeit? Morgen zum Beispiel? Da Samstag ist und ich nicht arbeite, werden wir nach Gripsholm fahren und das Porträt von Gustav IV. ansehen.«

»Das ist eine wunderbare Idee.«

»Das fand ich auch.«

»Haben Sie vor, all den mehr oder weniger deutlichen Spuren des Tagebuches zu folgen?«

»Ja, und zwar zusammen mit Ihnen.«

»Glauben Sie, das wird uns zu Gustav führen?«

»Ich hoffe. Vielleicht. Morgen jedenfalls werden wir sehen, wem er ähnelt. Leider habe ich nur einen alten Volvo. Aber wir könnten ein Picknick veranstalten. Am See ist es recht hübsch.«

»Das würde mir Spaß machen.«

Das Zimmer war gemütlich. Polsens schlaksige, hagere Gestalt wirkte beruhigend. Grace fand es hier viel netter als bei den Sinclairs, und sie sagte das auch. Polsen schien das zu freuen.

»Dann ziehen Sie doch bitte dieses Ritterfräulein-Kleid aus und etwas weniger Elegantes an. Ich komme mir neben Ihnen ausgesprochen schäbig vor.«

Grace ging lachend in Willas Schlafzimmer.

»Was wissen Sie von den Kleidern der Ritterfräulein?«

»Ich war in London. Ich bin ein recht weitgereister alter Knabe.«

»Wenn Sie schon von Eleganz reden, hätten Sie die Baronin sehen sollen.«

»Ich habe keineswegs den Wunsch, sie zu sehen. Sie scheint nicht ganz mein Typ zu sein.«

»Was ist Ihr Typ, Polsen?«

»Sie sollten mich nicht auslachen. Was gab's auf der Party zu trinken? Schnaps?«

»Nein, ganz gewöhnlichen englischen Gin.«

»Morgen«, sagte Polsen, »werden wir Sekt trinken.«

Grace steckte den Kopf durch die Tür.

»Was feiern wir denn?«

»Willas Hochzeit. Ich hoffe es wenigstens.«

Jäh erstarb die Fröhlichkeit.

»Polsen, im Ernst, Sie glauben nicht an eine Hochzeit?«

Langsam schüttelte er den Kopf.

»Ein Baby, ja. Aber keine Hochzeit.«

»Aber wenn sie irgendwo in der Stille auf ihr Baby hätte warten wollen, wäre sie bestimmt nach England gekommen.«

»Sie dürfen Willas romantische Ader nicht vergessen, Grace. Möglich, daß sie ihren Geliebten nicht verlassen wollte.«

»Oh, mein Gott! Aber Sie glauben, daß er sie verlassen wird? Dann wird sie doch sicher hierher zurückkommen.«

»Wir werden ja sehen.«

»Ich wundere mich nur, weshalb das Baby in dem Tagebuch nicht erwähnt ist.«

»Vielleicht hat sie es erwähnt, und wir haben das nur nicht erkannt. Sie hat sich ja nicht gerade sehr deutlich ausgedrückt, nicht wahr?«

»Der Ring auch nicht«, grübelte Grace. »Angeblich trug sie einen Lapislazuli-Ring mit eingraviertem Wappen. Das ist ein Geschenk nach ihrem Geschmack, aber sie erwähnt nichts davon. Wissen Sie was, Polsen? Ich glaube, das alles hat viel mehr zu bedeuten als ein Baby und einen Liebhaber.«

Sie wartete darauf, daß Polsen ihr widersprach, sie wünschte es geradezu sehnlich herbei. Aber er tat es nicht. Er schwieg, und die Kälte von draußen schien wieder ins Zimmer zu dringen und es ganz zu erfüllen.

5

Das seltsam fremdartige rote Backsteinschloß mit seinen runden Türmen und engen Wendeltreppen gefiel Grace ungemein. Als sie vor dem Porträt Gustavs IV. stand, fühlte sie sich allerdings etwas enttäuscht.

Diese hervorstechenden blaßblauen Augen, die rosigen Wangen, der sinnliche Mund mit dem mürrischen Ausdruck, die gepuderte Perücke und die schlanke, etwas weibische Figur ... Grace war überrascht, abgestoßen und voller Unbehagen. Sah Willas Geliebter tatsächlich so aus? Wenn ja, wie hatte sie so verrückt sein können, ihm zu trauen und, was noch mehr war, ihn sogar zu lieben!

»Aber er sieht nicht einmal gut aus! Er ist überhaupt nicht Willas Typ.«

Polsen studierte das Gemälde aus allen Blickwinkeln.

»Das hier ist ein schlechtes Bild«, betonte er. »Es ist flach und tot. Sie müssen sich die Augen lebendig und glänzend vorstellen, ein Lächeln auf die Lippen zaubern. Es ist ein femininer Mund, nicht wahr? Wenn er lächelt, könnte er recht hübsch aussehen, ja sogar Charme haben. Es könnte ein recht annehmbares Gesicht sein. Persönlichkeit wirkt immer fesselnder als gutes Aussehen allein.« Er umriß mit der Hand die gemalte Gestalt. »Sie müssen sich die Anziehungskraft von pulsierendem Blut und Vitalität hinzudenken.«

Grace war noch immer voller Zweifel und verwirrt. Sie glaubte nicht, daß ein beim Lächeln hübsch aussehender Mund unbedingt eine wichtige Eigenschaft für einen Mann war. Eine Eigenschaft, für die man ihn dann noch besonders bewunderte.

»Ist das ein typisch schwedisches Gesicht?« fragte sie.

»Nein. Typisch schwedisch, das würde ich nicht sagen.«

»Wenn uns also ein solches Gesicht begegnet, müßte es mir auf jeden Fall auffallen?«

»Wenn man moderne Kleider hinzufügt, das Haar in der natürlichen Farbe hinzudenkt, und wenn man außerdem die Lebendigkeit, von der ich sprach, berücksichtigt.«

»Besonderes Merkmal, König von Schweden, ca. 1778 bis 1837. Sie reden wie in einer Vorlesung. Polsen. Halten wir also Ausschau nach jemandem, der ungefähr so aussieht und eine starke Persönlichkeit ist. Das wird schwierig werden.«

Er nahm ihre Hand. Sie war überrascht, daß sie in der seinen fast völlig verschwand. Seine Hände und Füße standen genau im richtigen Verhältnis zu seiner Körpergröße. Es gefiel ihr irgendwie, daß er sie wie ein Turm überragte.

»Wenn wir nach jemandem wie Ihnen Ausschau halten würden, hätten wir es einfacher, Polsen. Sie ragen aus jeder Menge heraus.«

»Sollte das etwa eine schmeichelhafte Bemerkung sein? Ich glaube kaum. Aber Gustav zu finden wird nicht ganz so schwierig sein, wie Sie glauben. Wollen wir uns das ganze Schloß ansehen? Sie müssen sich die Füße all der vielen Königinnen und Könige vorstellen, die im Laufe der Jahrhunderte diese Stufen hinauf- und hinuntergegangen sind.«

»Da auch die Füße von Willa und ihrem Gustav hier gegangen sind, frage ich mich, ob er ihr wohl auch die Dinge versprochen hat, die Könige ihren Königinnen versprechen.«

»Ein Versprechen ist das eine, etwas ganz anderes ist dann das, was die Frauen in Wirklichkeit erhalten.«

Grace wußte nicht, ob Polsen sich auf unglückliche mittelalterliche Königinnen bezog oder auf Willa, aber er sah plötzlich so bekümmert aus, als ob auch ihn dieses schwammige Gesicht auf dem Porträt unsicher gemacht hätte. Grace schenkte der Aussicht durch die schießschartenähnlichen Fenster auf das schimmernde, stahlgraue Wasser kaum Beachtung. Der Mälarsee trug seine kalten Wellen überallhin, von Stockholm direkt bis hierher an diesen öden Ort. Im Winter mußte sein eisiger Griff lähmend sein.

Sie fühlte, daß es ihr beinahe schon ging wie Kate Sinclair. Sie fing an, den kommenden Winter zu hassen . . .

»Aber hat Ihnen denn das kleine Theater gar nicht gefallen?« fragte Polsen später. »Oder die Pferdebilder in den oberen Stockwerken?«

»Doch. Oh, doch, sehr.«

»Dann hören Sie auf, so dreinzuschauen, als ob Sie gerade aus einem Gefängnis entflohen wären.«

Im fahlen Sonnenschein wanderten sie am See entlang. Ein Schwan glitt langsam durch das raschelnde Schilf. Am anderen Ufer spiegelte sich eine Reihe rötlicher Häuser im See, so daß es aussah wie ein verglimmendes Feuer. In den Bäumen krächzten die Krähen. Es war so windstill, daß nicht eines der papierartigen, saftlosen Blätter zu Boden fiel.

»Sehe ich so aus, als wäre ich aus einem Gefängnis entkommen?« fragte Grace. »Sie müßten in der Zwischenzeit ja schon bemerkt haben, daß ich eine geradezu morbide Vorstellungskraft besitze.«

»Und worin besteht diese morbide Vorstellungskraft jetzt?«

»Darin: Falls Willas Gustav wirklich so aussieht wie sein Vorgänger auf dem Porträt, dann kann sie nur gegen ihren Willen mit ihm gegangen sein, wohin sie auch immer gegangen sein mag.«

»Machen wir jetzt lieber den Champagner auf«, versuchte Polsen sie abzulenken.

Grace lächelte schuldbewußt. »Gut, und ich verspreche Ihnen, nicht mehr zu grübeln.«

»Picknicks sind dazu da, um Freude zu bereiten«, sagte Polsen in seiner pedantischen Art.

»Ich bin kein so fröhliches Wesen wie etwa Willa. Das müßten Sie eigentlich schon entdeckt haben.«

Polsen nahm den Picknickkorb aus dem Kofferraum seines Wagens und breitete ein Tuch auf dem Boden aus. Mit sorgfältigem und geübtem Griff ließ er den Korken aus der Champagnerflasche schießen, füllte zwei Becher und gab Grace einen.

»Sie denken zuviel nach«, sagte er. »Genau wie ich. Deshalb hat meine Frau mich verlassen. Ich war ihr zu langweilig.«

»Das tut mir leid. Hat es sehr weh getan?«

»Natürlich. Es macht kein Vergnügen, verstoßen zu werden, aus welchem Grund auch immer. Und dann ist da der Junge. Waren Sie schon einmal verliebt, Grace?«

»Natürlich.«

»Sehr?«

»Damals glaubte ich es.«

»Wie oft?«

»Nur zweimal.« Ihre Stimme bekam diesen leicht aggressiven Ton, den sie einfach nicht vermeiden konnte, wenn die Sprache auf ihre eigenen Gefühle kam. »Ich sagte Ihnen ja schon, meine Schreibmaschine stellte sich immer zwischen mich und die anderen. Mich kann plötzlich der Zwang ankommen, bis um zwei Uhr morgens zu schreiben, und dann bin ich natürlich erschöpft. Das ist nicht gut für die Liebe. Und trotzdem . . .«

»Trotzdem was?«

Sie reckte ihr Kinn.

»In beiden Affären war ich diejenige, die sicherlich tiefer empfand.«

»Aber nicht tief genug, um sich von der Schreibmaschine zu trennen?«

»Ich konnte nicht. Das müssen Sie doch verstehen!« rief sie. »Sie ist ein Teil von mir. Ohne sie bin ich nur ein halber Mensch. Das läßt sich nur mit einem Musiker und seinem Instrument vergleichen.«

Er sah sie lange und gedankenvoll an.

»Wovon handeln Ihre Bücher, Grace?«

»Oh – von jungen verheirateten Paaren, von sozialen Problemen, von unerwünschten Kindern, von den Schwierigkeiten des Lebens im allgemeinen. Sie können sich das ja vorstellen. Es ist mir wichtig, und darum schreibe ich davon.«

»Ja, es ist wichtig. Und auf diese Art haben Sie vergessen zu lächeln.«

»Habe ich das?«

Grace hob ihr Gesicht mit einem so ängstlichen Ausdruck, daß Polsen sich zu ihr hinüberbeugte und sie küßte. Im ersten Augenblick war sie so überrascht, daß sie stocksteif dasaß und nur denken konnte, daß seine kühlen Lippen auf den ihren so angenehm waren wie die Kühle des Champagners. Dann aber wich sie heftig zurück und sah ihn finster an.

»Warum haben Sie das getan?«

»Weil ich es für eine angenehme Beschäftigung halte.«

»Für Sie oder für mich?«

Er fing an zu lachen, und seine Augen wirkten gar nicht mehr kurzsichtig. Sie waren schärfer und klarer, als ob er recht gut auch ohne seine Brille sehen könnte, wenn er wollte.

»Wirklich, Grace, Sie sind wie diese wilden Pflanzen, die in Schottland wachsen. Nichts als Dornen.«

»Meinen Sie etwa schottische Disteln?« fragte sie, nicht im mindesten amüsiert.

»Genau.« Er legte seine große Hand schwer auf ihre Schulter. »Kommen Sie, essen Sie etwas. Sandwiches, Huhn, gekochte Eier. Ich hoffe, Sie sind hungrig. Und wenn Sie mich vielleicht fragen wollen, ob ich Willa beim Picknick auch geküßt habe, ist die Antwort nein.«

Grace blickte zu Boden. Willa hatte er also auch zu Picknicks mitgenommen. Es mußte im Sommer gewesen sein, als es heiß war und sie schwimmen konnten.

»Wir haben Magnus immer mitgenommen«, sagte Polsen, da er ihre Gedanken erriet.

»Magnus?«

»Meinen Sohn. Wir brachten ihm das Schwimmen bei. Willa schwimmt wie ein Fisch, ich wie ein Wal. Aber es war lustig.«

»Hat sie denn nicht mit Gustav Ausflüge gemacht?«

»Als wir miteinander schwimmen gingen, war es Frühling. Später pflegte sie dann übers Wochenende wegzufahren.«

»Hat sie Ihnen gesagt, wohin?«

»Gelegentlich erzählte sie, sie ginge mit den Sinclairs. Die haben ein Häuschen im Wald. Ich stellte mir vor, daß sie immer dorthin ging.«

»Deshalb also haben die Kinder von den Elchen im Wald gesprochen. Aber sie muß auch manchmal woanders hingegangen sein.«

»Ja. Das weiß ich jetzt auch.«

»Da sind Sven und Ulrika im Strindberg-Haus.«

»Richtig. Wir müssen etwas über sie herausbekommen. Wir haben eine Menge zu tun. Warum schüttelt es Sie so? Ist Ihnen kalt?«

»Ich habe Gänsehaut.«

»Setzen Sie sich näher zu mir. Trinken Sie noch etwas Champagner, und erzählen Sie mir, weshalb Sie und Willa so verschieden sind.«

»Warum sollten wir nicht verschieden sein? Wir sind ja keine Schwestern, sondern nur Kusinen, wenn unsere Mütter auch Zwillinge waren. Unsere Väter waren sehr verschieden. Willas Eltern trennten sich, als sie noch sehr klein war. Ich glaube, all ihre Geschwätzigkeit und ihre krampfhafte Fröhlichkeit sind nur teilweise echt. Sie versucht dadurch wahrscheinlich zu kompensieren, daß sie sich von ihrem Vater verlassen fühlt. Schon als ganz kleines Kind war sie eine schreckliche Angeberin. Meine Eltern waren verhältnismäßig glücklich. Meine Mutter starb bald nach Willas Mutter, beide an einem Herzfehler. Als ob sie das gleiche Herz gehabt hätten! Aber mein Vater lebt noch, und ich verehre ihn sehr.«

»Nimmt er Ihre Arbeit ernst?«

»Oh, ja. Er erwartet von mir viel mehr, als ich bisher erreicht habe.«

»So. Das erklärt alles. Sie und Willa haben einen Vaterkomplex.«

Grace schmollte. »Polsen, für einen Schweden können Sie sich wirklich zu gut in einer Fremdsprache ausdrükken.«

»Aber wie steht's mit meiner Analyse?«

»Ich glaube, ich muß Ihnen da bis zu einem gewissen Punkt recht geben. Willa und ich erkannten schon früh, daß unsere Mütter viel mehr aneinander hingen als an uns. Das verband uns besonders eng. Wir fühlten füreinander größte Verantwortung.

»So viel habe ich mir schon zusammengereimt.«

»Und verstehen Sie deswegen Willa besser?«

»Es erklärt, weshalb sie manchmal so haarsträubende Dinge tut, aber nicht, wo sie ist.«

Grace blickte ihn besorgt an. »Gustav ist kaum eine Vaterfigur, oder? Wenigstens nicht nach diesem Porträt. Polsen, wir sollten nicht hier herumsitzen und die Zeit mit Champagnertrinken vertrödeln.«

Sie fing seinen Blick auf und runzelte die Stirn.

»Ich nehme an, Sie wollen mir jetzt sagen, Willa hätte eine solche Bemerkung niemals gemacht.«

»Da haben Sie vollkommen recht. Willa war viel zu gierig, um so etwas auch nur zu denken. Vielleicht ist ihre Gier schuld an allem, was jetzt geschehen ist.«

Er erläuterte diese Theorie nicht näher, und Grace fragte nicht. Sie fürchtete, er spielte auf die persischen Teppiche und all die anderen Luxusgegenstände in ihrer Wohnung an. Vielleicht würden sie herausbekommen, wie Willa in ihren Besitz gelangt war. Aber nicht jetzt gleich. Die Dämmerung brach bereits herein, der See, das Schloß, die Bäume mit ihren abgestorbenen Blättern wirkten öde und traurig. Grace wünschte plötzlich, wieder in der Wärme von Willas Wohnung zu sein, ungeachtet der verwirrenden Gegenstände dort.

Was sie nicht erwartet hatte, war der starke Parfümgeruch, der sie empfing, als sie zwei Stunden später die Tür aufschloß. Willas Parfüm! Willa mußte zurück sein! Aber die Wohnung war dunkel.

Sie drehte das Licht an und rief aufgeregt: »Willa!«

Keine Antwort. Wohn- und Schlafzimmer waren leer. Alles war ordentlich. Wenn Willa tatsächlich dagewesen und wieder gegangen war, hätte sie Sachen herumliegen lassen.

Aber nirgends lagen Kleider, nirgends herrschte Unordnung.

Vollkommen durcheinander, setzte sich Grace an den Toilettentisch. Hier war der Parfümgeruch am stärksten. Sie wußte sogar den Namen. Balenciaga Quadrille. Sie öffnete aufs Geratewohl eine Schublade und sah die umgefallene Flasche.

Sie wußte mit Sicherheit, daß sie sie nicht umgestoßen hatte. Sie hatte überhaupt nichts in dieser Schublade berührt. Und jetzt lag diese Flasche auf der Seite, und unter dem gelockerten Verschluß sickerte die stark duftende Flüssigkeit heraus.

Es gab nur eine Erklärung. Jemand anderes hatte diese Schublade geöffnet. Heute, während Grace weg war.

Natürlich Frue Lindström. Polsen, der Grace gefolgt war, nachdem er seinen Wagen geparkt hatte, hörte sich ihre aufgeregte Schilderung an.

»Polsen, wir müssen mit ihr reden. Sie kann doch nicht einfach hier hereinkommen, wenn ich nicht da bin, und herumschnüffeln. Wonach hat sie wohl gesucht?«

Polsen zog angewidert die Nase hoch.

»Dieser Geruch ist zuviel des Guten, nicht wahr? Nun gut, gehen wir hinunter und stellen wir ihr einige Fragen.«

»Sie muß es gewesen sein! Was meinen Sie?«

»Ich sagte schon, gehen wir hinunter und fragen wir sie. Besagt Ihr englisches Gesetz nicht, daß eine Person so lange unschuldig ist, bis die Schuld bewiesen ist?«

»Frue Lindström ist nicht unschuldig«, beharrte Grace. »Ich habe ihr von Anfang an nicht getraut.«

Frue Lindström schien ebenfalls gerade heimgekommen zu sein. Als sie die Tür öffnete, hatte sie noch einen scheckigen Pelzhut tief über die Ohren gezogen, als ob jetzt schon Winterstürme um die Straßenecken pfiffen. Ihre Wangen waren offensichtlich vom raschen Gehen gerötet. Ihre blassen Puppenaugen traten hervor. Sie schien kampfbereit und eine Auseinandersetzung zu erwarten.

»Froken Asherton! Herre Polsen! Was kann ich für Sie tun?« fragte sie freundlich.

Grace sprach als erste.

»Irgend jemand war in der Wohnung meiner Kusine. Wem haben Sie den Schlüssel gegeben?«

Die Freundlichkeit schwand augenblicklich aus Frue Lindströms Gesicht. Ihr Mund wurde schmal.

»Ich will Ihnen mal was sagen, Froken Asherton. Es ist nicht meine Gewohnheit, die Schlüssel Fremden zu geben.«

»Vielleicht war es gar kein Fremder?« vermutete Polsen sanft.

Diese Bemerkung ließ Frue Lindström vor Empörung zittern.

»Herre Polsen, ich bin von Ihnen überrascht! Fremder oder Freund, ich würde keinem den Schlüssel geben. Außerdem habe ich niemanden gesehen. Samstags gehe ich immer zu meiner verheirateten Tochter. Wie Sie sehen, bin ich eben zurückgekommen. Ich hatte noch nicht einmal Zeit, Hut und Mantel abzulegen.«

Sie schien wirklich die Wahrheit zu sagen. Außerdem gewann ihre Neugier langsam die Oberhand über ihre Entrüstung. Sie konnte sich nicht versagen zu fragen: »Was ist los? Ist Ihnen etwas gestohlen worden?«

Grace schüttelte den Kopf.

»Nein, ich glaube, es fehlt nichts.«

»Woher wissen Sie dann, daß jemand eingedrungen ist?«

»Eine Flasche mit Parfüm ist umgestoßen worden. Jemand hat die Schubladen durchsucht.«

»Ist sonst noch etwas in Unordnung?«

»N . . . nein«, sagte Grace unsicher, obwohl es ihr jetzt so vorkam, als ob die Kissen verrückt und wieder allzu sorgfältig geordnet worden wären, als ob ein Teppich schief liege. Das war aber nur eine augenblickliche Idee, hervorgerufen durch ihr Unbehagen.

Frue Lindström brach in ihr plötzliches hysterisches Lachen aus, das einen aus der Fassung bringen konnte.

»Das ist alles? Eine umgestoßene Flasche. Ich nehme an, das haben Sie selbst getan, ohne es zu bemerken. Glauben Sie nicht auch, Herre Polsen? Ein Einbrecher hätte größere Unordnung zurückgelassen.«

»Es war kein gewöhnlicher Einbrecher«, sagte Polsen nachdenklich. »Jemand hat nach etwas ganz Bestimmtem gesucht. Jemand, der ganz offensichtlich einen eigenen Schlüssel haben muß, da Sie ja niemandem einen gegeben haben.«

Frue Lindström preßte ihre Hände gegen die flache Brust.

»Ah. Jetzt verstehe ich! Einer von Froken Bedfords Freunden. Ein kleines Andenken, das er zurückhaben wollte. Vielleicht Briefe.« Sie lachte wieder, offensichtlich stolz auf ihren Scharfsinn.

»Da habt Ihr es, Ihr klugen Kinder. Ihr macht euch Sorgen wegen eines Einbrechers, ich dagegen denke an eine ganz einfache Lösung. Das unglückliche Ende einer Liebesaffäre.«

»Ich muß sagen, ich halte es eigentlich nicht für eine so einfache Lösung, daß jemand einen Schlüssel zu der Wohnung hat, den er jederzeit, ob tagsüber oder gar nachts, benützen kann«, ereiferte sich Grace.

»Seien Sie doch darüber nicht so unglücklich, Froken. Niemand betritt dieses Haus ohne mein Wissen.«

»Aber wenn Sie weg sind, wie zum Beispiel heute?«

»Ja, das ist wahr. Ich glaube doch, man sollte das Schloß ändern, um ein nochmaliges Eindringen unmöglich zu machen. Trotzdem bin ich noch immer nicht ganz überzeugt. Man stößt so leicht eine Flasche um, ohne es zu bemerken. Glauben Sie nicht, daß es so gewesen sein könnte?«

»Diesen Geruch? Den hätte ich sofort bemerkt«, sagte Grace. »Die Wohnung riecht wie eine Parfümerie, was heißt das, wie eine ganze Parfümfabrik.«

»Das Schloß muß also geändert werden«, sagte Polsen.

»Und wenn Froken Bedford zurückkommt und entdeckt, daß ihr Schlüssel nicht mehr sperrt?«

»Ich werde dasein«, sagte Grace.

»Und sie wird über Ihre Vorsorge glücklich sein«, sagte Polsen liebenswürdig.

Wieder brach Frue Lindström in schrilles Gelächter aus.

»Ich verstehe, was Sie meinen. Wenn sie einen neuen Ehemann hat, wie Sie sagen, wird Froken Bedford keinen Wert mehr auf ungeladene Besucher legen.«

»Wie kann sie es wagen, anzudeuten, daß Willa ein so unsolides Leben geführt hat«, sagte Grace aufgebracht, als sie wieder nach oben gingen. »Sie lacht, aber ihre Augen blicken boshaft. Sie lebt vom Klatsch.«

»Ich erinnere mich, daß sie tatsächlich samstags ihre Tochter zu besuchen pflegt«, sagte Polsen.

»Wer also hierherkam, muß das gewußt haben. Und er muß auch gewußt haben, daß wir den ganzen Tag wegbleiben würden. Polsen, wir werden beobachtet!«

Als er dagegen keine Einwände machte, wie sie insgeheim hoffte, fröstelte es sie plötzlich. »Ich muß unbedingt dafür sorgen, daß das Schloß geändert wird. Wem hat Willa nur einen Schlüssel gegeben? Gustav kann es nicht sein, denn sie ist ja mit ihm zusammen. Glauben Sie an einen ehemaligen Verehrer? Irgend jemand, der nicht will, daß herauskommt, daß er jemals hier gewesen ist? Vielleicht Winifred Wrights verheirateter Mann?«

Polsen sah sie bewundernd an.

»Ihre Beweisführung fängt an, erschreckend zu werden, Grace.«

»Willas Tagebuch!« rief Grace aus. »Er wußte davon und fürchtete, daß er darin erwähnt ist. Er wollte nicht, daß ich oder irgend jemand anderer es liest. Aber er konnte es nicht finden, weil ich es hier habe, in meiner Handtasche. Es muß also Sven, Axel oder Jacob sein. Glauben Sie, es ist Jacob, der Baron von Sturpe? Ein so prominenter Mann wie er will natürlich jeden Skandal vermeiden.«

»Andererseits kann ich mir ihn aber nicht vorstellen, wie er das Zimmer eines Mädchens durchsucht«, sagte Polsen. Trotzdem lag in seinen Augen wieder dieses eigenartige Glitzern, als ob er in Gedanken einen Einfall überprüfte. Jedenfalls war es nichts, worüber er mit Grace sprechen wollte, denn er fügte hinzu: »Heute nacht können Sie ruhig schlafen. Ich bin ganz sicher, Ihr Besucher wird nicht zurückkommen. Wenn Sie irgend etwas erschreckt, zögern Sie nicht, den Besenstiel zu benützen.«

Das war wie eine Bemerkung aus einer Komödie. Aber

Polsen hatte das möglicherweise beabsichtigt, um die Spannung zu brechen.

»Ich meine, Sie sollen damit natürlich gegen die Decke schlagen und nicht auf ihren unerwünschten Besucher, obwohl es nichts schaden könnte, wenn Sie beides tun.«

Als Grace im Bad war, läutete das Telefon. Der Klang kam so unerwartet, daß sie wie elektrisiert aus der Wanne sprang und tropfend über den polierten Fußboden lief. Sie dachte nicht einmal daran, sich schnell ein Handtuch zu schnappen. Sie hatte im warmen Wasser gelegen und gerade daran gedacht, daß sie auch die einzigen anderen Bewohner des Hauses, die beiden alten Damen vom ersten Stock, ausfragen sollte. Vielleicht hatten sie an diesem Nachmittag jemanden die Treppe hinaufgehen gesehen oder Geräusche gehört.

Frue Lindström hatte sie als zwei ältere, unverheiratete Schwestern geschildert. Völlig zurückgezogene Leute, die sich niemals beschwerten oder irgendwelchen Ärger machten.

Zwei Frauen, die ein langweiliges Leben führen und immer zu Hause sind, sehen und hören manchmal viel mehr, als man glaubt.

Das fordernde Läuten des Telefons konnte allerdings eine Lösung aller Probleme bedeuten. Die Notwendigkeit, die Damen Morgensson oder sonst irgend jemanden zu befragen, erledigte sich damit vielleicht von selbst.

Grace war ganz sicher, daß dies nur Willa sein konnte.

»Hallo«, rief sie deshalb atemlos in den Hörer.

»Grace? Hier ist Kate Sinclair.«

»Oh, Kate.« Die Enttäuschung war zu offensichtlich, gleichzeitig schalt sich Grace selbst. Wieso hatte sie geglaubt, Willa würde ihre Wohnung anrufen, von der sie doch nur annehmen konnte, daß sie leer war?

»Es klingt, als ob Sie aufgeregt wären.«

»Nein. Ich komme nur gerade aus dem Bad und tropfe. Würden Sie einen Augenblick dran bleiben, bis ich mir ein Handtuch geholt habe?«

Als sie in eines von Willas großen Badetüchern gehüllt zurückkam, war sie wieder ruhig.

»Wie geht es Ihnen, Kate? Und den Kindern?«

»Gut. Peter bat mich, anzurufen. Er dachte, Sie fühlten sich vielleicht einsam.«

»Nein, ich bin nicht einsam. Ich habe mir heute die Gegend angesehen. Wir waren in Schloß Gripsholm und haben gepicknickt.«

»Ist es nicht ein bißchen kühl für ein Picknick? Einen Augenblick, bitte.« Im Hintergrund wurde etwas gemurmelt, dann fuhr Kate fort: »Das war Peter. Er wollte wissen, mit wem Sie dort waren.«

»Gehört das zu seinen Aufgaben?« fragte sie leichthin. »Mit meinem Nachbarn. Oder mit Willas Nachbarn. Ein sehr großer, freundlicher Schwede mit Namen Polsen, der an der Universität Dozent ist. Mir hielt er heute eine private Vorlesung über die Porträts in Schloß Gripsholm.«

Wieder Gemurmel im Hintergrund, dann sagte Kate: »Es tut mir leid, Grace. Peter möchte, daß ich Ihnen erkläre, daß es sehr wohl zu seinen Aufgaben gehört, dafür zu sorgen, daß britische Touristen nicht in Schwierigkeiten kommen.«

»Dann glaubt er also, Willa ist in Schwierigkeiten!« rief Grace aus.

Es hörte sich so an, als ob jemand die Luft scharf einzog, dann kam Peters angenehme, kühle Stimme.

»Genau das ist es, was ich meine, Grace. Machen Sie es nicht wie Willa und rennen Sie mit Männern herum, von denen Sie nichts wissen.«

»Du lieber Himmel! Ich könnte Willa nicht unähnlicher sein! Und Sie müßten Polsen eigentlich kennen.«

»Ich habe ihn kennengelernt, ja. Ich weiß nicht viel von ihm. Und Sie auch nicht. Aber ich will Ihnen keine Vorschriften machen. Kate und ich fragten uns nur, wie es Ihnen so geht und ob Sie wohl morgen mit uns kommen würden? Wir werden für einen Tag in unser Landhäuschen hinausfahren. Es ist eigentlich zu spät im Jahr, aber wir möchten aus der Stadt heraus. Sie könnten etwas vom Land sehen.«

Den Wald, wo Willa sich verirrt hatte, wie die Kinder ihr mit großen und ernsten Augen erzählt hatten.

Grace sagte ohne zu zögern: »Das würde ich sehr gern. Vielen Dank für die Einladung.«

»Wunderbar. Wir werden Sie ungefähr um zehn Uhr abholen. Okay? Ziehen Sie sich warm an, es ist sicher kalt. Ich nehme mein Gewehr mit, vielleicht kann ich einen Elch schießen.«

Grace zog sich rasch an und dachte, daß endlich etwas geschah, auch wenn es womöglich gar nichts zu bedeuten hatte. Jetzt hatte sie vor, die Damen Morgensson aufzusuchen, sich ihnen als vorübergehende Nachbarin vorzustellen und sie zu fragen, ob sie an diesem Nachmittag irgendwelche verdächtigen Geräusche von oben gehört hätten. Das Parfüm hing noch immer in der Luft und erinnerte Grace ständig an Willas Abwesenheit und an den teuren Geschmack, den sie entwickelt hatte. Weshalb hatte sie zum Beispiel die Flasche nicht mitgenommen? Das war eine Frage, deren Beantwortung nicht uninteressant schien.

Eine weißhaarige alte Dame öffnete die Tür der Wohnung im ersten Stock und musterte Grace aus rotumränderten, wäßrigen Augen.

»Sprechen Sie Englisch?« fragte Grace. Die alte Dame legte ihren Kopf schief wie ein wachsamer, aber ziemlich tauber Kakadu.

»Wie? Englisch? Ja, ja.«

Grace erhob ihre Stimme. »Ich bin Grace Asherton, Willa Bedfords Kusine. Ich wohne oben.«

»Bei Froken Bedford? Wie nett. Wollen Sie nicht hereinkommen und meine Schwester kennenlernen? Aber verschwenden Sie Ihre Zeit nicht damit, sich mit ihr zu unterhalten. Sie ist ziemlich taub. Sie versteht niemanden außer mir.«

Miß Morgensson hatte nicht übertrieben, als sie sagte, sie könnte Englisch. Ihre Aussprache war ebenso perfekt wie ihre Manieren. Sie führte Grace in ein gemütliches Wohnzimmer, in dem freundliches Lampenlicht auf dem samtenen Tischtuch und den bestickten Sofaschonern lag, und deutete auf eine ihr verblüffend ähnliche alte Dame, die mit geschlossenen Augen in einem Schaukelstuhl saß und leise schaukelte.

»Katerina!« sagte sie laut. »Wach auf! Wir haben einen Gast.«

Noch ein Paar blasser, wäßriger Augen sah Grace an.

»Eh? Wer ist die junge Dame?«

Die Schwester erhob ihre Stimme wieder. »Froken Bedfords Kusine, aus England. Ist das nicht nett? Das ist meine Schwester Katerina, Miß Asherton. Ich bin Anna. Sie werden doch ein bißchen bleiben und mit uns Kaffee trinken? Sagen Sie nicht, Sie hätten keine Zeit, denn er ist schon heiß. Katerina, Miß Asherton wird bleiben und mit uns Kaffee trinken.«

Katerina schaukelte, lächelte und starrte sie an. Sie trug ein graues Kleid mit altmodischem Stehkragen, ihre Schwester eines in genau dem gleichen Schnitt, aber in Braun. Beide sahen rosig, gesund und fröhlich aus. Wenn das Altjüngferliche ihnen ein so gemütliches, zufriedenes Alter bescherte, mußte doch etwas dran sein.

Sie waren jedenfalls besser dran als Willa, die sich mit ihren verrückten Affären ins Unglück stürzte.

»Meine Schwester ist schon seit langer Zeit taub«, erklärte Miß Anna und eilte mit Kaffeetassen umher.

»Dann hat es wohl keinen Zweck, sie zu fragen, ob sie heute nachmittag irgend etwas Ungewöhnliches gehört hat«, sagte Grace. »Haben Sie vielleicht etwas gehört, Miß Anna?«

»Etwas Ungewöhnliches?« Die alte Dame blieb stehen und legte ihren Kopf wieder schief.

»Ich war den ganzen Tag aus, und ich glaube, jemand hat sich in meiner Wohnung zu schaffen gemacht.«

»Ein Einbrecher! Nej!«

»Nein, kein Einbrecher.« Es tat ihr leid, daß sie die

freundliche alte Dame so erschreckt hatte. »Nur einer von Willas Freunden, nehme ich an. Ich fragte mich nur, ob Sie vielleicht jemanden haben hinaufgehen sehen.«

»Nein, wir haben niemanden gesehen. Meine Schwester und ich machen nach dem Mittagessen immer ein kleines Nickerchen. Und außerdem, ohne daß ich damit etwas Böses sagen will, wir haben es uns abgewöhnt, auf all die Besucher zu achten, die die Treppe hinaufgehen, seit Froken Bedford oben wohnt. Sie ist jung, sagten wir uns. Sie muß ihr eigenes Leben leben. Aber jetzt ist das Kind weg, haben wir erfahren. So plötzlich! Wir können uns gar nicht vorstellen, was Axel sagen wird, wenn er es erfährt. Nicht wahr, Katerina?«

Der Schaukelstuhl stand still.

»Was hast du gesagt, Anna? Sprich deutlicher.«

»Ich sagte, wie enttäuscht Axel sein wird, wenn er zurückkommt und Froken Bedford weg ist.«

»Axel?« fragte Grace, und ihr Herz schlug heftig. (Jacob, Sven, Axel, Gustav . . .)

»Unser Neffe.«

»Wohnt er hier?«

»Oh, nein. Nicht hier in dieser kleinen Wohnung mit zwei alten Frauen. Aber er kommt immer vorbei, wenn er von seinen Reisen zurückkehrt. Nicht wahr, Katerina? Er ist ein guter Junge, nicht wahr, Katerina?«

»Ja, ja, ja.«

»Reist er viel?« fragte Grace. Vorsichtig nahm sie die Kaffeetasse in Empfang und fürchtete, sie würde auf der Untertasse klirren und so ihr Zittern verraten.

»Sehr viel. Überallhin. Jütland, Norwegen, Finnland, manchmal auch zu baltischen Häfen. Er ist Schiffskapitän. Axel ist etwas geworden, nicht wahr, Katerina?«

»Ist er verheiratet?« fragte Grace.

Anna schüttelte den Kopf und lachte. Das schien ein guter Witz zu sein. »Nej, nej. Wie hätte er sich sonst für Froken Beford interessiert, wenn er eine Frau hätte?«

Der Kaffee war zu stark und bitter. Grace stürzte ihn hinunter und wünschte, Polsen würde dieses Gespräch mit anhören.

»Er mochte Willa?«

»Ich glaube, ein bißchen. Aber dann protestierte er gegen die neue Haarfarbe. Es war eine sehr eigenartige Farbe. Axel hat einen guten Geschmack und hielt sie für unkleidsam. Ich glaube, die beiden schieden nicht als die besten Freunde.«

»Das ist nicht schön. Sieht Ihr Neffe gut aus?«

Mit geradezu komischer Eile reagierte die alte Dame auf diesen Köder.

»Sie müssen ein Bild von ihm sehen. Schauen Sie! Schauen Sie sich das an!«

»Was hast du da, Anna?« fragte Katerina gebieterisch.

»Das Foto von Axel an seinem einundzwanzigsten Geburtstag. Bedenken Sie, das ist jetzt zwölf Jahre her. Jetzt ist er viel ernster. Er lächelt wenig.«

Er lächelte auch auf dem Bild nicht. Grace blickte auf ein Gesicht mit langem Kinn, einer langen, geraden Nase und kühlen, blassen Augen.

Er glich nicht im mindesten dem affektierten, weibischen Gustav IV.

»Ja, er sieht wirklich sehr gut aus«, sagte Grace höflich. »Wann wird er Sie wieder besuchen?«

»Das wissen wir nie. Es können zwei oder drei Monate zwischen den einzelnen Besuchen liegen. Er kommt und geht wie eine Wildgans im Winter.« Anna fand sichtlich Gefallen an ihrem poetischen Vergleich und wiederholte ihn, fügte aber kichernd hinzu: »Nicht daß Axel eine Gans wäre. Dazu ist er viel zu klug.«

Grace erhob sich. Sie hatte zwar eine ganze Menge erfahren, aber keinerlei Antwort auf ihre Fragen erhalten, außer daß Axel nicht Gustav sein konnte.

Was hatte Willa in ihrem Tagebuch über ihn geschrieben: ›Axel starrt mich an mit seinen schauerlich ernsten Augen. Zu langweilig, um ein Wort darüber zu verlieren.‹

»Besuchen Sie uns wieder, Miß Asherton«, sagte Anna

und legte ihren kleinen Papageienkopf schief. »So freundlich«, rief Katerina ihr nach.

Die Tür schloß sich, und die alten Damen verschwanden. Grace schien es, als hätte sie ein altmodisches, gemütvolles Foto in eine Schublade zurückgesteckt.

Aber weshalb hatte Polsen ihr nichts von Axel erzählt?

Weil er niemals bemerkte, was direkt unter seiner Nase geschah, gab er beschämt zu. Er wußte, daß die alten Damen einen Neffen hatten, aber Frue Lindström und alle andern sprachen immer nur von Kapitän Morgensson, niemals von Axel.

Wie hatte Grace es fertiggebracht, mit diesen zwei alten Kätzchen ins Gespräch zu kommen? Ihm war das niemals gelungen. Und Willa sicherlich auch nicht. Außerdem glaubte er, daß Willa dem Neffen bestimmt nicht öfter als ein paarmal begegnet sein konnte. Hatte sie nicht geschrieben, er sei zu langweilig, um ein Wort darüber zu verlieren? Er konnte nicht Gustav sein. Oder vielleicht doch?

Grace erklärte, ihr Kopf fühle sich an, als sei er voller Baumwolle. Sie freue sich darauf, morgen mit den Sinclairs eine lange Fahrt an der frischen Luft zu machen.

Polsen schien verletzt. Was hatten sie denn den ganzen Tag gemacht? Aber er gab zu, daß es eine gute Idee sei, daß die Sinclairs sich um Grace kümmerten, da er an Sonntagen immer seinen Sohn ausführe. Er ließ es niemals zu, daß irgend etwas diese Gewohnheit störe.

»Sie brauchen nicht das Gefühl zu haben, Sie seien für mich verantwortlich«, sagte Grace. Ihre Stimme klang spitzer, als sie beabsichtigt hatte. Natürlich hatte Polsens Sohn den Vorrang vor einer neuen Bekanntschaft und deren ungewöhnlichen Problemen.

Diese Unterhaltung fand auf dem Treppenabsatz vor ihrer Tür statt, und sie war müde und durchfroren. Ihre Erregung über das gelöste Rätsel um Axel hatte sich rasch gelegt. Das war nur eine Spur gewesen, die nirgends hinführte.

»Ausgerechnet ich? Ich bin sogar zu dumm, um für mich

selbst verantwortlich zu sein«, schalt sich Polsen und brütete noch immer über seiner Borniertheit in bezug auf den Neffen der Damen Morgensson. »Rechnen Sie nicht damit, daß ich Gustav bemerke, bevor er direkt vor meiner Nase steht.«

Allerdings sah er sie dabei nicht direkt an, doch sie konnte wieder diesen seltsamen Ausdruck der Wachsamkeit in seinen Augen sehen. Sie sagte sich, daß sie niemals auch nur die leiseste Ahnung hatte, was Polsen dachte.

6

»Sie haben also beschlossen zu bleiben«, sagte Peter Sinclair, und Grace hatte den Eindruck, als sei er eine Spur gereizt. Aber die ganze Atmosphäre im Auto war nicht gerade gelöst. Sie war beinahe so frostig wie der Morgen draußen. Über den See fegte ein ziemlich scharfer Wind, der die hübschen kleinen Boote an ihrer Vertäuung tanzen ließ und die dürren Blätter in Schwärmen über die Straße jagte.

Kate hatte einen Schal um ihren Kopf gebunden, der ihr Haar zurückhielt und ihr Gesicht scharf und winzig erscheinen ließ. Peter dagegen wirkte in seinem breitschultrigen Sweater doppelt mächtig. Sein dichtes, blondes Haar war windzerzaust. Er sah gesund und attraktiv aus, trotz seiner schlechten Laune, die er nicht einmal dann ganz verbergen konnte, als Grace in den Wagen stieg.

Die Kinder trugen rote Baskenmützen, die viel zu farbenprächtig für ihre blassen, ernsten Gesichter waren. Georgy war aufgekratzt, geschwätzig und glücklich, daß sie einen ganzen Tag draußen sein konnte, Alexander dagegen lehnte still in seiner Ecke.

»Er fürchtet sich vor den Elchen«, erklärte Georgy. War das nicht dumm, wo noch nicht einmal feststand, ob sie überhaupt einen einzigen sehen würden?

»Es wird allmählich Zeit, daß er diesen Unsinn überwindet«, tadelte sein Vater ihn über die Schulter hinweg und stellte dann Grace die Frage bezüglich ihres Aufenthaltes in Stockholm.

Bevor sie jedoch antworten konnte, wurde ihre Aufmerksamkeit von einem großen Mann und einem kleinen Jungen abgelenkt, die eben die Straße überquerten.

»Schauen Sie, Peter! Das ist Polsen!«

Sie blickte zurück und wollte winken, aber Polsen war völlig vertieft im Gespräch mit dem kleinen Jungen. Sein aufmerksam geneigtes Gesicht schien nicht das gleiche zu sein, das sie kannte.

»Ist das sein Sohn?« fragte Peter.

»Ich nehme es an.«

»Sie haben mir gar nicht gesagt, daß er Frau und Kind hat.«

»Er lebt nicht bei ihnen. Er führt seinen Sohn nur an den Sonntagen aus.«

»Oh, so ist das also«, sagte Kate.

»Schweden ist das Land mit der höchsten Scheidungsziffer der Welt«, gab Peter zu bedenken. »Das weißt du doch, Liebling.«

»Ja, aber wir brauchen nicht jetzt darüber zu sprechen. Kleine Lauscher in der Nähe!«

»Das sind wir«, sagte Georgy zu Grace. »Was ist eine Scheidungsziffer?«

»Kümmere dich nicht darum«, wies Kate das Kind zurecht.

»Grace, Sie haben Peters Frage nicht beantwortet. Haben Sie vor, noch länger in Schweden zu bleiben?«

»So lange, bis ich etwas von Willa höre, ja.«

»Aber wenn sie doch gar nicht weiß, daß Sie hier sind, meine Liebe!« sagte Peter. »Sie kann in Kopenhagen sein, in Paris, Rom, Rio. Wer weiß, wo?«

»Sie muß zurückkommen. Ihre Sachen sind noch da, und die Angelegenheit mit der Wohnung muß auch geregelt werden. Außerdem fange ich langsam an, meine Ferien zu genießen.« Das war seltsamerweise sogar wahr, obwohl sie von Polsen den Eindruck hatte, daß er ein in sein Kind völlig vernarrter Vater ist. Der alte Dummkopf sollte besser zu seiner Frau zurückkehren.

»Komische Idee, daß das ein Genuß sein soll«, murmelte Kate.

Der Himmel war klar. Nur am Horizont baute sich eine dichte, graue Wolkendecke auf.

»Schneewolken«, sagte Peter.

Möglich, daß sie sich im Laufe des Tages ausbreiteten. In dieser Jahreszeit sprach jedermann vom Schnee und bereitete sich darauf vor, aber niemand wußte, wann es tatsächlich zu schneien beginnen würde. Die Birken hoben sich wie Fackeln vom dunklen Grün der Fichten und Tannen ab.

Kaum eine halbe Stunde, nachdem sie die Stadt verlassen hatten, fuhren sie durch dichten Wald, der nur hin und wieder von kleinen Lichtungen unterbrochen wurde. Dort standen meist hübsche Landhäuschen. Die stadtgebundenen Schweden mußten sie sehr lieben.

Gelegentlich öffnete sich der Wald und gab den Blick frei auf den See. War es immer der gleiche, war es immer ein anderer? Manchmal wichen die Bäume ganz zurück und machten weiten, kargen Feldern Platz, aus denen weiße Felsen emporragten, als ob das Land seine Gebeine zeigte.

»Das ist die Straße nach Uppsala«, erklärte Peter. »Da müssen Sie einmal hin. Uppsala hat eine Universität und eine schöne Kathedrale. Wir biegen jetzt gleich ab und fahren zum See hinunter.«

»Hier ganz in der Nähe wohnen Ebba und Jacob«, berichtete Kate. »Sie haben natürlich ein richtiges Haus, nicht nur so eine kleine Hütte.«

»Ein gotisches Gebäude«, sagte Peter. »Ich hoffe, sie werden Sie einmal einladen, Grace. Es ist ihr ständiger Wohnsitz, nicht nur ihr Sommerhaus. Du bildest dir doch nicht ein, wir könnten uns so etwas leisten, Kate? Meine Frau ist eine Träumerin. Die meiste Zeit ist sie überhaupt nicht anwesend. Da ist sie in Gedanken in Surbiton. Habe ich recht, Liebes?«

»Da!« rief Georgy aus. »Haben Sie das gesehen, Grace? Das Schild bedeutete ›Vorsicht vor Elchen‹. Nicht wahr, Daddy«

»Wirklich? Ich habe es übersehen.«

»Aber es stimmt, Daddy. Du hast das einmal gesagt. Wissen Sie, daß Elche mächtige Geweihe haben? Deshalb fürchtet sich Alexander vor ihnen. Sie spießen einen auf und werfen einen in die Luft, und dann trampeln sie auf einem herum.«

»Georgy! Halt den Mund!« fuhr Kate sie an.

Alexander krümmte sich in seiner Ecke zusammen und starrte mit weit geöffneten Augen in den dunklen Wald.

»Das haben sie vielleicht auch mit Willa gemacht«, murmelte Georgy.

»Sei endlich still!« rief ihr Vater.

»Wenn sie sich wirklich im Wald verirrt hat«, beendete Georgy ihre Gedanken mit unterdrücktem Flüstern.

Das Haus stand auf einer weiten Lichtung. Reihen junger Birken, Rosen und Brombeersträucher verbargen den Wald und stellten Alexanders Seelenfrieden wieder her. Er hüpfte aus dem Auto und begann, in weiten Kreisen herumzurennen, wie ein kleiner Hund, der einen Laufkoller hat. Georgy folgte ihm. Beide kreischten vor Lachen.

»Nun, Gott sei Dank«, sagte Peter. »Ich weiß nicht, was in Alexander gefahren ist, daß er immerzu von Elchen spricht.«

»Das kommt daher, daß er bei dem letzten, den du geschossen hast, Blut bemerkte«, antwortete Kate. »Er ist schließlich erst vier Jahre alt.«

»Er wird fünf. Ich will nicht, daß er beim Anblick von einem bißchen Blut gleich grün wird. Nun, Grace, das ist also unser Reich. Sie werden bald alles gesehen haben.«

Trotz aller Enge war es ein sehr hübsches Haus. Zwei Räume, einer davon das Schlafzimmer mit vier Schlafstellen, der andere zugleich Küche, Wohn- und Eßzimmer.

Sehr gemütlich eingerichtet, mit gescheuertem Fußboden und einfachen Möbeln.

»Als Willa hier war, schlief sie in einem der Betten bei den Mädchen, und Alexander und ich schliefen auf der Couch hier drin«, sagte Peter.

Die Stille war vollkommen. Kein Regen trommelte auf das Dach, keine rauschenden Bäume umstanden das Haus.

»War sie oft hier?« fragte Grace.

»Nur einmal«, antwortete Kate. »Wir hätten sie gern öfter mitgenommen, aber es ergab sich keine Gelegenheit mehr. Entweder hatte sie andere Pläne, oder Peter kam her mit Bill – mit seinen Freunden, um zu jagen.«

Bill? Das war ein neuer Name. Kate schien es zu bereuen, daß sie ihn erwähnt hatte. Es war ihr so herausgerutscht.

»Bill? Wer ist das? Einer von Willas Freunden?«

»Du lieber Himmel, so attraktiv war sie nun wieder nicht!« platzte Kate heraus. »Als sie sich ihr Haar kanariengelb gefärbt hatte, fand ich, daß sie sogar recht gewöhnlich aussah. Es war eine ziemliche Erleichterung, als sie beschloß zu gehen. Nicht wahr, Peter?«

»Ja, ich habe ihr gesagt, sie müsse sich ein bißchen unauffälliger aufführen, wenn sie bleiben wolle«, gab Peter zu.

»Dieser Bill kann also nichts mit ihrem Verschwinden zu tun haben?« bohrte Grace hartnäckig weiter.

»Kaum«, antwortete Peter kurz angebunden. Er blickte aus dem Fenster über die Lichtung in den dunklen Wald. »Denn er ist tot.«

»Tot!« wiederholte Grace unsicher und blickte von Kate zu Peter und fragte sich, weshalb anscheinend keiner von ihnen mehr darüber zu sagen wünschte.

»Du sagst es ihr besser«, meinte Kate endlich. »Sonst wird Georgy es tun. Auf ihre Weise. Das Kind hat eine unheimliche Fantasie.«

»Als Bill im Wald war, um nach Elchen Ausschau zu halten, gab es einen Unfall«, erzählte Peter mit plötzlich schneidend scharfer Stimme. »Bill Jordan war einer meiner

Kollegen. Glücklicherweise unverheiratet. So brauchten wir die traurige Nachricht keiner Frau mitzuteilen.«

»Aber wie ist das geschehen?« fragte Grace.

»Die übliche Art dieser blödsinnigen Jagdunfälle. Er stolperte im Unterholz, und sein Gewehr ging los. Der Schuß traf ihn in den Magen. Er war allein draußen. Gott weiß, wie lange er da gelegen hat, bevor ich ihn fand. Er konnte mir nichts mehr sagen, denn er war bereits tot.«

»Wie entsetzlich!« Unwillkürlich kam Grace der Gedanke, daß dies einer der seltsamen Vorfälle gewesen sein mußte, über die in der Botschaft gesprochen worden war.

»Es war grausig«, sagte Kate. »Ich versuchte, es den Kindern zu verheimlichen, aber die hatten selbstverständlich gemerkt, daß etwas passiert war. Georgy glaubt, ein Elch habe Bill angegriffen, und daher rührt Alexanders Furcht.«

Peter fuhr herum und sagte etwas zu heftig; »Er muß darüber hinwegkommen! Deshalb will ich auch nicht, daß weiter darüber gesprochen wird. Es war eine Tragödie, und ich mache mir immer noch Vorwürfe, daß ich an jenem Morgen nicht mit Bill hinausgegangen bin. Aber was habe ich getan? Ich habe einen Schwips ausgeschlafen. Wir hatten am Abend zuvor eine Flasche Wodka getrunken, und Bills Kopf schien klarer als meiner. Oder vielleicht auch nicht. Vielleicht ist er deswegen gestolpert. Aber es ist nun einmal geschehen und vorbei. Wir können ihn nicht mehr zurückholen. Wir wollen nicht mehr darüber sprechen. Verstanden, Mädchen?«

Kate nickte, in ihren Augen lag wieder dieser gehetzte Ausdruck.

»Ich muß immer an ihn denken, wenn wir hier ankommen. Aber ich vernachlässige meine Pflichten. Huh, ist es hier kalt! Machen wir Feuer. Peter, bring doch Holz herein, während Grace und ich das Essen zubereiten. Es ist wirklich zu spät im Jahr, um hier herauszukommen. Es würde mich nicht überraschen, wenn es zu schneien anfinge, noch bevor der Tag zu Ende ist.«

Das Feuer in dem hübschen Wohnraum war angenehm.

Die Kinder setzten sich auf die Ofenbank, Kate und Grace auf die Couch. Peter räkelte sich im Schaukelstuhl und zupfte auf den Saiten einer alten Gitarre.

»Im Sommer«, sagte er, »verbringen wir die meiste Zeit unten am See. An den warmen Abenden sitzen wir auf den Treppenstufen, ich spiele auf der Gitarre, irgend jemand singt, und nie wird es ganz dunkel, nicht einmal um Mitternacht.«

Nach dem Essen wollten die Kinder zum See hinuntergehen. Kate erlaubte ihnen zuerst, allein zu gehen, dann aber änderte sie ihre Meinung und begleitete sie. Man wußte nie, ob Alexander nicht irgend etwas Dummes anfangen oder gar ins Wasser fallen würde. Grace und Peter könnten ja dableiben und beim Feuer dösen, falls sie zu faul für einen Spaziergang seien.

Peter sagte, er sei auf jeden Fall zu faul. Grace wäre zwar gern mitgegangen, aber sie wollte die Gelegenheit ergreifen und Peter von dem geheimnisvollen Besucher in Willas Wohnung berichten. Es war ihr lieber, wenn weder die Kinder noch Kate zuhörten.

Peter sah sie ruhig an, während sie erzählte. Er lachte nicht einmal ungläubig. Er runzelte ein wenig die Stirn und fragte Grace, was ihrer Meinung nach dieser Eindringling – falls er tatsächlich existiere – gesucht haben könne.

Das Tagebuch? Grace betrachtete das als ebenso großes Geheimnis wie den Code in Willas Brief. Wenn Peter davon wüßte, würde er es auch lesen wollen. Rein gefühlsmäßig hatte sie keinerlei Bedenken gehabt, es Polsen zu geben. Aber Peter erschien ihr plötzlich als zu leichtfertig, andererseits war er immerhin Willas Chef gewesen. Sie entschied sich, es nicht zuzulassen, daß er Einblick in die seltsamen Bekenntnisse erhielt. Jedenfalls nicht zu diesem Zeitpunkt.

»Ich weiß nicht«, sagte sie. »Vielleicht Briefe. Irgend etwas, was ihn kompromittieren könnte. Liebesbriefe können manchmal sehr gefährlich werden. Winifred Wright sprach von einem verheirateten Mann. Es ist alles ein bißchen schmutzig, nicht wahr?«

»Dreckige Geschichte«, gab Peter zu. Er überlegte. Seine Arme hatte er dabei unter dem Kopf verschränkt. Er sah nur attraktiv aus, wenn er angeregt war und lachte. »Haben Sie selbst gut in der Wohnung nachgesehen?«

»Ja, das habe ich.«

»Irgend etwas gefunden?«

»Nichts Besonderes. Und doch viel zuviel. All diese wunderbaren Kleider, Make-up-Gegenstände, dieses Parfüm, das verschüttet war. Willa muß weit über ihre Verhältnisse gelebt haben.«

»Und ich nehme an, sie befindet sich jetzt wieder auf einem Einkaufsbummel. Sie muß sich da einen Millionär geangelt haben.«

»Wenn das der Fall ist«, sagte Grace nach einer Pause, »wäre es eine Geschichte für die Zeitungen.«

»Sicherlich. Und die sollen sich ihre Story auch selbst suchen.«

»In der Zwischenzeit habe ich das Türschloß ändern lassen. Ich lege keinen großen Wert darauf, daß jemand mit einem separaten Schlüssel in der Wohnung herumspaziert.«

»Sie machen da wirklich eine mysteriöse Geschichte draus, meine Liebe.«

Grace blickte finster drein, kuschelte sich auf ihrem Platz beim Feuer enger zusammen und schlang die Arme um ihre Knie. Sie fröstelte trotz der Hitze, die vom Feuer ausging.

»Ich brauche keine mysteriöse Geschichte daraus zu machen. Es war vom ersten Augenblick an eine.«

»Daddy! Daddy!« rief Georgy. »Schau, was wir gefunden haben!«

Die Kinder stürmten herein, Kate folgte ihnen. Georgy drückte ihrem Vater ein schlammiges Etwas in die Hand. Er nahm es vorsichtig und blickte seine Frau fragend an.

»Das ist nur eine Sonnenbrille«, sagte sie. Trotz des Spaziergangs sah sie spitz und blaß aus. »Georgy grub sie aus dem Schlamm am anderen Ende des Sees aus.«

»Aber sie gehört Willa, Daddy!« erklärte Georgy. »Sie hat sie immer getragen.«

Peter kratzte etwas Schlamm von dem Gestell. Gedankenverloren starrte er auf die Brille. Sein Gesicht blieb ausdruckslos.

»Ich nehme an, es gibt eine Menge davon. Es muß nicht unbedingt die von Willa sein. Wenn sie sie verloren hätte, hätte sie etwas gesagt.«

»Vielleicht hat sie etwas gesagt«, murmelte Kate.

Peter sah sie an.

»Liebling, du glaubst doch nicht . . .«

Kate gab ihm heftige Zeichen, still zu sein. Sie wandte sich an die Kinder und sagte mit unnatürlich fröhlicher Stimme: »Willa muß irgendwann einmal hier gewesen sein, als wir nicht da waren. Deshalb wußten wir nicht, daß sie die Brille verloren hat. Das heißt, wenn es überhaupt die ihre ist. Das ist gar nicht so sicher.«

»Aber es ist ihre, Mammy«, beharrte Georgy. »Schau, sie sieht aus wie ein Schmetterling. Willa hat sie uns gezeigt. Nicht wahr, Alexander?«

»Dann hat sie sich also wirklich im Wald verirrt?« fragte Alexander, und seine viel zu großen Augen wirkten in dem kleinen, sommersprossigen Gesicht noch größer.

»Alexander, hör endlich mit diesem Unsinn auf!« brüllte Peter. »Kate, kannst du ihm denn dieses Gejammer nicht austreiben?«

»Wir jammern nicht«, protestierte Alexander und preßte seine Fäuste an die Augen. Kate schloß ihn wortlos in die Arme, während Peter etwas von unverantwortlich verwöhnt vor sich hin brummte.

Grace streckte ihre Hand nach der schlammverkrusteten Sonnenbrille aus. »Ich werde sie mitnehmen und für Willa aufheben.«

Zögerte Peter? Doch beinahe sofort sagte er: »Wenn Sie sie haben wollen, bitte. Allerdings sieht sie aus, als ob man sie lieber wegwerfen sollte – nachdem sie in diesem stinkenden Dreck gelegen hat.«

Auf dem ganzen Nachhauseweg sagte Kate kein Wort. Ihr Gesicht war scharf, verschlossen und kalt. Sie war offensichtlich vollkommen davon überzeugt, daß Peter Willa an einem Wochenende mit in das Häuschen genommen hatte, während sie in dem Glauben war, er sei mit seinen Freunden auf Elchjagd. Aber das war ein Streit, den die beiden Eheleute untereinander ausmachen mußten. Von viel größerer Bedeutung für Grace war, daß Peter ganz bestimmt mehr über Willa wußte, als er sagen wollte. Nun, sie hatte nicht die Absicht, sich in seine Privatangelegenheiten zu mischen, außer sie standen in irgendeiner Beziehung zu Willas jetzigem Aufenthalt. Die dunkle Brille konnte sehr gut schon vor längerer Zeit verlorengegangen sein. Es dürfte wohl nicht allzu schwer sein, sie zu ersetzen. All das mußte im Sommer geschehen sein, lange vor dieser Geschichte.

Jetzt war es beinahe Winter. Der Wind blies messerscharf, und als die Dämmmerung hereinbrach, erlosch auch das flammende Licht der Birken und ließ den Wald in schwermütige Dunkelheit fallen. Obwohl die grauen Wolkenberge den ganzen Himmel überzogen hatten und jetzt in eisigem, silbernem Licht schimmerten, schien es nicht, als ob es an diesem Abend noch schneien wollte.

7

Als Grace nach Hause kam, beschloß sie, Polsen nicht aufzusuchen. Er hatte sie noch nie in seine Wohnung eingeladen. Zugegeben, es war dazu auch noch nicht allzuviel Gelegenheit gewesen. Genaugenommen kannte sie ihn ja erst seit zwei Tagen.

Aber er hatte ihr gesagt, daß die Sonntage einzig und allein Magnus vorbehalten seien, und sie hatte nicht die Absicht, diese Regel zu stören. Nicht einmal, wenn sie am See Willas Leiche gefunden hätte!

»Es war nur ihre Brille, Polsen. Aber sie war schlammbedeckt und gruselig. Richtig gruselig Wann haben Sie sie zuletzt mit dieser Brille gesehen?«

Grace konnte ein Schaudern nicht unterdrücken, als sie in Willas Wohnung umherging und laut mit sich sprach. Sie hatte alle Vorhänge zugezogen und sämtliche Lampen angezündet, um den kalten, glitzernden Mond nicht mehr sehen zu müssen, der sich langsam aus den Schneewolken schob. Im Schlafzimmer roch es noch immer nach dem Balenciaga-Parfüm. Alles war vollkommen in Ordnung und genau so, wie sie es am Morgen verlassen hatte. Der Eindringling war also nicht zurückgekommen.

Willa mußte eine neue Sonnenbrille gekauft haben, wie Peter ganz richtig meinte.

Genau die gleiche? Warum nicht? Wenn ein Geschäft Sonnenbrillen dieser Art führte, hatte es sicherlich mehrere. Morgen mußte sie gleich ausgehen und eine Sonnenbrille mit Schildpattgestell in Form eines Schmetterlings kaufen. Wo hatte Willa wohl eingekauft? Im nächstgelegenen Geschäft oder in einem großen Warenhaus wie N. K.? Frue Lindström würde das wissen. Sie würde sich vielleicht auch daran erinnern, ob Willa etwas über den Verlust der Sonnenbrille gesagt hatte.

Und wenn sie in keinem der Geschäfte diese besondere Sonnenbrille finden würde, wenn man ihr sagte, daß es so etwas hier nicht gab, daß die Brille in England gekauft worden sein mußte, dann war es klar, daß Willa sie vor ganz kurzer Zeit verloren haben mußte. Zu dem Zeitpunkt etwa, da ihre angebliche Hochzeitsreise begann ...

Grace ging ins Bad und hielt die Brille unter den warmen Wasserstrahl. Mit einer Bürste entfernte sie auch den letzten Schlammspritzer. Nachdem sie die Brille abgetrocknet hatte, setzte sie sie auf und war überrascht, wie sehr sich ihr Gesicht gewandelt hatte. Es erschien rätselhaft, unbekannt, war beinahe unsichtbar. Ging Willas plötzlicher Einfall, so dunkle Gläser zu tragen, darauf zurück, daß sie unsichtbar sein wollte? Aber doch nicht die so sehr auf ihre Erscheinung bedachte Willa! Das glich ihr gar nicht.

Im grünen Dämmerlicht blickte Grace das unvertraute Gesicht aus dem Badezimmerspiegel an. Plötzlich beschloß sie, vollends in Willas Haut zu schlüpfen, und streifte Pullover und lange Hose ab. Sie wühlte in Willas Kleiderschrank herum. Das Goldkleid? Nein, das nicht, aber der extravagante Hosenanzug aus Seidenjersey war genau das richtige Kleidungsstück für einen Abend zu Hause.

Das kanarienfarbene Haar konnte sie nicht nachmachen. Sie kämmte sich statt dessen ihr eigenes dunkles und widerspenstiges Haar aus dem Gesicht und steckte es zu einem Knoten hoch. Dann trug sie blassen Lippenstift auf. Der Seidenjersey fühlte sich angenehm auf ihrer Haut an. Sie ging in den fließenden Hosen beinahe verloren, die Miniaturausgabe einer femme fatale, mit der Sonnenbrille, hinter der ihr Gesicht nahezu verschwand.

So war also Willa, ein verkleidetes Geschöpf, das interessant und schillernd wirken wollte, das sich vormachte, viel mehr zu sein als nur eine kleine Sekretärin.

Aber es war seltsam, gestand sich Grace ein, sie fühlte sich selbst beinahe fröhlich und unwiderstehlich. Und das war für sie ein fremdes und betörendes Gefühl. Vielleicht sollte sie aufhören, immer nur sie selbst zu sein, vielleicht sollte sie manchmal aus ihrer Haut schlüpfen.

»Herein, Axel, Sven, Jacob, Gustav – wer immer ihr sein mögt«, sagte sie laut, gerade als sich die Tür öffnete und Polsen hereinkam.

Sie mußte die Brille abnehmen, um ihn besser sehen zu können. Polsen, der bleich geworden war, räusperte sich und sagte: »So ist's besser. Nun machen Sie, daß Sie auch aus all dem anderen Plunder herauskommen. Schnell.«

»Aber Polsen! Ich wollte nur . . .«

»Ja, Sie wollten nur in dieser verdammten Scheinwelt leben, in der Willa lebte! Das steht Ihnen nicht! Willa vielleicht. Was war sie schon ohne Einbildung? Aber Sie doch nicht, Grace. Um Himmels willen! Außerdem ist es auch gefährlich.«

Gefährlich? Von einem ganz persönlichen Standpunkt aus vielleicht. Grace dachte überrascht an ganz etwas anderes. Polsen hatte Willa offensichtlich nicht gemocht. Und er erwartete anscheinend nicht, daß sie zurückkäme. Das Entsetzen auf seinem Gesicht hatte ihn verraten.

»Ich habe Sie nicht hereingebeten«, sagte Grace unfreundlich aus dem Schlafzimmer.

»Oh, doch. Ich hörte ganz deutlich, wie sie ›Herein‹ sagten.«

»Ich habe Ihr Klopfen nicht gehört und Sie nicht eingeladen. Außerdem ist heute Sonntag, und ich nahm an, Sie seien mit Ihrem Sohn zusammen.«

Seine Stimme klang jetzt ruhiger. »Es ist neun Uhr, wenn Sie vielleicht auf die Uhr sehen würden. Magnus ist seit einer Stunde im Bett. Oh!« Er lächelte und betrachtete sie aufmerksam. »Das nenne ich eine Verwandlung.«

Grace war in ihrem rotwollenen Morgenrock erschienen, das Haar fiel ihr wieder lose auf die Schultern.

»Es tut mir leid, daß ich vorher so grob war. Ich konnte es nur einfach nicht ertragen, daß Sie sich so vulgär anziehen.«

»Halten Sie Willa für vulgär?« fragte Grace.

»Natürlich. Es stand ihr. Ihnen aber nicht. Ich kam außerdem nur, um zu fragen, ob Sie den Riegel bemerkt haben, den ich an Ihrer Tür angebracht habe. Frue Lindström gab mir ihren Schlüssel, und Magnus und ich haben das dann gemacht. Sie können ihn von innen vorschieben, so daß Sie sich vollkommen sicher fühlen dürfen, bis das Schloß ausgewechselt ist.« Seine Stimme änderte sich. »Was haben Sie da eigentlich?«

»Willas Brille«, antwortete Grace und schwenkte sie hin und her. Sie wußte, daß er sie bereits bemerkt hatte. Sie hatte den scharfen Ton in seiner Stimme nicht überhört.

»Sie haben sie aber nicht hier gefunden!«

»Weshalb sagen Sie das? Weil Sie wissen, daß Willa nur diese eine hat und niemals ohne sie ausging? Aber vielleicht hat sie eine neue gekauft, nachdem sie diese hier verloren hat. Das muß wohl so sein, denn die Kinder fanden sie heute unten am See, vollständig mit Schlamm verschmiert. Und Peter Sinclair meinte, sie müsse schon den ganzen Sommer dort gelegen haben.«

Er starrte die Brille an und schien zu überlegen. Oder tat er nur so? Wieder einmal ging Grace sein rätselhafter Gesichtsausdruck auf die Nerven. Warum konnte er ihr nicht sagen, was er dachte?

»Nun? Glauben Sie das auch?« fragte sie ungeduldig.

»Wie kann ich das wissen? Ich sehe nicht sehr gut. Ich hätte geschworen, daß dies die Brille ist, die Willa trug, als ich sie das letzte Mal sah. Und das war nicht zu Beginn des Sommers.«

»Kate Sinclair ist der Meinung, Willa und ihr Mann seien einmal allein in dem Häuschen gewesen.«

»Sagte sie das?«

»Sie brauchte das nicht eigens zu sagen. Ich konnte es in ihrem Gesicht lesen. Sie ist unglücklich, und nicht nur, weil sie nach England zurück möchte. Falls sie auf Willa eifersüchtig war, hat sie nun keinen Grund mehr dazu. Aber sie brütet weiter vor sich hin, die Kinder sind erregt und reizbar, und Peter verbringt seine Wochenenden allein auf Elchjagd. Wenigstens behauptet er das.«

Polsen nickte langsam.

»Ich verstehe. Wenn also Willa diese Brille Anfang des Sommers verloren hat, muß es ihr gelungen sein, noch einmal genau die gleiche zu kaufen.«

Grace verzichtete auf die Bemerkung, daß dies eine sehr einfache Folgerung sei.

»Ich dachte mir, ich werde morgen in einigen Läden mein Glück versuchen.«

»Eine gute Idee. Sie sollten herausfinden, ob man diese Art von Brillen hier überhaupt bekommt. Sie sind nicht gerade alltäglich. Und nun erzählen Sie mir, was heute noch alles geschehen ist. War es wenigstens ein vergnüglicher Tag?«

Grace konnte die Gedanken an den kalten See und die

düsteren Wälder nicht verdrängen. Wie Alexander begann auch sie sich vor den Wäldern zu fürchten.

»Polsen, können Sie sich an einen jungen Mann von der Britischen Botschaft erinnern, der durch einen Jagdunfall auf einer Elchjagd ums Leben kam? Er hieß Bill Jordan.«

»Natürlich erinnere ich mich daran. Das ist erst einige Wochen her. Die Geschichte machte Schlagzeilen. Britischer Diplomat bei tragischem Unfall getötet. Und dergleichen.«

»Aber Sie sagen das so, als ob Sie kein Wort glaubten. Es ist aber wirklich wahr. Peter hat mir erzählt, daß er den Toten gefunden hat. Es muß schrecklich für ihn gewesen sein.«

»Oh, ich habe nicht gesagt, daß der arme Kerl nicht tot war. Ich glaube nur nicht an die offizielle Erklärung. Genausowenig wie die meisten Leute.«

»Selbstmord?« Unerklärlicherweise überfiel Grace ein Gefühl tiefster Betroffenheit.

»Das ist eher wahrscheinlich, als daß sich ein Mann, der mit dem Gewehr umgehen konnte, aus Unachtsamkeit in den Magen schießt.«

»Ich verstehe. Das mußte natürlich vertuscht werden. Kein Skandal in der Botschaft. Gab es irgendein Gerede über etwas in Bill Jordans Privatleben, das ihn zu solch einem Schritt gezwungen hat?«

»Auch das konnte vertuscht werden. Ich weiß nichts darüber, außer daß Willa das ebenfalls für eine unnötige Tragödie zu halten schien. Sie sagte, Bill Jordan war nett, jedermann mochte ihn, und er war auch nicht mit der Kasse durchgegangen. Weshalb also das Ganze? Das war es, was sie immer wieder sagte.«

»Ich kann diese Friedhöfe mit all den hohen Bäumen und kleinen Grabsteinen nicht ertragen«, hatte Willa geschrieben. »Sie wirken zu traurig. Sie lassen die Bäume so wichtig erscheinen und uns so unwichtig . . .«

Und . . .

Grace sprang auf.

»Trinken wir was, Polsen. Ich brauche einen Drink. Whisky? Und was haben Sie heute gemacht? Sie und Magnus?«

»Oh, allerlei.« Plötzlich war er ein anderer, sein Gesichtsausdruck wurde weich und verklärt von der Erinnerung.

Er sieht ein bißchen einfältig aus, wenn er so sentimental wird, dachte Grace. »Magnus hat erstens einmal einen ungeheuren Appetit. Nach dem Essen sahen wir uns den Haga-Pavillon an. Das ist etwas, was Sie sich anschauen sollten, Grace. Er wurde von Gustav III. in französischem Stil erbaut. Klein und elegant. Mit einem Spiegelsaal, einer Bibliothek und einer Menge steiler Treppen, die zu winzigen Dachzimmern führen. Man sagt, Gustav habe dort seine Königin verborgen gehalten. Jedenfalls hatte sie eine schöne Aussicht über den See.«

»Was sagten Sie?« fragte Grace und hielt mit dem Einschenken inne.

»Sie hatte eine schöne Aussicht.«

»Nein – über die Turmzimmer. ›Die Königin im Dachgeschoß‹. So steht es in Willas Tagebuch.«

»Ich weiß. Aber ich kann Ihnen versichern, diese Dachzimmer sind vollkommen leer.«

»Ein anderes Dachgeschoß. Irgendwo anders. Das irgend jemand abgeschlossen hat. Polsen, fange ich an, verrückt zu werden?«

Er kam auf sie zu und zerraufte ihr Haar. Seine große Hand lag schwer auf ihrem Kopf. Er tröstete sie.

»Sie mit Ihrem kühlen Verstand? Natürlich sind Sie nicht verrückt. Aber lassen Sie sich nicht zu sehr von Willas Ideenwelt einfangen. Betrachten Sie die Sache leidenschaftslos.«

»Ich bin weit davon entfernt. Es gruselt mich langsam. Und es ist in diesem Zimmer zu still, wenn ich allein hier bin. Ich muß laut mit mir reden.«

»Dann halten Sie sich am besten nicht allzu lange da auf. Morgen vormittag, während ich meine Vorlesungen an der Universität halte, sollten Sie sich nach der Sonnenbrille umsehen. Am Nachmittag habe ich ein bißchen Zeit, um Sie in die Altstadt zu bringen.«

»Um nach der Tür mit dem Drachen zu suchen?« fragte Grace.

»Ist das der nächste Punkt auf Ihrer Liste?«

Grace begann unsicher zu lachen. »Das klingt, als ob das alles ein Spiel wäre. Und es scheint Ihnen Spaß zu machen.«

Er lächelte sie nachsichtig an. Sie nahm an, daß er seinen Sohn auf die gleiche Weise anlächelte. Nun, das war jedenfalls besser als dieses hintergründige Lächeln. Aber Willa, die vulgäre Willa, hatte er wohl nie so angesehen, als ob sie noch ein Kind sei.

Keine Schmetterlingsgläser. Überall traf Grace auf blankes Erstaunen. Nej, solche Brillen waren niemals in diesem Laden gekauft worden. Das ist kein schwedisches Fabrikat, Froken. Vielleicht importiert, aber niemand wußte, wo sie gekauft worden sein könnte.

Grace läutete an Frue Lindströms Tür und trug absichtlich die Brille. Die Dame starrte sie an, die Augen fielen ihr beinahe aus dem Kopf.

»Du lieber Himmel, Froken Asherton. Zuerst dachte ich, Sie seien Froken Bedford. Sie haben die gleiche Brille.«

Grace nahm die Brille ab, ihr Experiment war mehr als erfolgreich. Weshalb waren alle so entsetzt bei dem Glauben, Willa vor sich zu haben? Sie haßte diese Brille. Die Welt erschien durch sie in ödem Gründämmer.

»Meine Kusine hat sie immer getragen, nicht wahr? Haben Sie sie jemals ohne diese Brille gesehen?«

»Ja, wenn sie zur Arbeit ging. Aber für gewöhnlich trug sie sie abends oder am Wochenende. Sie trug sie wie, na, Sie wissen schon . . .«, sie klopfte sich auf die Wange, »wie eine Art Make-up.«

»Gab es einmal eine Zeit im Sommer, zu der sie sie nicht trug?«

»Nej. Das habe ich nicht bemerkt. Weshalb fragen Sie?«

»Ich glaube, sie habe sie vielleicht verloren und mußte erst eine neue kaufen.«

»Ich hörte niemals davon, daß sie sie verloren hätte.«

»Dann trug sie sie also an dem Tag, als sie hier wegging?«

Frue Lindström dachte nach. »Ich glaube nicht«, sagte sie endlich. »Sie trug ihren Mantel mit dem Pelzkragen und einen dazu passenden Pelzhut. Sie sah sehr hübsch, sehr gut aus. Nein, ich erinnere mich jetzt, daß sie ihre Brille nicht trug, denn ich sah, wie ihre Augen glänzten. Ich dachte noch, wie schade es sei, daß sie sie immer hinter dunklen Gläsern versteckte. Wie eine Blinde. Aber sie war nicht blind, Ihre Kusine.«

»Hat an jenem Tag jemand auf sie gewartet?« fragte Grace und wunderte sich, daß sie diese Frage nicht schon vorher gestellt hatte. Gustav? Vielleicht hatte Frue Lindström ihn tatsächlich gesehen.

Aber das hatte sie nicht. Sie schüttelte den Kopf. »Sie fuhr in einem Taxi ab. Sie muß es per Telefon gerufen haben. Sie winkte mir zu, und dann war sie weg. Ich war zu weit entfernt, um zu hören, welche Adresse sie dem Fahrer angab.«

Frue Lindström schämte sich nicht im mindesten, ihre Neugier zuzugeben. Aber im nächsten Augenblick wurde sie mißtrauisch.

»Was sollen all diese Fragen? Ob Froken Bedford ihre Brille getragen hat oder nicht und all das? Sie haben ihre Brille doch in der Hand.«

»Ich wollte nur wissen, ob Willa zwei davon hatte«, sagte Grace. »Ich habe diese hier gefunden«, fügte sie ungezwungen hinzu und wußte sehr wohl, wie unglaubhaft diese Erklärung wirken mußte. »Danke, Frue Lindström. Es tut mir leid, daß ich Ihnen Mühe gemacht habe.«

»Aber das macht mir überhaupt keine Mühe. Ich habe gern Unterhaltung. Sie sind immer willkommen. Dies ist ein recht stilles Haus. Herre Polsen ist immer beschäftigt, und die beiden alten Damen sind zu schwerhörig, eine Unterhaltung mit ihnen ist absolut keine Freude mehr.«

»Dann werden Sie es ja direkt genießen, wenn der Neffe der alten Damen nach Hause kommt.«

»Kapitän Morgensson? Ja. Er ist ein charmanter Mann. Eine Frau in jedem Hafen, nehme ich an. Sie müssen ihn kennenlernen. Aber nehmen Sie ihn mit einem Körnchen Salz, eh? Das hat auch Froken Bedford getan.«

Wirklich? Oder nannte sie ihn Gustav und lief mit ihm davon, weil er sie in andere Umstände gebracht hatte und sie keine Abtreibung wollte? Dem Tagebuch nach ist er zu langweilig, um Worte dafür zu finden. Aber das konnte ebensogut eine absichtlich irreführende Bemerkung sein.

Der mittägliche Himmel war klar und kalt, das Sonnenlicht lag wie gelbes Glas auf dem See. Die kleinen Boote schaukelten in der leichten Brise. Grace gab den Pflanzen an den Fenstern Wasser und fragte sich, ob Willa sie tatsächlich hätte verwelken lassen wollen. Dann setzte sie sich an den kleinen Schreibtisch – hatte da Willa ihr seltsames hysterisches Tagebuch geschrieben – und schrieb Postkarten an einige Freunde. ›Habe zauberhafte Ferien. Stockholm ist interessant, auch die Schweden, in verschiedener Hinsicht.‹ Diese vollkommen alltägliche Beschäftigung beruhigte ihre erregten Nerven und ließ sie beinahe glauben, sie verbringe tatsächlich normale Ferien.

Sie schrieb ausführlich an ihren Vater. Er lebte, mit einem Herzleiden, das ihn zu einem halben Invaliden machte, in einem Cottage in Wiltshire, zog Dahlien, machte mit seinem alten Spaniel und zwei Siamkatzen kurze Spaziergänge, die ihn nicht anstrengten, und war im übrigen damit beschäftigt, sich seine Zugehfrau, die in ihn verliebt war, vom Leibe zu halten. Er liebte es, wenn Grace auf Besuch kam, und wollte dann alles über ihr Leben wissen. Seine Ehe war nicht besonders glücklich gewesen, und er war deshalb froh, daß seine Tochter weder ihrer Mutter noch ihrer Tante nachgeriet.

Diese Verwandtschaft war zu viel für ihn gewesen. Vielleicht mochte er deshalb auch Willa nicht. Sie war ihm zu flatterhaft, zu unberechenbar und zu laut. Grace mochte gelegentlich einiges Durcheinander in ihrem Gefühlsleben haben, welcher empfindsame Mensch hatte das nicht, aber sie konnte sich so weit beherrschen, daß sie sich anständig benahm. Willa ging gefährliche Wege, wie diese Abtreibungstragödie zeigte, und zog andere Leute mit hinein. Grace hatte kein Recht dazu, einfach nach Schweden zu fliegen, weil sie sich einbildete, Willa habe ernsthafte Probleme.

Aber er verstand dennoch, daß sie gehen mußte, redlich wie sie war. Er und sein Spaniel und die Katzen würden immer dasein, wenn sie zu ihnen kommen wollte.

Die Gedanken an die friedliche Umgebung ihres Vaters waren ebenso beruhigend für Grace wie das Postkartenschreiben. Es stand völlig außer Frage, daß sie diesem vornehmen, kränklichen Mann von so melodramatischen Dingen berichtete wie von in Dachkammern eingeschlossenen Königinnen, blutigen Elchjagden oder dem vermutlichen Selbstmord eines Botschaftsangestellten – oder der Entdekkung von Willas schlammbedeckter Brille am Seeufer. Er würde sie fragen, ob sie von Sinnen sei. Aber es wurde ihm doch Sorgen bereiten. So schrieb sie nur: ›Ich verspreche, daß ich nach England zurückkehren werde, sobald Willa mit diesem Ehemann hier auftaucht. Ich kann es kaum erwarten, ihn kennenzulernen. Dann komme ich auch bestimmt für einige Tage zu Dir. Ich muß mit einem neuen Buch beginnen und brauche einige ruhige Tage auf dem Lande. Zu dieser Jahreszeit ist Schweden zu schwermütig, zu feucht und düster. Jede Stunde kann es schon zu schneien beginnen . . .‹

Da war sie wieder, die alte Grace Asherton, die intelligente, vielversprechende Schriftstellerin mit dem ernsten Gesicht, dem strähnigen dunklen Haar und dem leicht verkniffenen Mund. Kein bißchen sexy. Sensibel, das ja, und ihrer Gefühle Herr. Nichts erinnerte mehr an die seltsame Erregung, die sie in Willas Hosenanzug empfunden hatte, sie vergaß den Duft, das gefärbte Haar und die Schmetterlings-Sonnenbrille, die die Welt ebenso geheimnisvoll erscheinen ließ wie ihr eigenes Gesicht.

Als sie den Brief beendet hatte, war es Zeit zum Lunch. Ein Bissen kaltes Fleisch, Tomaten, ein hartgekochtes Ei und Kaffee. Dann kam der Mann, der das neue Schloß an der Tür anbringen sollte. Es war ein ernster junger Mann, der offensichtlich das Ganze für überflüssig hielt. Da war doch bereits ein vollkommen intaktes Schloß. Als Grace ihm die Geschichte mit dem zweiten Schlüssel erklärte, nickte er verständnisvoll und sagte: »Ja, ja«, es gäbe viel Kriminalität in der Stadt. Das sah er in seinem Beruf.

»Ich nehme an, Sie kennen die Stadt gut«, sagte Grace.

Er bejahte und sagte, daß sie bei ihm an der richtigen Adresse sei, wenn sie irgendeine Straße oder ein Haus wissen wolle.

»Das Haus in der Altstadt mit dem geschnitzten Drachen an der Tür«, sagte sie so obenhin, »wem gehört das? Jemand besonderem?«

»In der Nähe des Platzes?«

»Ja, das meine ich«, antwortete Grace aufs Geratewohl.

»Das gehört Doktor Backe.«

Die Backes in ihrem Strindberg-Haus. Sven und Ulrika. Sven war also Arzt.

Der Mann begann eine lange Rede über die Statue des drachentötenden heiligen Georg, die am Ufer steht. Eine sehr alte Statue. Die meisten Fremden kommen, um sie anzusehen. Es sei ein besonders schöner und fürchterlicher Drache. Viel aufregender als nur so ein Türklopfer.

Grace nickte abwesend und machte sich einen Plan, wie sie vorgehen wollte, um Doktor Backe zu besuchen. Wenn sie sich ankündigte, bedeutete das, daß er gewarnt war und sich darauf einstellen konnte. Polsen würde ihren Scharfsinn bewundern. Er sollte außerdem mitspielen. Einen werdenden Vater, sie wollte die werdende Mutter mimen. Wenn er das ablehnte, würde sie allein gehen. Obwohl sie sicher war, daß sie sich vor nichts zu fürchten brauchte, hätte sie doch lieber Polsens Gesellschaft gehabt.

»Sie bekommen also mein Baby, und ich verlange von Ihnen, es zu töten!« rief Polsen auf ihren Vorschlag hin. Niemals noch hatte sie ihn so außer sich gesehen. »Für was für eine Art Mann halten Sie mich eigentlich?«

Impulsiv schlang sie ihre Arme um ihn und liebte ihn beinahe wegen seines Zorns, wenngleich alles nur Hypothese war.

»Polsen, nehmen Sie das doch nicht so ernst. Wir geben das doch nur vor. Es ist nur ein Spiel.«

»Aber keines, das ich mitspielen werde. Es tut mir leid, Grace. Ich lebe hier. Man kennt mich.«

»Kennen Sie Doktor Backe?«

»Nein, aber . . .«

»Warum sollte er Sie dann kennen?«

»Vielleicht kennt er mich, vielleicht nicht. Aber es ist nicht nur das. Ich würde niemals mein Mädchen dazu bewegen, mein Baby wegnehmen zu lassen.«

»Ich bin nicht Ihr Mädchen«, stellte Grace richtig. »Und außerdem würde dieser Arzt nicht darüber sprechen. Er würde es nicht wagen. Es geht mir nur darum, seine Reaktion zu beobachten, wenn ich wegen einer Abtreibung anfrage. Ich möchte wissen, ob Willa deshalb zu ihm kam.«

»Ich weiß. Wir müssen aber auch in Betracht ziehen, daß Willa unterDruck handelte.«

Polsen begann im Zimmer auf und ab zu gehen, nachdenklich, mit gesenktem Kopf.

»Nein, ich kann es nicht tun, Grace. Nicht einmal für Sie. Aber ich werde mich irgendwo auf eine Bank auf dem Platz setzen und auf Sie warten. Wenn sie nicht nach angemessener Zeit aus dem Haus kommen, werde ich läuten und nach Ihnen fragen.«

»Und nach wem werden Sie fragen?«

»Nach meiner Frau natürlich.«

»Das wollen Sie tun, Polsen?«

»Ja, aber ungern.«

»Ich danke Ihnen. Das genügt. Es war dumm von mir, daß ich mich fürchtete, allein hinzugehen.«

»Als ob ich eine solche Rolle mit Überzeugung spielen könnte«, murmelte er, »wo ich doch am liebsten der Vater von zehn Kindern wäre.«

Er fügte lauter hinzu: »Was ist mit der Brille?«

»Kein Glück gehabt. Sie muß englischen, französischen oder sogar amerikanischen Ursprungs sein.«

»So hatte Willa also zwei davon.«

»Ich nehme es an.«

Sie mußte einfach eine zweite Brille gehabt haben, andernfalls läge sie möglicherweise am Grund des unheimlichen Mälarsees. Aber solche Gedanken durfte Grace gar nicht aufkommen lassen, sie gehörten ins Reich der Alpträume.

Ein Mädchen, das nicht älter als sechzehn aussah, obwohl es älter sein mußte, denn es trug Schwesterntracht, öffnete die Tür des Hauses in der engen, dunklen Straße. Grace hatte mit gewisser Freude den Türklopfer betätigt, den kleinen goldenen Drachen mit seinem hübsch geringelten Schwanz. Sie hatte kräftig geklopft und sich eingeredet, sie sei nicht im mindesten nervös.

Schnell hatte sie noch einen Blick zurück zu Polsen geworfen, der in einigerEntfernung auf einer Bank saß, den Mantelkragen hochgeschlagen. Es war beruhigend, ihn dort sitzen zu sehen. Grace hatte schließlich doch eingesehen, daß es klüger sei, die Rolle allein zu spielen.

Sie fragte, ob sie Doktor Backe sprechen könne. Nein, sie habe keine Verabredung mit ihm. Sie sprach langsam und eindringlich, Ängstlichkeit vorschützend, und war dankbar, daß das Mädchen sie verstand und in fließendem Englisch antwortete.

Der Doktor sei weggerufen worden, aber wenn Grace warten wolle, könne sie gern hereinkommen. Das Mädchen ging voran, die magere Gestalt leicht nach vorne gebeugt. Das Haar war zu einem dünnen Pferdeschwanz zusammengebunden. Die schlechte Haltung ließ nur allzu deutlich das fehlende Selbstvertrauen erkennen. Dann setzte sie sich an einen Schreibtisch, der in der Ecke des Wartezimmers stand, und beugte sich tief über irgendeine Arbeit.

»Ich komme auf Empfehlung meiner Kusine hierher«, sagte Grace, als die Stille beinahe unerträglich wurde.

Das Mädchen sah auf. »Ja?«

»Meine Kusine, Willa Bedford. Sie arbeitete bei der Britischen Botschaft.«

Die Hand des Mädchens fuhr überrascht zum Mund. Es starrte Grace aus weitgeöffneten Augen an.

»Ja?« fragte sie noch einmal.

»Sie können sich an sie erinnern? Wann war sie hier?«

»Ich kann mich nicht genau erinnern. Vor ein paar Wochen. Aber sie war nicht krank. Wenigstens hat ihr der Doktor nichts verschrieben.« Das Mädchen sprach nur noch flüsternd, mit gesenktem Kopf. »Hat sie Ihnen das nicht selbst erzählt?«

»Ich habe sie nicht gesehen. Sie ist auf Hochzeitsreise gegangen, bevor ich in Stockholm ankam. Ich bin sehr in Sorge um sie und bemühe mich herauszufinden, wo sie ist.«

»Kommen Sie deshalb zu Doktor Backe?« fragte das Mädchen argwöhnisch. »Wieso glauben Sie, Sven weiß etwas über Ihre Kusine?«

Aber er mußte etwas wissen, denn dieses Mädchen war plötzlich viel zu nervös. In ihrer Nervosität hatte sie, sicher unbeabsichtigt, den Arzt bei seinem Vornamen genannt.

»Ich wollte ihn nur fragen«, sagte Grace und hielt dann ein, denn vom Eingang her waren Stimmen zu hören, auch durch die geschlossene Tür noch recht verständlich. Die Stimme eines Mannes und die einer Frau. Die der Frau erschien ihr seltsam vertraut. Wann und wo nur hatte sie diese Stimme schon gehört?

Leider sprachen sie Schwedisch.

Grace hörte den Namen Ulrika und etwas später Jacob, und plötzlich wußte sie, wer die Frau mit der schnarrenden Stimme war. Die Baronin von Sturpe.

Die Schwester hatte sich erhoben und war zur Tür geeilt.

Sie öffnete sie rasch und rief den beiden sehr schnell etwas zu.

Einen Augenblick herrschte Stille, dann sagte die Stimme des Mannes mit routinierter, berufsmäßiger Kühle: »Tak Ebba, Farväl.«

»Farväl, Sven.«

Die Eingangstür schlug zu. Grace fragte sich, ob Polsen wohl die schmale Gestalt der Baronin beachtete. Nicht daß es von besonderer Bedeutung gewesen wäre, daß Doktor Backe und Ebba von Sturpe befreundet waren.

Oder etwa doch? Denn die Tür des kleinen dunklen Wartezimmers wurde aufgestoßen, und der schlanke Mann, der im Türrahmen stand, musterte Grace höchst mißbilligend und eindringlich.

»Miß Asherton?« fragte er in ausgezeichnetem Englisch. »Sie wollen mich konsultieren?«

»Nicht wegen meiner eigenen Gesundheit«, Grace hatte ganz plötzlich ihren Plan geändert. »Wegen meiner Kusine, Miß Bedford. Ich mache mir ihretwegen Sorgen. Ich weiß, daß sie Sie aufgesucht hat, und ich dachte, Sie könnten mir helfen.«

Der Mann hatte ein verschlossenes Gesicht, dunkle, stechende Augen, sein dunkles Haar lichtete sich bereits. Wenigstens bildete er eine Ausnahme zu all den blonden Schweden.

»Ihnen helfen?« Er verstand sie nicht oder gab vor, sie nicht zu verstehen. »Bitte hier herein, Miß Asherton.«

Die dünne Schwester drückte sich an die Wand und wirkte wie eine ausgeschnittene Papierpuppe. Grace folgte dem Arzt, der ihr eine kleine Treppe hinauf in ein sauberes, gut eingerichtetes und helles Sprechzimmer vorausging. Ein großer Schreibtisch, ein paar Ledersessel, einige Fotografien auf dem Kaminsims, an der Wand ein hartes, schmales Bett mit einem weißen Leintuch.

Grace war froh darüber, daß sie den Abtreibungsplan aufgegeben hatte. Möglicherweise hätte sie sich auf dieses Bett legen müssen. Sie hatte plötzlich eine unerklärliche

Abneigung davor, sich von diesem düsteren, gutaussehenden Mann berühren zu lassen, beruflich oder anders. Sie empfand etwas wie Ekel.

»Setzen Sie sich«, sagte Doktor Backe. Seine Stimme klang scharf. Wenn er eine einschmeichelnde, auf das Bett zielende Art hatte, so wandte er sie jetzt jedenfalls nicht an. »Was wollen Sie mich nun also fragen?«

»Ich bin der Meinung, Willa muß auf irgendeine Art geistig nicht ganz in Ordnung gewesen sein«, antwortete Grace. »Sonst hätte sie niemals so gehandelt. Ich meine, so in aller Stille auf und davon zu gehen und zu heiraten, ohne auch nur irgend jemandem zu sagen, wen sie heiratet. Das sieht ihr einfach nicht ähnlich.«

Doktor Backe lächelte schwach. »Wieso glauben Sie, daß ich Ihnen diese Frage beantworten kann?«

»Sie haben sie doch gekannt, oder nicht?«

»Was bringt Sie denn auf diese Idee, Miß Asherton?«

»Willa hat mir von Ihnen geschrieben«, sagte Grace sanft. »Sven und Ulrika, hat sie geschrieben. Ist Ulrika Ihre Frau?«

»Meine Schwester«, sagte er gepreßt. »Ich nehme an, Ihre Kusine erwähnte einen Besuch bei uns. Das war an einem Wochenende im Sommer. Wir gaben eine Hausparty. Es tut mir leid, ich kann mich allerdings nicht sehr gut an sie erinnern.«

Eine Lüge, dachte Grace. Die Männer erinnerten sich immer an Willa.

Laut sagte sie wie ganz nebenbei: »War auch Gustav dabei?«

»Gustav?«

»Der Mann, den Willa angeblich geheiratet hat. Weshalb kennt ihn niemand? Oder kennt ihn jeder?«

In der Wange des Arztes fing ein Nerv an zu zucken. Abrupt stand er auf.

»Ich kann Ihnen nicht helfen, Miß Asherton. Ich fühle mich geschmeichelt, daß Ihre Kusine mich in einem Brief erwähnt hat, aber wir waren nicht näher befreundet, und sie hat mich nicht in die delikaten Seiten ihres Privatlebens eingeweiht. Wenn Sie unbedingt wissen wollen, weshalb sie mich aufsuchte – es war wegen ihrer Schwangerschaft. Ich gebe sonst keine näheren Auskünfte über meine Patienten, aber da Sie eine Verwandte sind und unnötigerweise besorgt scheinen, kann ich Ihnen so viel mitteilen. Ihre Kusine ist ein gesundes Mädchen und wird ein gesundes Kind zur Welt bringen.«

»Wir fanden ihre Sonnenbrille am See«, sagte Grace, scheinbar zusammenhanglos. »In der Nähe vom Haus der Sinclairs. Ist auch Ihr Haus dort in der Nähe?«

Die dunklen, düsteren Augen blickten auf sie herab.

»Wir haben ein Haus in Sigtuna. Gute zwanzig Meilen entfernt.«

Zu der Brille gab er keinen Kommentar. Grace war beinahe sicher, daß er bereits von dieser Entdeckung wußte. »Es tut mir leid, daß ich Ihnen nicht weiterhelfen kann, Miß Asherton. Und ich muß Sie jetzt bitten, mich zu entschuldigen. Ich habe noch einen dringenden Besuch zu machen.« Sein Gesichtsausdruck war sehr ernst. »Ich habe jetzt keine Sprechstunde. Meine Hilfe hätte Ihnen das sagen sollen.«

Grace hatte ihren Mantel und ihre Handschuhe in dem kleinen Wartezimmer gelassen. Sie ging zurück, um sie zu holen. Die dünne Schwester starrte sie an. Sie saß auf der Kante ihres Stuhles und machte ganz den Eindruck, als ob sie am Schlüsselloch gehorcht hätte.

»Alles in Ordnung«, sagte Grace beruhigend. Das Mädchen mit den hervorstehenden Augen machte auf sie den Eindruck eines verängstigten Hasen. »Meine Kusine war krank. Oder nicht eigentlich krank, sondern schwanger. Sie wollte wirklich den Arzt konsultieren.«

»Oh! Oh, ja!« Das Mädchen starrte sie noch immer fasziniert an, als Grace ihren Mantel zuknöpfte. Der arme Polsen dort draußen war sicher halb erfroren.

Und es gab so wenig, was sie ihm erzählen konnte, außer daß Sven Backe von düsterer Schönheit war, aber keinerlei Ähnlichkeit mit Gustav IV. hatte, außer vielleicht im Charakter. Und daß er ängstlich darauf bedacht war, seine Freundschaft mit Willa zu leugnen.

Grace hörte hinter sich ein Rascheln, und plötzlich sagte die Schwester flüsternd und in großer Aufregung: »Da war noch etwas anderes. Ich sollte es Ihnen nicht sagen, aber ich muß immerzu daran denken. Ihre Kusine war erregt über den jungen Mann, der im Wald starb. Sie saß hier bei mir und weinte.«

»Aber weshalb kam sie hierher?« Grace bemerkte, daß auch sie flüsterte.

»Weil Doktor Backe damals zu dem Leichnam gerufen worden war. Ihre Kusine wollte wissen – sie flehte ihn an, ihr zu sagen –, ob Herre Jordan ermordet worden wäre.«

»Ermordet?«

Das Mädchen nickte heftig.

»Ja, ja. Aber Ihre Kusine war da natürlich im Irrtum. Es war ein Unfall. Das sagte Doktor Backe. Ich hörte ihre Unterhaltung.«

»Und sie hat an jenem Tag ihr Baby dem Doktor gegenüber nicht erwähnt?« fragte Grace langsam.

»Nej. Sie hat damals nicht im entferntesten an Babys gedacht. Das kann ich Ihnen versichern.«

Grace wandte sich zum Gehen, drehte sich aber noch einmal um. »Weshalb sagen Sie mir das?«

»Weil ich den Eindruck habe, daß Ihre Kusine Angst hatte, Miß Asherton. Schreckliche Angst.

»Sie wirkte also nicht wie jemand, der kurz vor der Hochzeit steht?«

»Oh, nein. Nicht im mindesten. Und jetzt ist sie verschwunden, und der Doktor hat Ihnen nicht die Wahrheit gesagt. Ich verstehe das einfach nicht.«

»Machen Sie sich darüber keine Sorgen.« Grace hörte Schritte in dem Raum über ihnen und sprach mit klarer und lauter Stimme, als sie an der Tür stand: »Vielen Dank für Ihre Auskunft. Das war sehr lieb von Ihnen. Ich verlaufe mich in einer fremden Stadt immer.«

Unfall? Selbstmord? Mord?

Aber schließlich hatten sie nicht das Geheimnis um Bill Jordans Tod zu klären, sondern das um Willas Verschwinden.

Grace eilte über das Kopfsteinpflaster und versicherte sich erst, daß sie von der Tür mit dem geschweiften Drachen nicht mehr gesehen werden konnte, bevor sie auf Polsen zurannte.

»Es ist Sven, Polsen. Doktor Backe ist Sven. Ulrika ist seine Schwester. Und Ebba war auch dort. All diese Leute scheinen einander zu kennen.«

»Das ist nichts Erstaunliches. Stockholm ist keine so große Stadt. Das gesellschaftliche Leben also dementsprechend.« Polsen sah verfroren aus. Nase und Wangen waren bläulich rot. Er legte einen Arm um Graces Schultern, als ob er sie vor dem kalten Wind schützen wollte.

»Aber Sie kennen sie nicht«, sagte Grace. Sie sah auf Polsens vom Wind gerötetes Gesicht. »Oder doch?«

»Ich bin kein Salonlöwe. Ich verkehre nicht in solchen Kreisen. Ich verkehre in überhaupt keinen Kreisen. Ich habe meine Arbeit und meinen Sohn.« Seine Augen hatten wieder diesen eigenartigen Blick, der persönliche Fragen oder gar Mitleid verbot. Er war ziemlich zart besaitet, der verrückte Polsen, trotz seiner rauhen Manieren.

»Bevor wir hier erfrieren, sehen wir zu, daß wir irgendwo unterschlüpfen können, wo wir etwas zu essen bekommen. Sie können mir dann alles erzählen. Und tun Sie mir einen Gefallen. Hören Sie endlich damit auf, mich so anzusehen, als ob Sie mir nicht trauen könnten.«

»Kann ich denn irgend jemandem trauen?«

»Aber, aber. Finden Sie nicht, daß Sie da aus der ganzen Geschichte so etwas wie ein mittelalterliches Gespenster- und Schauermärchen machen?«

»War es Mord?«

Sein Arm umschlang sie enger.

»Ich hätte doch mit Ihnen kommen sollen. Es tut mir jetzt leid. Meinen Sie den Mord an Willas Baby? Oder den an Ihrem eingebildeten Kind?«

»Oh, nein, es hat nichts mit Abtreibung zu tun. Das wäre geradezu simpel dagegen. Es handelt sich um Bill Jordan.«

Polsen machte nur eine ausweichende Bemerkung: »Ihre Hand fühlt sich an wie ein kleiner, kalter Hering. Schauen wir, daß wir so schnell wie möglich ins Warme kommen.«

Sie saßen in einem spärlich beleuchteten Keller mit hoch in die dicken Steinwände eingelassenen Fensterscheiben. Überraschenderweise war es hier warm und heiter, trotz der offensichtlich tristen Vergangenheit des Lokals. Polsen bestellte Schnaps und Zwiebelsuppe.

»Jetzt wollen wir einmal von den Tatsachen reden«, sagte er. »Nicht von wilden Vermutungen. Hat irgend jemand einen Beweis dafür, daß Bill Jordan ermordet wurde?«

»Nein, natürlich keinen Beweis. Aber Willa wußte etwas darüber. Die Schwester sagte, sie habe Angst gehabt.«

»Die Schwester? Ich denke, Sie haben mit dem Arzt gesprochen.«

Grace beugte sich über die dampfende Suppe. Der Schnaps hatte bereits ihren Magen angenehm erwärmt. Allmählich überwand sie ihren Schrecken und begann wieder logisch zu denken.

»Ich nehme an, das Mädchen ist in Doktor Sven Backe verliebt und hat nun Angst, weil er der Arzt war, der den Totenschein ausstellte. Falls Gerüchte umgehen, daß Bill Jordans Tod kein Unfall war, dann ist es gut möglich, daß Doktor Backe mehr weiß, als er sagt.«

»Und seine ergebene Sprechstundenhilfe, die noch dazu in ihn verliebt ist, verbreitet derartig häßliche Gerüchte?«

»Nein, so ist das nicht.« Grace sah Polsen an und fuhr unbeirrt fort: »Sie hätte kein Sterbenswörtchen gesagt, wenn sie nicht über Willas Schicksal in Sorge wäre.«

»So, so«, murmelte Polsen nachdenklich.

»Nachdem das Mädchen also derartige Vermutungen hat, würde es doch weggehen und sich eine Stellung bei einem weniger mysteriösen Mann suchen, wenn sie nicht verliebt wäre, oder etwa nicht?«

»Hat sie bei dem gutaussehenden Arzt überhaupt Chancen?«

»Du lieber Himmel, nicht im geringsten. Sie ist so unscheinbar, daß sie beinahe unsichtbar ist. Ich meine, wenn er sich nicht einmal besonders gut an jemand so auffallenden wie Willa erinnert, wird er diese arme Maus kaum bemerken.«

»Und was hat Doktor Backe selbst gesagt?«

»Mit ihm bin ich überhaupt nicht weitergekommen. Er hat mich einfach angelogen. Er sagte, Willa sei zu ihm gekommen, um sich bestätigen zu lassen, daß sie ein Kind erwartet. Er sagte, sie würde ein gesundes Kind zur Welt bringen. Ich hoffe, daß wenigstens das wahr ist.«

Polsen raufte sich sein ohnehin unordentliches Haar. Dann ging er zu einem anderen Thema über.

»Ich habe eine Neuigkeit für Sie. Kapitän Axel Morgenssons Schiff wird heute oder morgen erwartet.«

Axel. Mit den kalten, starren Augen . . .

»Tatsächlich! Was tun wir also?«

»Wir müssen seine Bekanntschaft machen.«

»Glauben Sie, Willa ist auf seinem Schiff?«

Polsen ignorierte diese Bemerkung und sagte: »Sie müssen folgendes tun, Grace. Sie werden eine Party geben. Ich übernehme die Kosten.«

»Aber ich kenne doch überhaupt niemanden.«

»Eine Party für Willas Freunde. Für die Leute, die sie in der Botschaft kannte, für die Backes, für Sven und Ulrika, Kapitän Axel Morgensson und seine Tanten, für die von Sturpes . . .«

»Auch für den Baron?«

»Jacob? Natürlich.«

Grace überlegte und sagte schwach: »Ich hatte noch niemals weniger Lust zu einer Party.«

»Oh, das ändert sich, wenn Sie Willas Kleider anhaben. Sie war immer in Partystimmung.«

Wieder befiel sie diese unerklärliche Angst.

»Aber Sie können das doch nicht von mir verlangen. Sie

mögen mich doch nicht in Willas Kleidern.« Langsam fügte sie hinzu. »Weshalb eigentlich?«

»In Wirklichkeit ist die Party für mich«, erklärte Polsen. »Ich glaube, es ist Zeit, daß ich Ihre Freunde kennenlerne.«

»Nicht *meine* Freunde«, widersprach Grace aufgebracht.

»Ihre, für diese Nacht. Sie werden Willa sein. Verstehen Sie denn nicht?«

»Soll das ein Witz sein? Das ist ja krankhaft.«

»Nicht unbedingt. Außer ein ganz bestimmter Gast hält es für krankhaft.« Er sah Grace aufmerksam an. »Halten Sie das nicht für einen guten Witz?«

»Witz! Es ist eine hirnverbrannte Idee.«

»Ich dachte, es würde Ihnen Spaß machen. Mit Ihrer Art von Einbildungskraft.«

Wieder diese Schmetterlingsbrille tragen zu müssen, die Party-Pyjamas und das Balenciaga-Parfüm . . .

»Muß ich mir vielleicht auch das Haar gelb färben lassen?« fragte sie und schüttelte sich.

Zu ihrem Erstaunen war auch Polsen voller Abscheu. »Nein, natürlich nicht. Sie könen eine Perücke tragen. Sehen Sie zu, daß Sie eine passende finden. Versuchen Sie, den Friseur ausfindig zu machen, zu dem Willa ging.«

8

Das Telefon in Willas Wohnung läutete, als Grace und Polsen nach Hause kamen. Wieder klopfte Graces Herz hoffnungsvoll. War es diesmal Willa?

Irgendwie war sie jedoch schon auf eine Enttäuschung vorbereitet, denn sie blieb ganz ruhig, als sich herausstellte, daß der Anruf von Winifred Wright kam, der ältlichen Mitarbeiterin aus der Botschaft.

»Sie sind noch immer hier, Grace?«

»Aber natürlich. Ich habe nicht vor abzureisen, bevor ich Willa nicht gesehen habe.«

»Genau das sagte auch Peter Sinclair. Er meint, Sie seien eine Optimistin.«

»Optimistin?«

»Nun, das ist vielleicht nicht ganz der richtige Ausdruck.« Es klang, als ob Winifred ziemlich durcheinander wäre. »Ich meinte, er glaubt, daß Willa mehr als nur ein bißchen unzuverlässig ist. Nun, wenn Sie also noch hier sind, möchten wir uns gern ein bißchen um Sie kümmern. Könnten Sie nicht einmal am Abend zu uns zum Essen kommen?«

Hatte Peter Sinclair sie angewiesen, ein Auge auf sie zu haben? Oder tat sie das nur von sich aus?

»Sehr gern. Es gibt so vieles, was ich Sie fragen möchte.«

»Zum Beispiel?« Die Stimme am anderen Ende der Leitung klang schrill.

»Dinge, die mich beschäftigen. Wissen Sie zum Beispiel, zu welchem Friseur Willa ging?«

»Ja, das weiß ich, aber Sie wollen doch nicht blond werden, oder?«

»Willa schien damit eine Menge Erfolg zu haben. Obwohl man doch glauben sollte, die Schweden würden zur Abwechslung brünett vorziehen. Winifred, ich gebe demnächst eine Party, werden Sie kommen?«

»Aber Sie kennen hier doch niemanden.«

»Ein paar Leute schon. Die übrigen werden Willas Freunde sein. Ich dachte es mir als eine Art Hochzeitsparty, bei der leider Braut und Bräutigam abwesend sind. Aber wir können auf ihr Wohl trinken. Wie schade, daß der arme Bill Jordan nicht mehr lebt.«

Einen Augenblick herrschte völlige Stille, dann ...

»Wieso Bill Jordan?« fragte Winifred.

»War er nicht ein besonders guter Freund von Willa?«

»Das glaube ich nicht. Er war nicht ihr Typ. Er blieb lieber für sich. Mädchen gegenüber war er eher scheu.«

»Sah er gut aus?«

»Sehr.«

»Da haben wir's. Ich kann mir gut vorstellen, wie Willa

ihn gelockt hat. Sie verstand sich auf scheue, junge Männer besonders gut.«

»Er ist tot, falls Ihnen das irgend etwas sagt.« Winifreds Stimme klang beinahe unfreundlich.

»Das war keine sehr liebenswürdige Bemerkung«, entgegnete Grace vorsichtig. »Was glauben Sie, Winifred, hat Bill Jordan Selbstmord begangen?«

»Wieso?« Jetzt war Winifred wirklich böse, fast feindselig. »Behauptet das jemand?«

»Ich hörte ein Gerücht. Glauben Sie, daß er Sorgen hatte?«

»Sie wollen sagen, ob er es Willas wegen getan hat? Wenn das der Fall ist, verdient sie, aufgehängt zu werden. Ich weiß, sie ist Ihre Kusine, aber sie war eine kleine Hexe.«

Grace hatte eine stärkere Reaktion ausgelöst, als sie erwartet hatte.

»Dieser nette junge Mann«, fuhr Winifred fort. »Alle wußten, daß er unglücklich war. Wir alle haben versucht, ihn zum Sprechen zu bringen, aber umsonst.«

»Und Peter Sinclair hat dann einen letzten Versuch unternommen?«

»Ja. Aber er hat nichts aus ihm herausbekommen, obwohl sie beide ein bißchen betrunken waren. Bill war von der zugeknöpften Sorte. Er ging einfach hinaus und hatte dann diesen Unfall, oder was immer es war. Zum Teufel, Grace!« Winifred schien vollkommen entsetzt. »Ich dachte, wir wollten über eine Party sprechen, nicht über ein Begräbnis. Wann soll's denn sein?«

»Samstag – sechs Uhr. Und wo ist der Friseur?«

»Es ist ein kleines Geschäft in Strandvägen. Salon Ingrid heißt es. Es ist ganz in Ihrer Nähe. Aber sagen Sie ehrlich, was haben Sie vor? Wollen Sie es Willa nachmachen? Sie sehen aber kein bißchen hexenhaft aus, wenn Sie mich fragen.«

Grace lachte und legte den Hörer auf. Dann sah sie zu Polsen hinüber, der still in einer Ecke saß.

»Sie haben alles mitbekommen?«

»Größtenteils.«

»Es scheint das Gerücht umzugehen, daß Willa Bill Jordan in den Tod getrieben hat. Wohl deshalb sprach sie so hysterisch über Mord.«

»Dann kann ich nur sagen, daß er ein bemerkenswert dummer Mann gewesen sein muß. Sein Leben wegen eines solchen Schmetterlings wegzuwerfen.«

Grace runzelte verwirrt die Stirn. »Was ist bloß mit ihr los? Sie war nie so. Gedankenlos, ja. Aber nicht herzlos. Sie war im Gegenteil besonders warmherzig.«

»Regen Sie sich nicht auf, Grace, wenigstens ein Mann hat sie warmherzig gefunden. Sie erwartet ein Baby. Vergessen Sie das nicht.«

»Deutet das auf Warmherzigkeit hin? Ist es nicht vielleicht eher eine Falle, in der sie sich selbst gefangen hat?«

»Und aus der sie hätte entkommen können, wenn sie gewollt hätte. Aber sie will doch ihr Baby behalten.«

»Und ihren Gustav.« Grace preßte ihre Handflächen gegen die Schläfen. »Das reicht für heute, Polsen. Ich gehe zu Bett. Vielleicht ist Willa morgen zurück und ich muß mir nicht mein Haar gelb färben lassen, muß keine Party geben, die keine Party ist, und muß keine einzige Frage mehr an irgend jemanden stellen.«

Aber das schmale Bett mit den geschwungenen Enden war keine sanfte Ruhestätte. Hübsch zwar, aber unbequem. Es beengte sie, sie hatte das Gefühl, wieder in einer Wiege zu liegen und ganz hilflos zu sein. Es schenkte ihr verwirrende und schreckliche Träume, obwohl sie sich beim Erwachen an keine Einzelheiten mehr erinnern konnte. Irgend etwas davon, daß sie sich in einem dunklen Wald verirrt hatte, daß es anfing, Gänsefedern zu schneien.

Am nächsten Tag blickte Ingrids langes, blasses und hochmütiges Gesicht über Grace hinweg in den Spiegel.

»Eine Tönung vielleicht, Froken. Aber doch nicht diese Farbe. Nicht für Sie. Ganz im Ernst, ich kann das nicht verantworten. Wie wäre es mit einer silbernen Strähne da und dort?«

Ein dünner Finger mit langem Nagel bohrte sich in Graces Haar.

»Sie haben meiner Kusine das Haar gefärbt, und es war ein großer Erfolg.«

»Ja? Kann ich mich an sie erinnern?«

»Willa Bedford. Von der Britischen Botschaft.«

»Ja, ja. Ich erinnere mich.« Das melancholische Gesicht wurde plötzlich von Lachfältchen durchzogen. »Das war vielleicht eine Nummer! ›Ich will Aufsehen erregen, Ingrid‹, pflegte sie zu sagen. ›Ich bin nicht eine Dame der Botschaft, die diskret sein muß. Ich bin nur eine Sekretärin. Wer wird mich anschauen, wenn ich ihnen nicht etwas zum Anschauen biete?‹« War. – Pflegte sie zu sagen ... Immer wieder die Vergangenheitsform.

Die Frau legte ihre Finger an Graces Schläfen und studierte ihr Gesicht im Spiegel.

»Aber Sie haben es nicht nötig, auf diese Art Aufsehen zu erregen.«

»Nein, ich glaube auch nicht, daß ich damit großen Erfolg hätte«, meinte Grace zweifelnd.

»Das will ich nicht sagen. Ich wollte sagen, daß Sie einfach schrecklich aussehen würden. Sie sind mehr der intellektuelle Typ, nicht wahr?«

»Du meine Güte«, seufzte Grace.

Die Frau lachte schrill.

»Sie mögen das nicht? Aber es ist doch viel besser. Ich zum Beispiel würde wer weiß was drum geben, klug auszusehen. Stimmt es, daß Froken Bedford mit einem Mann davongelaufen ist?«

»Haben Sie so etwas gehört?«

Ingrid hatte inzwischen eine Schere genommen und begann, an Graces Haar herumzuschnipseln.

»Ja, das habe ich gehört. Sie selbst hat es mir gesagt. ›Geben Sie sich heute besondere Mühe, Ingrid‹, hat sie gesagt. ›Ich werde heiraten.‹ – ›Wer ist denn der Glückliche?‹ habe ich gefragt, und sie sagte, das sei ein Geheimnis, aber sie nannte ihn Gustav.«

»War sie glücklich und erregt?« fragte Grace.

»Erregt, ja. Aber es gäbe Schwierigkeiten, sagte sie. Sie müsse für eine Weile Geduld haben. Aber am Ende würde alles wunderbar werden. Nun, Froken, ich glaube, ein einfacher Schnitt, so, und so . . .«

Grace sah dem Werk von Ingrids geschickten Händen zu und sagte bedauernd. »Das glaube ich auch. Aber genau wie Willa habe ich auch die Gelegenheit, aufzufallen. Was ich brauche, ist eine nicht zu teure gelbe Perücke.«

Das lange Gesicht im Spiegel drückte pures Entsetzen aus.

»Es handelt sich um einen Scherz«, sagte Grace wie zu ihrer Entschuldigung.

Sie ging nach Hause, und an ihrem Arm baumelte die Perückenschachtel mit ihrem unmöglichen Inhalt aus gelben Nylonlocken.

Vierhundert Kronen im Eimer, dachte Grace.

Der Fremde war schon halb die Treppe heruntergekommen, als sie nach Hause kam. Sie wartete am Fuß der Treppe und wollte ihn vorbeilassen. Frue Lindström hatte wieder einmal an der Tür gelauscht, denn gerade in diesem Augenblick trat sie wie zufällig heraus und schlug die Hände vor Überraschung zusammen und rief: »Kapitän Morgensson, warten Sie einen Augenblick und lernen Sie Ihre neue Nachbarin, Froken Asherton, kennen.«

Kalte blaue Augen, ein dichter blonder Bart, der teilweise die rosigen, sinnlichen Lippen verbarg. Gustav? Aber nein, die Nase war ein wenig zu lang, die Stirn zu hoch, die Augen zu kalt und wachsam. Trotzdem war Grace einen Augenblick lang erschrocken.

»Willas Kusine, nehme ich an? Meine Tanten sprachen von Ihnen.« Kapitän Morgenssons Englisch hatte einen starken Akzent. Sein Händedruck schmerzte. »Sie waren bei ihnen, hörte ich. Die beiden alten Fräuleins haben sich sehr über Ihren Besuch gefreut.«

»Kommen Sie gerade von einer Reise zurück?« fragte Grace höflich.

»Von Grönland. Ich bin froh, wieder in die Wärme zu kommen.« Es klang geradezu wie ein Witz. Kapitän Morgensson lachte auch herzlich dazu, aber seine Augen behielten das Glitzern der Eisberge, an denen er vorbeigefahren war. Kein Wunder, daß sein Blick Willa unheimlich erschien.

»Ich heiße Axel«, sagte er. »Ich hoffe, Sie noch öfter zu sehen, bevor ich wieder in See steche. Jetzt, da Willa mich versetzt hat, um sich einen Ehemann zu angeln.« Er brach wieder in lautes Lachen aus, in das Frue Lindström einstimmte. Sie schienen beide nur um des Lärms willen zu lachen. Als ob keinerlei Ernst aufkommen dürfe, wenn von der amüsanten und frivolen Willa gesprochen wurde.

Grace schlenkerte mit der Perückenschachtel und teilte scheinbar ihre Fröhlichkeit.

»Sie müssen am nächsten Samstag zu meiner Party kommen, Kapitän. Einige Freunde werden auch dasein, um auf Willas Gesundheit zu trinken.«

»Willa wird dasein?«

Ihre Einbildung galoppierte ihr davon. Aber die Überraschung in seiner Stimme war nicht gespielt. Als ob er Grund zu der Annahme hätte, daß Willas Anwesenheit ein Ding der Unmöglichkeit sei.

»Wer weiß? Sie wird auftauchen, wenn sie eben auftaucht. Aber in der Zwischenzeit können wir doch auf ihr Wohl trinken. Kommen Sie, wenn Sie können. Und bringen Sie Ihre Tanten mit.«

»Danke, Miß Asherton. Für meine Tanten kann ich nichts versprechen. Aber ich selbst werde sehr gern kommen.«

»Das ist wunderbar. Sechs Uhr, Samstag. Bis dann.«

Sie wußte, daß er ihr nachsah, wie sie die Treppe hinaufging, aber es war unmöglich zu erraten, was er dachte. Nichts, aber auch gar nichts klärte sich. Konnte sie hoffen, daß sich daran etwas ändern würde, wenn sie den letzten Mann kennengelernt hatte, der in Willas Tagebuch erwähnt war? Jacob, den Baron von Sturpe, den Ehemann der eleganten Ebba. Das heißt, falls die von Sturpes überhaupt kamen.

Zu Hause hätte sie niemals den Mut gehabt, eine derartige Party zu geben. Ohne Zweifel hatte sie bereits einiges von Willas sorglosem, fröhlichem, doch eigenartig verhängnisvollem Wesen angenommen. Sie studierte das Telefonverzeichnis und begann, ihre telefonischen Einladungen auszusprechen. Sie war ziemlich sicher, wenig Absagen zu erhalten. Die meisten Leute würden schon aus Neugier kommen. Aber sie hatte das Gefühl, daß ein oder zwei Personen weniger aus Neugier als aus Wachsamkeit kommen würden. Nun, sie und Polsen konnten ebenfalls wachsam sein.

Die überraschte, aber herzliche Stimme der Baronin von Sturpe, die etwas zurückhaltendere Stimme von Doktor Sven Backe, dem es ein Vergnügen sein würde zu kommen und seine Schwester Ulrika mitzubringen. Winifred Wright, andere von Willas Freunden aus der Botschaft, die Thompsons und die Hendersons, die Grace auf Peter Sinclairs Party getroffen hatte, die zittrige Stimme von Miß Anna Morgensson, welche mit Freude die Einladung für sich und ihre Schwester annahm und für ihren Neffen, der glücklicherweise gerade zu dieser Zeit zu Hause sei. Der letzte Anruf galt den Sinclairs. Kate war am Apparat. Ihre Stimme drückte Erstaunen aus.

»Eine Party! Zu dieser Zeit!«

»Was ist an der Zeit denn so falsch?«

»Eine Party für Willa, wenn sie nicht einmal da ist! Sie fangen an, sich genauso verrückt zu benehmen, Grace!«

»Wie denn?« wollte Grace wissen.

»Indem Sie solche Dinge tun. Eine Party für jemanden, der fort ist.«

»Aber doch nicht für immer. Sie könnte sogar zurück sein, um an dieser Party teilzunehmen. Jedenfalls, Sie und Peter können doch kommen, oder?«

»Ich muß mit Peter darüber sprechen. Er hat seinen Terminkalender im Büro. Ich weiß niemals im voraus, was wir tun.«

Das war wieder ganz die alte, jammernde Kate. »Und Georgy liegt mit Fieber im Bett. Wenn Alexander auch krank wird, muß ich zu Hause bleiben.«

»Oh, das tut mir leid.«

»Ja, es könnte gar keine unpassendere Zeit sein. Und heute sollte ich zu einer Teegesellschaft in die Residenz.«

»Dann gehen Sie doch. Ich werde zu Ihnen hinausfahren und auf die Kinder aufpassen.«

»Grace! Würden Sie das wirklich tun?«

»Natürlich. Sehr gern.«

»Wirklich – Sie sind lieb. AUch Willa war so gutherzig.«

»Sie haben mir schon einmal gesagt, daß ich ihr ähnlich sei. Ich habe das eigentlich nicht als Kompliment aufgefaßt.«

Kate lachte etwas unbehaglich. »Sie sollten lieber nicht auf mich hören. Ich bin ein bißchen durcheinander in letzter Zeit. Und ich hasse das hier alles so. Bis zu Bills Tod war es nicht so schlimm. Aber jetzt. Ich komme einfach nicht darüber hinweg. Nicht, daß er ein sehr enger Freund war. Es ist nur so traurig.«

»Sind Sie deshalb so voreingenommen gegen Willa?« fragte Grace.

»Willa! Du lieber Himmel, nein. Ich glaube nicht, daß sie irgend etwas damit zu tun hat.«

»Winifred Wright ist da anderer Meinung.«

»Ich weiß, daß Gerüchte umgehen. Aber Peter schenkt ihnen keinerlei Beachtung. Er sagt, Bill kannte den Typ von Mädchen wie Willa und habe sie niemals ernst genommen.«

»Nun, jemand hat es doch«, sagte Grace leichthin.

»Hat was?«

»Willa ernst genommen.«

Eine lange Pause.

»Es könnte auch anders sein«, sagte Kate endlich zögernd. »Haben Sie schon einmal daran gedacht? Daß nämlich Willa jemanden ernst genommen hat.«

»Sie meinen, jemanden, der es mit ihr nicht ernst gemeint hat?«

»Ihr würde nur recht geschehen, oder etwa nicht?«

Gerade, als Grace im Begriff war, zu den Sinclairs zu fahren, war Kate wieder am Telefon.

»Grace, ich habe versprochen, Joyce Thompson mitzunehmen. Ich muß deshalb jetzt gehen. Die Kinder sind gut aufgehoben, bis Sie kommen, aber ich bitte Sie, kommen Sie so rasch Sie können. Alexander wird Sie hereinlassen. Und achten Sie bitte darauf, daß Georgy im Bett bleibt. Sie ist ziemlich anstrengend. Aber vielleicht wird sie sich bei Ihnen besser benehmen als bei mir Ich werde nicht länger als zwei oder drei Stunden weg sein. Trinken Sie einen Schluck mit Peter zusammen, wenn er vor mir zu Hause ist.«

Eine halbe Stunde später öffnete Alexander die Tür auf Graces Läuten. Er sah sie aus großen Augen bedeutungsvoll an.

»Georgy sagt, sie möchte Sie sofort sprechen.«

»Wirklich? Darf ich mir vielleicht vorher noch meinen Mantel ausziehen? Wie geht's dir, Alexander?«

»Ich habe das Telefon abgenommen, als es läutete, aber Georgy wollte mich nicht reden lassen. Das ist gemein. Sie sagt, ich bin zu klein, um eine wichtige Mitteilung entgegenzunehmen.«

Grace hängte ihren Mantel an den Kleiderhaken unf fuhr Alexander liebevoll durchs Haar.

»Das ist echt Mädchen, nicht wahr? Von wem war denn diese wichtige Mitteilung?«

»Willa«, sagte Alexander.

Grace starrte das unschuldige Gesichtchen an: »Willa!?«

Alexander nickte und schmollte. »Und ich wollte sie doch wegen der Elche fragen.«

Grace raste die Treppe hinauf.

»Georgy! Georgy, ist es wahr, daß du gerade mit Willa gesprochen hast?«

Georgy lag in ihre Kissen zurückgelehnt, hochrot im Gesicht und finster dreinblickend.

»Sprich nicht so laut, Grace. Ich habe Kopfschmerzen.«

»Alexander sagt, daß Willa eben angerufen hat. Stimmt das?«

»Ja. Ich habe eben mit ihr gesprochen. Ich mußte in das Zimmer meiner Eltern hinunter, und jetzt fühle ich mich schwindlig.«

»Aber was hat sie gesagt?«

»Nur, daß ich Daddy ausrichten soll, er soll kommen und sie retten. Sie hat den Wald und das ewige Tropfen des Regens auf dem Dach satt.«

Der Regen, der auf das Dach tropft, macht mich verrückt ...

»Georgy, du hast das alles doch nur erfunden.«

Georgy öffnete gekränkt ihre Augen etwas weiter.

»Nein, das habe ich nicht. Es war Willa. Frag Alexander.«

»Er behauptet, du hättest ihn nicht sprechen lassen.«

»Ja, er ist zu klein. Daddy sagt, er darf keine Mitteilungen entgegennehmen. Er bringt alles durcheinander.«

Grace setzte sich zu Georgy aufs Bett und legte ihre Hand auf die Stirn des Kindes.

»Glaubst du nicht, das könnte auch dir passieren, wenn du sehr hohes Fieber hast? Du hast dir sicherlich nur eingebildet, daß es Willa war. Sie würde nichts so Ungewöhnliches sagen. Wovon soll euer Vater sie denn erretten?«

»Natürlich vor den Elchen«, sagte Alexander, der mittlerweile unter der Tür erschienen war. »Sie hat Angst vor den Elchen. Wie ich.«

Georgy lag mit geschlossenen Augen da und sagte müde: »Sie meinte nur, Daddy solle keine Elche mehr schießen, weil sie kein Blut sehen kann. Grace, willst du uns vorlesen?«

»Georgy ...«

»Ich bin wirklich zu krank, um noch mehr zu reden.«

»Wenn du zum Telefon gehen konntest, wirst du wohl

auch einige Fragen beantworten können. Oder hast du geträumt? Das kommt vom Fieber.«

»Heute nacht mußte Mama zu mir ans Bett kommen. Ich habe im Fieber fantasiert.«

»So war Willa also überhaupt nicht am Telefon?«

»Es war eine Dame«, sagte Alexander unsicher.

»Aber sie sagte nichts von Elchen im Wald?«

»Das hat Alexander nur erfunden. Willa sagte nur etwas vom Regen.«

Grace sah zum Fenster und folgte mit ihren Augen den Regentropfen, die langsam die Scheiben herunterrieselten. Die ziehenden, grauen Wolken schienen sich noch tiefer gesenkt zu haben. Es war dunkel und Zeit, die Vorhänge zuzuziehen, um die Nacht auszuschließen und die Fantasien eines kranken Kindes.

Wenn es Fantasie war ...

Aber sie mußte die seltsame kleine Begebenheit doch Kate und Peter erzählen, die kurz nacheinander nach Hause kamen. Sie berichtete lachend davon, als ob sie selbst nicht daran glaubte. Einen Augenblick herrschte Stille. Peter starrte vor sich hin, Kate schien über die Fantastereien der Kinder verärgert.

»Und ich soll sie retten!« sagte Peter nach diesem Augenblick der Überraschung, des Erschreckens oder was immer es gewesen sein mochte. »Was für eine Einbildungskraft diese Kinder doch haben!«

»Ich werde Georgy selbst fragen«, rief Kate aus.

»Sie schläft jetzt«, widersprach Grace. »Sie ist sehr rot im Gesicht, und ich glaube, die Temperatur ist gestiegen.«

»Ruf den Arzt«, sagte Peter ungeduldig. »Mit solchen Dingen ist nicht zu spaßen. Das Kind fantasiert doch offensichtlich.«

Möglicherweise hat wirklich jemand angerufen«, sagte Grace, »aber ob es Willa war, ist eine andere Frage.«

Kate, die schon halb die Treppe hinaufgegangen war, drehte sich mit verschlossenem Gesicht um.

»Wenn sie es war, kann sie ja noch einmal anrufen, oder nicht?«

Falls diese Frage an Peter gerichtet war, so ignorierte er sie jedenfalls.

»Nichts als Blödsinn. Die Kinder hören zu viele Märchen. Ich soll Willa wohl auf meinem weißen Schlachtroß vor ihrem verruchten Verführer erretten?«

»Ein Batman wäre wohl besser, Liebling. Du solltest wirklich mit der Zeit gehen.«

Kates beleidigte und ironische Stimme klang Grace noch in den Ohren, als sie nach Hause kam. Sie klopfte gegen die Decke, damit Polsen herabkam, und erzählte noch einmal ihre Geschichte.

»Es ist die Bemerkung über den Regen, die mich irgendwie irritiert. Erinnern Sie sich daran, daß Willa in ihrem Tagebuch schrieb, daß der Regen auf dem Dach sie verrückt mache? Die Kinder wissen nichts davon. Weshalb sollte Georgy also vom Regen sprechen?«

»Weil es regnet und sie das auch hören kann. Ich nehme an, Kinder sprechen eben von dem, was ihnen gerade auffällt.«

Grace lauschte dem Prasseln der windgepeitschten Regenschauer gegen ihre Fenster. Das Geräusch war schon in der Stadt melancholisch genug. Im Wald dagegen, auf dem Blechdach eines dieser einsamen Häuschen, mußte es schlechthin deprimierend wirken.

»Ich kann mir nicht helfen, ich habe das Gefühl, Willa ist in einem dieser Häuser im Wald. Aber ob sie dort gefangengehalten wird . . .«

»Mit einem Telefon?«

»Vielleicht hat Gustav sie für einige Minuten allein gelassen.«

Polsen legte den Kopf zurück und brach in sein dunkles, sympathisches Lachen aus.

»Wer sieht jetzt wohl Gespenster? Und Sie haben nicht einmal die Ausrede, daß Sie Fieber haben.«

»Polsen, lachen Sie mich nicht aus. Ich bin der Meinung, es ist jetzt an der Zeit, Willa als vermißt zu melden. Sollte ich nicht zur Polizei gehen oder wenigstens zum britischen Botschafter?«

Polsen hörte auf zu lachen.
»Noch nicht. Sogar die schwedische Polizei ist sentimental genug, um eine mit ihrem Geliebten verschwundene Braut nicht zu stören. Und ihr Botschafter weiß womöglich bereits alles, was er wissen will.«
»Was meinen Sie mit ›noch nicht‹?« fragte Grace gespannt.
»Nicht vor der Party. Diese Party kann möglicherweise mehr Licht in die Geschichte bringen, als Sie glauben. Wie wär's jetzt mit einem Schnaps? Willas alter Kartoffelschnaps? So nannte sie ihn. Sie sprach nicht immer vom Regen.«
Polsen wirkte wie immer beruhigend auf sie. Er nahm den Ereignissen ihre Schrecken, ohne sie jedoch zu bagatellisieren. In seiner Gegenwart fühlte sie sich niemals dumm oder kindisch, es gelang ihm, ihr ihre Ängste erträglicher zu machen.
Trotzdem gab er zu, daß es schade sei, daß sie nicht ein paar Minuten früher zu den Sinclairs gekommen war und so selbst mit dieser mysteriösen Anruferin habe sprechen können. Es konnte sehr gut Willa gewesen sein, die wegen ihres Passes oder der Heiratslizenz irgendwelche Schwierigkeiten hatte. In diesem Fall gab es niemand geeigneteren als Peter Sinclair, der helfen konnte.
»Was so viel bedeutet, als daß sie wieder anrufen wird«, sagte Grace, die sich weitgehend beruhigt hatte. Dann fiel ihr wieder ihre Begegnung mit Kapitän Morgensson ein, und sie erzählte Polsen davon. Sie verstand jetzt, was Willa über ihn geschrieben hatte. »Er starrt einen einfach herausfordernd an. Ich habe so etwas noch nie erlebt. Man hat den Eindruck, als wolle er direkt hinter die Stirn schauen. In meinem Kopf würde er allerdings im Augenblick nur ein großes Durcheinander entdecken. Polsen, Sie wollen doch nicht etwa gehen? Lassen Sie mich nicht allein. Ich hasse es einfach, allein zu sein. Diesem traurigen Wind zuzuhören, nachzudenken. Viele Enden in der Hand zu haben und keinen Anfang . . .«

Polsen lächelte auf seine milde Art.

»Ich wollte Ihnen im Gegenteil gerade vorschlagen, mit mir zu essen. Sie haben meine Wohnung noch nicht gesehen. Vielleicht interessieren Sie meine Malereien. Wir können uns über irgend etwas anderes als über Willa unterhalten, die wahrhaftig genug Aufmerksamkeit erregt hat.«

»Polsen, Sie tun so viel für mich.«

»Seien Sie nicht so bescheiden. Versuchen Sie, wie Willa zu sein. Sie würde sagen: ›Alles zu seiner Zeit.‹«

»Sie sagten, wir würden nicht über Willa sprechen.«

»Ja. Entschuldigung.«

»Aber wenn sie wirklich dieses Telefongespräch geführt hat, bedeutet das, daß sie lebt«, platzte sie heraus, und dann verstand sie nicht, wieso sie so etwas gesagt hatte. Natürlich lebte Willa. Trotz ihrer Unzurechnungsfähigkeit war sie viel zu vital, um einfach zu sterben.

Polsens Studio im Dachgeschoß, ein langgestreckter Raum mit niederer Decke, der von einem riesigen Kachelofen erwärmt wurde, strahlte trotz der unwahrscheinlichen Unordnung eine seltsame Behaglichkeit aus. Bücher und Bilder waren zweifellos die beste Möblierung, die ein Wohnraum nur haben konnte, auch wenn es darin aussah, als hätte ein Wirbelsturm sie über die ganze Wohnung verstreut. Außerdem gab es noch einen altmodischen Schaukelstuhl, einen großen, fadenscheinigen Wollteppich, Tische und Stühle verschwanden unter der Flut von Büchern, eine Staffelei mit einem halbfertigen Bild und ein Kinderporträt auf dem Kaminsims.

Polsen beobachtete Grace. Sein Gesichtsausdruck war halb erfreut, halb ängstlich.

»Sie fühlen nicht einen unwiderstehlichen Drang in sich, bei mir aufzuräumen?«

»Nein.«

»Das Durcheinander macht Ihnen nichts aus?«

»Das alles hier ist wie Sie, Polsen. Weshalb sollte ich Sie ändern wollen? Ist das Ihr Sohn?«

»Ja.«

»Neulich sah ich Sie mit ihm. Ich winkte, aber Sie haben mich nicht bemerkt.«

»Ich nehme an, wir haben gerade eine höchst wichtige Angelegenheit besprochen.«

»Sie sind gute Freunde, nicht wahr?«

»Natürlich.«

»Aber nicht gut genug, als daß Sie sich wünschten, mit seiner Mutter zusammenzuleben.«

»Nein.« Seine Stimme war abweisend, kälter, als sie sie jemals gehört hatte. »Das ist eine Sache der Würde. Ich nahm an, Sie würden das verstehen.«

»Ich verstehe das. Aber da Sie und Magnus so verbunden sind, könnten Sie sich vielleicht mit ein bißchen weniger Würde abfinden. Ich meine, um mehr als nur die Sonntage von ihm zu haben.«

»Manche Menschen können das«, sagte er abweisend. »Ich nicht.«

Sie hätte gern das Thema weiterverfolgt, um zu erfahren, wie er auf ihr Interesse reagierte. Aber noch bevor sie eine weitere Frage stellen konnte, sagte er in seiner gewohnten liebenswürdigen Art: »Sie sind eine Frau, Grace.Das mag alles richtig sein, aber nicht in diesem Fall. Und jetzt würden Sie in diesem Schaukelstuhl sehr hübsch aussehen. Ich werde Ihnen einen Drink bringen. Und dann muß ich in die Küche gehen, wenn wir heute abend noch etwas essen wollen.«

Ein wenig später rief er aus der Küche: »Hören Sie den Wind? Er ist hier oben lauter als bei Ihnen unten.«

Er war in der Tat lauter, wild und trostlos. Aber Grace fürchtete ihn nicht mehr, er vermittelte ihr im Gegenteil ein Gefühl der Ruhe. Ganz sanft erwachte in ihr das Bewußtsein, daß sie sich in Polsen verliebt hatte. Doch wenn das so war, dann war dieser Junge auf dem Porträt ihr Feind.

Aber an diesem Gedanken war sicherlich nur ihre Müdigkeit schuld, ihre Müdigkeit und der Schnaps, der sie benommen machte. Ein Kind konnte niemals ein Feind sein.

»Nein«, sagte sie. »Ich höre den Wind nicht. Vielleicht beginnt es zu schneien.«

9

Sie kamen miteinander, die beiden Gäste, die sie noch nicht kannte: Baron von Sturpe und Ulrika, Sven Backes Schwester. Natürlich waren auch die Baronin Ebba und Doktor Sven Backe da. Sie waren hintereinanderher gefahren, wie Sven sagte. Der Mercedes des Barons hart auf den Fersen seines kleinen Volvo.

»Wir hätten den Volvo auffressen können«, sagte Ebba mit ihrer schrillen Stimme. »Aber wir spielten Katz und Maus. Grace, meine Liebe, wie reizend von Ihnen, daß Sie uns zu Ihrer Party eingeladen haben. Sie kennen meinen Mann noch nicht. Jacob, das ist Miß Grace Asherton. Ich finde die englischen Namen einfach wunderschön, viel hübscher als die schwedischen.«

Der Baron machte eine knappe Verbeugung. Zu Graces Überraschung war er ein kleiner, älterer Herr. Er wurde von seiner hochgewachsenen Frau überragt, hatte graues Haar, milde Augen, und sein Lächeln wirkte eher hilflos. Ganz sicherlich war er nicht der Typ, der auf Willa Eindruck machte, außer vielleicht seines Titels oder seines Geldes wegen. Das war möglicherweise auch der Grund, weshalb Ebba ihn erwählt hatte.

Sven Backe hätte einen viel besseren Partner für Ebba abgegeben, und Ulrika, die vierschrötige Schwester, die anscheinend niemals lächelte, würde gut an die Seite des Barons passen.

Sieh an, ich tausche bereits die Partner, sagte Grace zu sich selbst. Die Schweden sind fähig, das recht gut allein zu besorgen.

»So gefällt Ihnen also Stockholm noch immer«, sagte Sven Backe und sah sie mit dunklen, nervösen Augen an. Sie hatte neulich von dieser Nervosität nichts bemerkt. Vielleicht mochte er Partys nicht. Vielleicht irritierte ihn seine Schwester. Sie stand immer dicht bei ihm. Oder vielleicht war sie selbst nervös in ihrem schwarzen Wollkleid, das sich zu eng um ihren Hals schloß. Sie mußte empfinden, wie unelegant sie neben Ebba wirkte, deren langes silbriges Abendkleid im Kerzenlicht schimmerte.

Polsen hatte gesagt, es müßten Dutzende von Kerzen brennen. Sie seien festlich, verbreiteten Behaglichkeit, schmeichelten dem Teint der Frauen und verliehen dem Raum Wärme und Intimität. Auf Willas Partys brannten immer eine Menge Kerzen.

Aber es schien, als ob die flackernden Kerzenflammen auch die Gesichter flackern ließen, und es war schwierig, den Gesichtsausdruck der einzelnen Personen zu erkennen, gerade dann, wenn es besonders interessant wurde. Kapitän Axel Morgensson starrte Ebba bei der Begrüßung aufdringlich an.

Peter Sinclair begrüßte Sven Backe zu herzlich, als ob sie alte Freunde seien, und stellte die langweilige Ulrika vor. Polsen war Kate gegenüber ungewöhnlich aufmerksam, Winifred Wright sprach zu viel und zu schalkhaft mit Baron von Sturpe, der ganz gewiß ein Mann war, an den jegliche Art von Schalk verschwendet ist. Axels alte Tanten saßen auf Willas tiefer, über und über mit Samtkissen beladener Couch und lächelten, als ob sie jedes Wort verstünden, das gesprochen wurde.

»Großartige Party, Grace«, sagte Nigel Thompson. »Sie haben ebensoviel Talent wie Willa.«

»Pflegten Sie ihre Partys zu besuchen?«

»Natürlich. Die meisten von uns hier. Sie haben sicherlich die ganze Bande zusammengetrommelt.«

»Ich dachte, das würde Willa freuen. Es ist an der Zeit, auf ihre Gesundheit zu trinken. Und auf die von Gustav.«

»Der mysteriöse Gustav.«

»Hat denn niemand eine Ahnung, wer er ist? Das ist einfach unglaublich. Sie alle kannten doch Willa.«

Joyce Thompson, Nigels Frau, war zu ihnen getreten.

»Nicht so besonders gut, Grace. Sie stellte sich immer sehr zur Schau. Sie mußte immer irgendwie auffallen. Menschen wie sie verstecken gewöhnlich ihr wirkliches

Selbst, finden Sie nicht auch? Und offensichtlich auch ihre Liebhaber.«

»Aber sie war ein verdammt netter Kamerad«, sagte Nigel.

Grace stellte gedankenverloren ihr Glas nieder. Auffallen. Das war ihr Stichwort.

Sie suchte Polsens Blick. Er hatte bereits damit begonnen, Kerzen auszublasen, denn es brannten nur noch ungefähr ein Dutzend. Dann machte er die Runde und füllte die Gläser nach.

»Wir werden jetzt auf Willa und Gustav trinken.«

»Aber es ist so dunkel«, rief Miß Anna Morgensson.

»Zu dunkel?« hörte Grace Polsen höflich fragen. Sie war bereits im Schlafzimmer. »Das ist wegen der Atmosphäre. Ein Zugeständnis an Willa. Sie liebte Atmosphäre, Sensation, Geheimnis.«

»Das klingt ein bißchen nach Leichenrede, alter Knabe«, sagte Nigel Thompson.

Grace, die sich hinter der Schlafzimmertür mit ihrem schlüpfrigen Seidenpyjama abmühte, denn ihre Hände zitterten so sehr, daß alles viel zu langsam ging, hörte Peter Sinclairs Bemerkung: »Ja, sie liebte das Geheimnis ein bißchen zu sehr, wenigstens für die Begriffe der Botschaft Ihrer Majestät. Wir zügeln unsere Stenotypistinnen jetzt besonders sorgfältig. Nicht wahr, Winifred?«

»Wir alle fangen an, gesetzte alte Jungfern zu werden«, beklagte sich Winifred. »Ich denke schon daran, um eine Versetzung in den Fernen Osten zu bitten.«

Die Perücke wollte nicht festsitzen. Sie würde wahrscheinlich herunterpurzeln wie eine Sonnenblume beim ersten Frost.

Aber sie würde eben lange genug halten. Und die dunkle schmetterlingsförmige Sonnenbrille, die lange Zigarettenspitze, die irrsinnig hohen Schuhe und der betäubende Geruch des Balenciaga-Parfüms.

Das war wirklich zu verrückt. War sich Willa eigentlich

klar darüber gewesen, daß sie wie eine Figur von 1930 aussah?

Aber jetzt schrieb man 1969 – und jetzt kam der Augenblick:

Grace stieß die Tür auf, schlüpfte in das dämmerige Wohnzimmer und rief fröhlich: »Voilà!«

Jemand schrie. Sie wußte nicht, wer. Vermutlich eine der alten Damen, Miß Anna oder Miß Katerina. Die kluge, selbstbeherrschte Ebba konnte es nicht gewesen sein, obwohl ihr Gesicht in dem flackernden Licht kalkweiß schimmerte. Dann begann Winifred Wright hysterisch zu lachen und rief:

»Willa! Sie verflixter Dummkopf! Sie haben uns alle zu Tode erschreckt.«

»Und Ihr Mann?« Das war Kapitän Morgenssons gutturale Stimme. »Ist er auch hier?«

Grace konnte es nicht mehr ertragen. Sie zitterte zu sehr und fühlte sich scheußlich. Sie kam sich vor wie ein Skelett, das man nach vielen Jahren aus einer dumpfen Gruft heraufgeholt hatte. Sie gab Polsen einen unsicheren Wink, und er kam zu ihr herüber und nahm ihr mit der Geste eines Zauberers die Perücke vom Kopf.

»Ein Spaß«, sagte er vergnügt. »Eine wunderbare Vorstellung, Grace. Applaus für Grace!«

Jemand begann unsicher zu klatschen, hörte aber gleich wieder auf.

»Nehmen Sie diese verdammte Brille ab«, tönte Peter Sinclairs ärgerliche Stimme in Graces Ohr, und zu gleicher Zeit hörte man ein Rascheln, dann ein Fallen, als ob etwas zu Boden geglitten wäre.

Als alle zurücktraten und mehr Kerzen angezündet wurden, erwies es sich, daß Kate in guter alter Manier ohnmächtig auf dem Boden lag.

Doch schon im nächsten Augenblick versuchte sie, sich aufzusetzen. Ebba kniete neben ihr. »Ein Glas Wasser«, sagte sie. Polsen ging es holen, und Grace versuchte, sich ein wenig reuevoll einen Weg zu Kate hin zu bahnen. Sie wurde jedoch von Peter zur Seite gestoßen, dem erst allmählich zum Bewußtsein zu kommen schien, daß es seine Frau war, die da am Boden lag.

»Ein Witz, Kate«, sagte er laut. »Hast du denn nicht gehört?«

Kate strich sich das Haar aus der bleichen Stirn.

»Es tut mir leid«, murmelte sie, »die Kerzenwärme war zu groß. Das ist alles.«

Sie erholte sich rasch und setzte sich auf einen Stuhl, aber Peter sagte plötzlich, es wäre wohl besser, wenn er sie nach Hause brächte. Möglicherweise stecke die gleiche Krankheit in ihr, die auch die Kinder hatten. Er wischte sich über die Stirn, die vor Schweiß glänzte.

Aber auch alle anderen sahen aus, als ob ihnen zu heiß sei. Sogar auf Ebbas hohen Backenknochen erschienen hektische rote Flecken, was ihrem Gesicht einen eigenartig attraktiven Reiz verlieh. Sie war sehr um Kate besorgt. Grace hatte nicht gedacht, daß die Baronin solcher Anteilnahme fähig sein konnte. Jedenfalls nicht für eine andere Frau.

Polsen hatte ein Fenster geöffnet, um einen Schwall kalter Nachtluft in den überhitzten Raum zu lassen. Grace dachte, er würde ärgerlich darüber sein, daß ihr Experiment durch Kates Benehmen in Frage gestellt worden war, aber er sah so gelassen aus wie immer. Als Grace jedoch darüber nachdachte, fiel ihr ein, daß möglicherweise doch nicht alles umsonst gewesen war. Für einen Augenblick, für einen winzigen Augenblick, waren ihre Gäste schockiert und überrascht gewesen. Kates Zusammenbruch mochte von vielen als willkommene Ablenkung empfunden worden sein.

Die Spannung ließ nach, als die Lichter angedreht und die restlichen Kerzen ausgeblasen wurden. Der gewöhnliche Partylärm setzte wieder ein, ausgelassener und lauter als zuvor.

»Grace, das war ein abscheulicher Scherz«, murmelte Kate vorwurfsvoll, als Peter ihr in den Mantel half.

»Wieso abscheulich? Wollten Sie Willa denn nicht sehen? Wollten Sie hier alle Willa denn nicht wiedersehen?«

Grace sprach plötzlich mit harter, schneidender Stimme und wandte sich an alle Anwesenden im Raum.

»Seien Sie doch nicht dumm, Grace«, ließ sich Ebbas tiefe, beherrschte Stimme vernehmen. »Wir alle wünschen uns sehr, sie wiederzusehen. Ich verstehe nur nicht, weshalb Sie uns diesen Mummenschanz vorführen mußten. Als ob diese ganze Geschichte ein großes Geheimnis oder sonst etwas Mysteriöses sei.«

»Ist sie denn nicht mysteriös genug?«

»Gut, gut, Liebling, ich nehme an, Sie kennen Ihre Kusine besser als irgend jemand von uns hier. Falls sie sich ein bißchen danebenbenimmt – wie heißt das?«

»Aus der Rolle fällt«, half Sven Backe nach.

»Das wollte ich sagen. Sie sind ein kluger Junge, Sven. Nun, wenn sie also ein wenig aus der Rolle fällt, würden wir das wahrscheinlich nicht einmal bemerken, oder? Ich jedenfalls kenne Willa nicht gut genug.«

»Mit einem Geliebten durchbrennen ist ja nicht gerade etwas, was ein Mädchen alle Tage tut«, gab Axel zu bedenken. »Nicht einmal Miß Willa.«

»Ja, Grace, haben Sie eigentlich schon früher einmal bemerkt, daß Willa so einfach verschwunden ist? Pflegte sie das öfter zu tun?« fragte Peter Sinclair und versuchte witzig zu sein. »Bei uns Engländern spielt sich das Leben im allgemeinen doch in recht geordneten Bahnen ab.«

»Es kümmert mich nicht, wie Sie die Sache betrachten«, sagte Grace verstimmt. »Für meine Begriffe gibt es da ein Geheimnis. Und ich werde nicht eher ruhen, als bis ich es ergründet habe.«

Was war nur über sie gekommen? Wieso hatte sie das Gefühl gehabt, das alles seien nicht ihre Gäste, sondern ihre Feinde? Alle starrten sie plötzlich so an. Sogar Winifred Wright, die wieder diesen verwirrten, verschreckten Ausdruck hatte. Vielleicht war alles wirklich nur Einbildung?

»Jetzt brauchen wir alle wohl etwas zu trinken«, ertönte da Polsens ruhige Stimme aus dem Hintergrund.

»Es zieht hier plötzlich so«, beklagte sich Miß Anna Morgensson.

Dann brachte Frue Lindströms fröhliches Lachen alles wieder ins Gleichgewicht.

»Aber was für eine glänzende Schauspielerin Sie doch sind, Froken Asherton. Ich habe wirklich geglaubt, Sie seien Froken Bedford. Alle glaubten das.«

Alle? Weshalb dann dieser Augenblick völliger Erstarrung, als ob Willas Auftauchen nahezu unbegreiflich, jedenfalls aber unwillkommen sei?

»Es ist schlimmer als vorher«, flüsterte Grace Polsen zu, als sie in der Küche die Drinks mixten.

»Was?«

»Nun, einfach alles.«

»Reaktion abwarten«, sagte Polsen und rührte eifrig in einem Glas.

»Was meinen Sie damit?«

»Wieviel Drinks sind das? Genügend? Wir müssen einfach die Reaktion abwarten.«

»Heute abend noch?« Graces Herz klopfte plötzlich wieder nervös.

»Wer weiß? Kommen Sie. Sie vernachlässigen Ihre Gäste.«

Die erste Reaktion, wenn man sie überhaupt als solche bezeichnen wollte, kam dann sogar früher als erwartet.

»Grace, hätten Sie vielleicht Lust, das nächste Wochenende bei uns zu verbringen?« fragte Ebba. »Haben Sie schon einmal ein altes schwedisches Haus gesehen?«

»Nur Schloß Gripsholm.«

»Unseres ist nicht eigentlich ein Schloß, aber es stammt aus dem frühen achtzehnten Jahrhundert. Ich glaube, es wird Sie interessieren. Kommen Sie doch bitte.«

»Ich komme sehr gern«, sagte Grace, und dabei hatte sie ein Gefühl, das eigentlich nicht aufkommen sollte, wenn man eine Einladung zu einem Wochenende auf dem Lande annahm. Es war beinahe so etwas wie Triumph oder Schadenfreude.

»Wunderbar. Wir wohnen nicht weit von Sigtuna entfernt. Sven und Ulrika könnten vielleicht zum Dinner herüberkommen. Außer, Sie möchten Ruhe haben.«

»Ich möchte keineswegs Ruhe haben«, sagte Grace. »Weshalb denn?«

»Ich weiß auch nicht, warum ich das eben sagte. Natürlich brauchen Sie keine Ruhe. Wir könnten sogar eine Party geben.«

Später wünschte Grace, Ebba hätte auch Polsen mit in ihre Einladung einbezogen. Aber warum sollte sie, ebensogut hätte sie Axel oder irgend jemanden von der Botschaft einladen können.

Polsen sah sie mit seinem seltsamen Blick an, als sie ihm von der Einladung erzählte.

»War es richtig, daß ich angenommen habe?«

»Natürlich. Warum denn nicht?«

»Ich wünschte, man hätte Sie auch eingeladen.«

»Mich? Den langweiligen Professor?«

»Ich sprühe ja auch nicht gerade vor Geist. Vermutlich ist Ebba der Meinung, sie müsse sich ein bißchen um einen Besucher ihres Landes kümmern.«

»Bringen Sie sie dazu, daß sie mit Ihnen nach Uppsala fährt. Es gibt dort eine schöne Universität und eine Kathedrale.«

»Das könnten Sie tun«, sagte Grace. »Mit Ihnen würde es mir mehr Freude machen.«

»Dann ist's gut. Heben wir uns das also für später auf. Statt dessen können Sie ja in den Wald fahren.«

»In den Wald?«

»Rund um das Anwesen der von Sturpes liegen Meilen um Meilen von Wald. Und dann natürlich der See. Sigtuna ist hübsch. Aber jetzt ist die falsche Jahreszeit, um es zu besichtigen.«

»Ich hoffe, es wird nicht regnen«, Grace unterdrückte ein Schaudern. »Ich möchte eigentlich lieber nicht hingehen. Ich habe auch nichts Passendes anzuziehen.«

»Dann borgen Sie sich doch Kleider von Willa.«

»Ja, ich nehme an, das kann ich tun. Es wird ihr nichts ausmachen. Ich werde ihr einen Zettel mit einer Erklärung hinterlassen, für den Fall, daß sie während meiner Abwesenheit nach Hause kommt.«

Das jedoch erwies sich als überflüssig, denn zwei Tage später kam ein Brief von Willa.

Er war an Graces Adresse nach England geschickt und von ihrem Vater nachgesandt worden. Der Poststempel war unleserlich, aber das Datum des Briefes, den Grace mit zitternden Fingern öffnete, lag genau eine Woche zurück. Der Brief trug keinerlei Absender.

›Liebe Grace,
Du wirst Dich schon gewundert haben, weshalb ich nicht früher schrieb, aber Gustav und ich haben eine Menge Ärger. Gustav war zu optimistisch, was seine Scheidung betrifft. Ich habe Dir doch davon geschrieben? Sie ist verschoben worden, ich muß deshalb noch eine Weile warten, bis ich zur ehrenhaften Ehefrau werden kann. Es wird nicht allzulange dauern, aber es ist ein bißchen deprimierend und aufreibend. Man sieht ›es‹ schon. Aber wenn nicht etwas ganz Unvorhergesehenes eintritt, werden wir noch rechtzeitig an den Altar kommen. Gustav hält meine Hand, der Gute. Mach Dir meinetwegen keine Sorgen. Ich werde Dich wiedersehen, lange bevor ich Dich zur Tante mache. Nein, Du wirst einfach eine Kusine sein, nicht wahr? Das macht nichts. Komm recht bald nach Schweden und sieh Dir das kleine Biest an.

Alles Liebe, Wilhelmina.‹

»Da ist es wieder!« sagte Grace zu Polsen und deutete mit ihrem zitternden Finger auf den Brief. »Wilhelmina! So ist sie eben doch in Schwierigkeiten.«

»Ja, es scheint so. Keine Scheidung, kein Ehemann.«

»Nicht nur das. Willa würde eine derartige Situation spielend bewältigen. Das ist nichts, weswegen sie ihren Hilferuf an mich richten würde.«

»Also etwas Ernsteres«, sagte Polsen gedankenvoll. Es war mehr eine Feststellung als eine Frage.

Grace nickte, ihre Lippen fühlten sich spröde an. Bis jetzt war sie nur besorgt gewesen, jetzt aber hatte sie Angst.

Polsen hielt den Briefumschlag gegen das Licht und betrachtete eingehend den Poststempel.

»Uppsala«, sagte er endlich.

»Sind Sie sicher?«

»Ja. Schauen Sie. Hier ist das U, und dort die Enden der zwei P. Am Ende ein A. Es sollte eigentlich nicht allzu schwierig sein, Willa dort zu finden. Ein schwangeres englisches Mädchen in einer kleinen Universitätsstadt dürfte kaum unbeachtet bleiben. Weshalb sehen Sie mich so zweifelnd an?«

»Wenn der Brief in Uppsala aufgegeben wurde, so muß das noch lange nicht bedeuten, daß sie dort ist. Sie könnte noch immer in diesem Häuschen im Wald sein.«

»Und nur in die Stadt gekommen sein, um diesen Brief aufzugeben und mit den Sinclairs zu telefonieren?«

»Nicht einmal das«, sagte Grace unglücklich. »Ich bin sicher, Gustav hat sie gezwungen, diesen Brief zu schreiben, und hat ihn dann selbst zur Post gegeben. Er sah, daß sie nicht anders als sonst schrieb, aber er weiß noch immer nichts über ihre geheime Unterschrift. Ihr SOS an mich, wobei sie annimmt, daß ich in England bin. Was glaubt sie denn, was ich dort für sie tun könnte, wenn ich nicht einmal hier etwas ausrichte?«

»Was für einen scharfen Verstand Sie haben, Grace. Sie werden eine große Schriftstellerin werden.«

»Darum geht es jetzt doch nicht . . .«

»Ich wollte gerade meinerseits einige Vermutungen anstellen. Willa weiß nicht, daß Sie in Stockholm sind, aber Gustav weiß es. Richtig? Er wurde ein bißchen nervös wegen der Art, wie Sie sich kümmerten. Deshalb hat er Willa veranlaßt, diesen Brief zu schreiben, klugerweise nach England adressiert und wohl wissend, daß er Ihnen hierher nachgeschickt werden würde. Er hoffte, Sie würden sich dann etwas beruhigen.«

»Ganz genau das Gegenteil hat er erreicht!«

»Aber nur wegen der Unterschrift, deren Bedeutung Gustav nicht kennt. Alle Kriminellen machen einige kleine, aber gefährliche Fehler.«

»Kriminelle?«

»Er ist ja wohl schwerlich ein ehrenwerter Mann, nicht wahr?«

»Oh, Polsen!« Grace preßte ihre Hände voller Verzweiflung gegen ihre Schläfen. »Was sollen wir jetzt bloß tun? Hat dieser Mann Willa irgendwo versteckt, bis es ihm gelingt, sie dazu zu bringen, das Kind loszuwerden?«

»Das wäre zu einfach. Niemand würde etwas auf die lange Bank schieben, was viel einfacher früher zu erledigen ist. Es muß mehr als das sein. Es tut mir leid, daß ich das sagen muß. Aber ich bin jetzt ein bißchen in Angst.«

»Ich auch.«

»Die Sinclairs wurden kein zweites Mal angerufen?«

»Kate sagt nein. Sie konnten nicht herausbekommen, wer der Anrufer war. Sie nehmen an, die Kinder haben das nur erfunden.«

»Dann müssen wir eben nachdenken. Sie sollten wie geplant an diesem Wochenende zu den von Sturpes gehen.«

»Muß ich?«

»Ich glaube, es ist besser. Halten Sie nur die Augen und Ohren offen. Es wird schon alles gutgehen. Sie werden sich amüsieren. Versuchen Sie, auch von den Backes eingeladen zu werden.«

Graces Gesicht nahm einen gequälten Ausdruck an, als sie an die Prüfung dachte, die vor ihr lag. Denn es war eine Prüfung, obwohl Polsen auf seine ruhige Weise ihr einzureden versuchte, sie würde sich amüsieren. Ebba mit ihrer einschüchternden Sicherheit und ihrer Besserwisserei, mit ihrem Haus aus dem achtzehnten Jahrhundert, das ohne Zweifel vollgestopft sein würde mit dunklen Porträts und dunklen Möbeln, das dunkle Gänge und düstere Vorhänge haben würde, das Strindberghaus der Backes, mit Mama und Papa und der langweiligen Schwester Ulrika. Und immer dieser düstere Wald und das stahlgraue Schimmern des Sees, der heulende Wind und der niedere Himmel, aus dessen schweren Wolken noch immer kein Schnee fiel.

»Uff!« Grace schüttelte sich wieder. »Was ist das bloß für ein Land. Halten Sie dieses Plätzchen hier für mich warm, Polsen.«

»Ich werde noch viel mehr als das tun.« Seine Hand lag schwer auf ihrem Kopf, und sie spürte eine seltsame Zuneigung. »Während Sie Ihre hochherrschaftlichen Dinner-Partys genießen.«

Aber er wollte ihr nicht sagen, was er vorhatte, und wieder einmal fiel es ihr schwer zu glauben, daß er nicht mehr wußte oder vermutete, als er ihr sagen wollte.

10

Alle außer Polsen sahen zu, als Grace mit Ebba wegfuhr, die in ihrem weißen Mercedes gekommen war. War es nur Zufall, daß gerade in diesem Augenblick Kapitän Morgensson mit einem Seesack über der Schulter die Treppe herabgeeilt kam? Seine Tanten lehnten über dem Treppengeländer, winkten ihm nach und sagten irgend etwas auf schwedisch. Als Grace erschien, riefen sie auch ihr ›Farväl‹ zu und wünschten ihr, sie möge eine schöne Zeit verbringen.

»Sticht Ihr Schiff in See?« fragte Grace Kapitän Morgensson, der höflich beiseite getreten war, um sie vorbeizulassen.

»Ja! In Kürze. Ich hoffe, ich sehe Sie wieder, wenn ich zurückkomme.« In seinen kalten Augen lag sogar ein Funken von Wärme. Rein sinnliche Wärme, dachte Grace. Wahrscheinlich bloß seine automatische Reaktion beim Anblick einer Frau.

Frue Lindström hielt sich, wie zu erwarten war, in der Halle auf und zeigte sich Ebba gegenüber äußerst ehrerbietig. Grace wurde in diese unangenehme Servilität mit einbezogen.

»Ah, Froken Asherton, wie glücklich Sie sein müssen, eine wunderbare Fahrt, ein Wochenende auf dem Lande.« Ihr herzliches Lachen klang noch in Graces Ohren nach, als sie Ebba folgte. Es war müßig zu wünschen, daß auch Polsen bei dieser Abschiedsszene zugegen wäre. Er war schon sehr früh ausgegangen. Sie hatte seine festen Schritte auf der Treppe gehört, noch bevor sie aufgestanden war. Sie hoffte, er wäre zurück, bevor sie wegging, aber er kam nicht, und sie war deswegen unverständlicherweise enttäuscht. Wenn er schon nicht gewartet hatte, um ihr auf Wiedersehen zu sagen, hätte er ihr wenigstens mitteilen können, wohin er ging. Sie wurde allmählich ebenso neugierig wie Frue Lindström.

Ebba, schick wie immer, in einem hochgeschlossenen Pullover und einer Schwedenjacke, ihr aschfarbenes Haar von einem schwarzen Samtband zurückgehalten, war freundlich wie bisher noch jedesmal, jedoch in ihrer kühlen, zurückhaltenden Art.

»Wir werden rechtzeitig zum Lunch zu Hause sein. Dann können Sie sich das Haus ansehen. Interessieren Sie sich für Architektur? Schwedische Geschichte?«

»Für alles.«

»Ja, ich glaube schon, daß eine Schriftstellerin einen weitgespannten Interessenkreis haben muß.«

Hatte diese Bemerkung eine doppelte Bedeutung? Sie war wirklich zu mißtrauisch. Ebbas Profil war rein und ruhig.

»Ich interessiere mich tatsächlich für vieles«, antwortete Grace.

»Dann wenden Sie Ihre Wißbegier auf die Backes an, die uns für heute nachmittag zum Tee eingeladen haben. Das ist eine Familie, die sich nur auf sich selbst konzentriert. So ein Jammer. Sven könnte so charmant sein, wenn er nicht so gehemmt wäre. Morgen kommen die Sinclairs und die Backes für den ganzen Tag heraus. Jacob liebt es, mit Peter und Sven auf die Jagd zu gehen. Wir Frauen können uns eine faule Zeit machen.«

»Elchschießen?« fragte Grace.

»Habe ich recht, wenn ich aus Ihrer Stimme Angst heraushöre? Sie denken sicher an den armen jungen Mann, Bill Jordan. Es wird Zeit, daß man das vergißt. Es gibt jedes Jahr Jagdunfälle. Ebenso wie Autounfälle und andere unerfreuliche Dinge. Es nützt niemandem, darüber nachzugrübeln. Sehen Sie sich Kate an. Sie nimmt sich einfach alles zu Herzen. Ich habe keine Zeit für neurotische Frauen, besonders wenn sie für ihren Mann eine Last werden. Wenn Kate nicht aufpaßt, wird sie Peters Zukunft ruinieren, und das wäre sehr schade. Er ist so klug und fähig. Finden Sie nicht auch?«

»Ich kenne ihn dazu wirklich nicht gut genug. Es tut mir für Kate leid, aber sie ist ziemlich schwach. Wenn sie allerdings wie Willa wäre, wäre das noch schlimmer.«

»Wieso?« In Ebbas Stimme lag ein scharfer Unterton.

»Wenn sie mit jedermann flirten würde, Skandale anzettelte. Seit ich hier bin, habe ich das Gefühl, daß jeder Mann, den ich kennengelernt habe, mir mehr über Willa sagen könnte als er tut.«

Ebba lachte ihr tiefes, amüsiertes Lachen.

»Sogar mein Mann? Nun, Sie mögen recht haben. Sie war ein verrücktes Mädchen, aber man mußte ihre Vitalität bewundern. Und die Männer lieben doch Vitalität, nicht wahr? Wie ist es mit Ihrem Polsen?«

»Er ist nicht mein Polsen!«

»Irre ich mich denn? Ich hatte den Eindruck, er sei sehr an Ihnen interessiert. Er ist recht nett, wenn Sie diesen Typ mögen. Wissen Sie denn irgend etwas über ihn, außer was er Sie wissen läßt? Ein höflicher, tolpatschiger Professor? Vielleicht nicht so tolpatschig, wenn die Wahrheit über ihn bekannt wäre? Ich nehme an, er hat einen scharfen Verstand.«

Grace erkannte, daß sie ins Kreuzverhör genommen wurde, und rächte sich dadurch, daß sie nichtssagend antwortete: »Das weiß ich nicht. Wir haben uns nicht über intellektuelle Dinge unterhalten.«

»Worüber unterhalten Sie sich denn?« fragte Ebba.

»Meistens über Willa.«

»Du lieber Himmel! Das ist ein Gesprächsstoff! Eine andere Frau! War dieser dumme Scherz, den Sie auf Ihrer Party machten, seine Idee?«

»Teilweise. Wir dachten, die Dinge würden dadurch klarer.«

»Und er fiel flach«, sagte Ebba. »Wie Kate.« Sie lachte kurz. »Sie sollten wissen, Grace, daß wir alle es ein wenig müde sind, ewig über Willa zu sprechen. Ich will Ihnen ein kleines Geheimnis verraten. Wir hoffen sogar, daß sie nie wieder hier auftaucht, auch nicht mit Ehemann. Sie ist eine sehr ermüdende junge Dame.«

»Nun, sie wird nicht so schnell auftauchen«, sagte Grace absichtlich und beobachtete Ebbas Gesicht, das auch genau den Grad von Überraschung zeigte, den sie erwartet hatte.

»Wieso? Haben Sie von ihr gehört?«

»Ja, ich bekam einen Brief. Er wurde mir aus England nachgeschickt.«

»Aber du lieber Himmel, Grace, Sie sind eine verschwiegene Person. Warum haben Sie mir das denn nicht sofort gesagt?«

»Aber Sie sind es doch müde, über dieses Thema zu sprechen.«

»Ich bin es nicht müde, wenn es sich um Tatsachen handelt. Haben Sie denn endlich welche?«

Als Grace den Inhalt des Briefes mitgeteilt hatte, hob Ebba ihren hübschen Kopf und lachte aus vollem Hals.

»Du liebe Güte! Verzeihen Sie mir, Grace. Aber das ist genau das, was Willa verdient. Es wird ihr überhaupt nichts schaden. Wenn man bedenkt, wie sie sich benommen hat...«

»Denken Sie an Bill Jordan?« unterbrach Grace.

»Nicht nur an ihn. Sie war wirklich ein bißchen flatterhaft. Sie haben das mehr oder weniger selbst gesagt. Ich glaube, Gustav, wer auch immer das sein mag, ist derjenige, der bedauert werden sollte.«

»Es ist sein Baby«, sagte Grace.

»Oh, das. So eine altmodische Art, einen Mann dranzukriegen.«

Ebbas Ansicht war kalt und realistisch. Grace fragte sich, ob sie jemals Wärme oder Zuneigung empfand, sogar für ihren stillen Mann. Ihr mußte die Unordnung in Willas Leben sehr widerlich gewesen sein, es war andererseits verwunderlich, daß sie sich überhaupt dafür interessiert hatte. Außer, Willa hatte vielleicht etwas mit dem stillen Jacob gehabt. Es schien beinahe so, als ob Ebbas Befriedigung über Willas Schwierigkeiten etwas sehr Persönliches habe, die Befriedigung eines privaten Rachegefühls.

Sven, Axel, Jacob, Gustav ...

»War Willa jemals bei Ihnen?« fragte Grace neugierig.

»Sie kam für einen Tag zu Besuch, als sie bei den Sinclairs in deren Häuschen wohnte. Peter und Jacob gingen auf die Jagd und nahmen sie mit. Ich habe sie niemals über das Wochenende eingeladen. So sehr befreundet waren wir nicht.«

Sind wir es denn? wunderte sich Grace im stillen.

»Sie sind so ganz anders als Ihre Kusine«, beantwortete Ebba diese stille Frage. »Alle bemerken das.«

Der Wagen fuhr durch die gelbe, amberfarbene und dann wieder dunkelgrüne Landschaft. Am Horizont türmten sich kalte, graue Wolkenberge. Die gepflügten Felder wirkten öde und trostlos. Vor einem Haus an der Straße stand eine Reihe von Sonnenblumen, deren einst strahlendes Goldgelb verblaßt war und die ihre schwarzen, vom Regen schweren Köpfe hängen ließen. Grace mußte an Willa mit ihrem kanarienfarbenen Haar denken. Ließ auch sie jetzt ihren Kopf hängen, traurig und verloren?

Ebba verlangsamte das Tempo und bog in eine schmale, holprige Straße ein, die von Birken gesäumt war. Die Straße lief schnurgerade auf ein etwa eine Meile entferntes Haus zu.

»Zu Hause«, sagte Ebba.

Es war ein hübsches Gebäude, pfirsichfarben, von dunkelbraunen Holzbalken getragen. Eine Reihe von Stufen führte zur Eingangstür. An der Balustrade prangten Adlerköpfe, und zu beiden Seiten des Hauses zogen sich Rasenstreifen mit gepflegten Blumenrabatten hin. Bestimmt gibt es hier Pfauen, dachte Grace begeistert. Oder sogar wirkliche Adler. Der Ort sah ganz danach aus.

Die Tür wurde geöffnet, und Jacob erschien mit ausgestreckter Hand und einem gewinnenden Lächeln auf der Treppe.

»Willkommen, Grace«, sagte er.

Bei Tageslicht wirkte er älter, als Grace ihn in Erinnerung hatte. Die Haut spannte sich über seinen hohen Backenknochen, er sah sehr blaß aus, und seine Augen hatten das fahle Blau des winterlichen Himmels. Mindestens zwanzig Jahre älter als seine Frau, vermutete Grace. Vielleicht sogar mehr. Was immer Ebba einmal für ihn empfunden haben mochte, außer dem Wunsch, seinen Titel und das hübsche Haus zu besitzen, war dahingegangen, denn sie wischte an ihm vorbei in die große dunkel getäfelte Halle und sagte über die Schulter hinweg: »Wir könnten etwas zu trinken brauchen. Kommen Sie zum Feuer, Grace. Wie gefällt Ihnen unsere fürstliche Halle? Eines Tages möchte ich all diesen Plunder und vor allem die dunkle Täfelung loswerden. Ich möchte alles in Weiß und Gold haben, wie ein französisches Schloß. Jacob fürchtet, daß seine Trophäen sich vor einem derartigen Hintergrund eigenartig ausnehmen würden. Aber ich möchte auch diese Trophäen loswerden.«

Das schien ein oft durchgesprochenes Thema zu sein, denn Jacob, der an einer langen Mahagonianrichte die Drinks mixte, sagte gutgelaunt: »Aber vergiß die Familienporträts nicht, Liebling.«

Die Trophäen waren Köpfe von Elchen und Wildschweinen, die von herrlich barbarischen Schwertern und altertümlichen Pistolen flankiert wurden. Grace teilte Ebbas Ansicht über diese Dinge voll und ganz. Aber die Porträts, die in einer langen Reihe entlang der geschwungenen Treppe an der Wand hingen bis in den Schatten der oberen Etage, sahen zumindest dekorativ und farbig aus. Grace fragte sich, ob Ebba böse sei auf Jacobs Ahnen, da sie selbst ja keine von besonderer Bedeutung hatte.

»Auch die Porträts«, gab Ebba zu. »Ich habe es satt, von all diesen kritischen Augen gemustert zu werden, sooft ich die Treppe hinauf- oder hinuntergehe. Als ich hierher kam, dachte ich, ich würde mich niemals an ihre mißbilligenden Blicke gewöhnen. Ich glaubte, sie mögen mich nicht, weil ich jung war, aber dann erkannte ich, daß es daher kam, daß ich lebte. So einfach, nicht wahr? Jacob, ich mache nur Spaß. Ich verspreche dir, die Bilder nicht wegzunehmen, bis . . .«

»Ich auch tot bin?«

»Genau das meinte ich. Aber wenn du es sagst, klingt es so traurig«, beklagte sich Ebba mit ihrer etwas heiseren Stimme. »Und ich werde sie auch nur in das Obergeschoß stellen. Zu den Geistern all unserer dahingegangenen Dienstboten. Heutzutage sind diese großen Häuser keine reine Freude. Ich mache einen großen Teil der Hausarbeit selbst. Ist das in England auch so, Grace?«

»Genauso.«

»Nun, ich nehme an, das ist für eine faule Frau ganz gesund.« Ebbas schmale, elegante Hände, die sie über dem Feuer ausgestreckt hielt, wirkten allerdings so, als ob sie niemals etwas viel Anstrengenderes als ein bißchen Handarbeit geleistet hätten. Aber das mochte täuschen. Ebba war eine seltsame Frau. Ein bißchen verrückt, blasiert, grausam ihrem stillen Ehemann gegenüber, amüsant, witzig, faszinierend anzusehen, vielleicht herzlos, aber jedenfalls vollkommen beherrscht, und doch ruhelos. Weshalb? Aus Enttäuschung über ihren langweiligen, ältlichen Ehemann? Wegen dieses Hauses, das vollgestopft war mit vorwurfsvoll blickenden Ahnen? Wegen des Lebens auf dem Lande? Oder wegen ihrer Kinderlosigkeit? Nein, das ganz bestimmt nicht. Das wäre wohl eher für ihren Mann ein Grund gewesen, unzufrieden zu sein.

Grace nahm das Glas mit Sherry, das Jacob ihr reichte, und erinnerte sich gerade noch rechtzeitig an ihre guten Manieren, um sein ›Skål‹ abwarten zu können, bevor sie trank. Sie begann ihren Besuch höchst interessant zu finden. Es war ja nicht unbedingt notwendig, ihn auch zu genießen.

»Bilden Sie sich heute nacht nicht ein, Geräusche aus dem oberen Stockwerk zu hören«, sagte Ebba, als sie später Grace das große Gästezimmer mit dem Himmelbett zeigte. »Alle Räume sind leer. Aber die Böden knarren, besonders wenn es kälter wird. Der Frost, wissen Sie. Es ist zu kostspielig, unbenützte Räume zu heizen.«

»Die Königin im Dachgeschoß«, murmelte Grace.

»Wie?«

»Nur etwas, was mir Polsen über den Haga-Pavillon erzählte. König Gustav pflegte seine Königin im Attikum einzusperren.«

Ebbas Augen nahmen einen seltsam umschleierten Ausdruck an, wenn sie sich für etwas interessierte.

»Ich hoffe, Sie denken dabei nicht an Willas Gustav. Ich glaube kaum, daß er sie hinter Schloß und Riegel hält.«

»Nein, kaum«, pflichtete ihr Grace bei.

»Nun, ich versichere Ihnen, diese Räume sind wirklich leer, außer all den scheußlichen schwedischen Möbeln, die ich außer Sichtweite gebracht habe.«

»Sind Sie keine Schwedin?« fragte Grace.

»Weshalb fragen Sie?«

»Sie sprechen über schwedische Dinge, als ob sie für Sie fremd wären.«

Ebba lächelte schwach.

»Sie beobachten gut, Grace. Nein, ich bin keine Schwedin. Ich bin Deutsche. Aber das ist schon lange her. Ich war Schauspielerin und kam mit einer Truppe hierher, als ich achtzehn war, und blieb. Seitdem sind zwanzig Jahre vergangen. Ich fürchte, ich spreche noch immer von einigen schwedischen Dingen abschätzig. Kein Wunder, wenn mein Mann mit mir unzufrieden ist. Aber man muß doch ehrlich sein, oder nicht?«

Ehrlich? War das ein Begriff, den man auf die Baronin von Sturpe anwenden konnte? Noch war es zu früh für Grace, um das beurteilen zu können.

Beim Lunch, wo Ebba und Jacob sich an der langen Tafel je an einem Ende gegenübersaßen und Grace in der Mitte, sagte Ebba plötzlich:

»Oh, Jacob, ich vergaß dir zu erzählen, daß Grace von der Braut Nachricht hat. Vielmehr von der voraussichtlichen Braut.«

»Von Willa?« Jacobs Stimme war von einer Lebhaftigkeit, die Grace noch nie gehört hatte. Er schien erfreut. Seine Augen strahlten. Sie war erschüttert. Also gehörte auch Jacob trotz seines hohen Alters zu der Reihe der Bewunderer Willas. Das war fast nicht zu glauben. Außer daß ihn vielleicht die Kälte seiner Frau, ihre unterschwellige Grausamkeit, in die Arme eines so impulsiven und warmherzigen Mädchens wie Willa getrieben hatte.

»Sie hat Sorgen mit der Scheidung«, sagte Ebba gedehnt.

»Schon!«

»Nein, es ist Gustav, der diese Probleme hat«, erklärte Grace. »Es klingt ein bißchen unschön, aber anscheinend kann niemand irgend etwas für sie tun, besonders da sie sich über ihren Aufenthalt ausschweigt.«

»Nun, ich bin froh zu hören, daß es ihr gut geht«, sagte Jacob und wirkte immer noch sehr erleichtert.

»Du lieber Himmel, hast du wirklich geglaubt, es nähme ein schlimmes Ende mit ihr?« sagte Ebba amüsiert.

Die gleiche Bemerkung machte Ebba später auch den Backes gegenüber.

Als Grace allein in ihrem Zimmer war, hatte sie sich bereits eingebildet, die nächtlichen Geräusche aus dem oberen Stockwerk zu hören. Noch niemals vorher war sie so nervös gewesen. Es war verrückt, aber am liebsten hätte sie geweint.

Das war es. Sie kam von den Gedanken an Willas einsame Königin nicht los, die Stunden um Stunden in ihrem kleinen, hohen Gefängnis weinte.

Dieses Land mit seinem drohenden Winter, der Dunkelheit und dem Schnee legte sich ihr aufs Gemüt. Sie fing an, noch bedrückter als Kate Sinclair zu werden, und das wollte etwas heißen.

Sie vermißte Polsen. Und Willas Brief, der ihr anfangs eine solche Erleichterung gewesen war, begann auf ihr zu lasten wie diese dräuenden Schneewolken. Sie wußte, daß etwas zwischen den Zeilen stand, aber es wollte ihr nicht gelingen, dieses Unsichtbare zu entziffern.

Doch die Fahrt nach Sigtuna war zumindest interessant. Die kleine, direkt am See gelegene Stadt mit ihren schmalen Straßen und den Reihen der winzigen Läden gefiel ihr. Die goldenen Birken spiegelten sich wie gelbes Feuer im See, und von einer nahen Schule her kam das Lachen der Kinder.

Das Haus der Backes war im herkömmlichen schwedischen Stil dunkelrot gestrichen. Willa hatte in ihrem Tagebuch geschrieben, daß sie ihr Haus rosa tünchen lassen wolle, denn was die Schweden brauchen, sei ein bißchen Frivolität. Frivolität war das letzte Wort, das auf das Haus der Backes oder gar die Familie selbst hätte angewendet werden können. Alles war genauso, wie Willa es beschrieben hatte. Mama Backe saß in einem Lehnstuhl, ihre plumpen weißen Hände lagen artig übereinandergelegt in ihrem Schoß, ihr schwarzes Kleid wurde über ihrem enormen Busen von einer riesigen Kamee zusammengehalten, ihr graues Haar war zu einem sittsamen und ordentlichen Knoten auf dem Kopf zusammengesteckt, ihr kleiner Mund, verkniffen und faltig, verzog sich nicht zu dem leisesten Lächeln, und ihre Augen glitzerten kalt hinter einer stahlgefaßten Brille. Papa Backe war groß, dünn, fast leblos, und sein völliges Desinteresse an allem, was die Gäste sagten, ließ auf leichte Senilität schließen. Die schreckliche Ulrika rannte dauernd mit Platten voller Speisen und Teetassen herum. Der Tee war eigens für den englischen Gast bereitet worden. Doktor Backe selbst schien nur Autorität und Männlichkeit zu besitzen, wenn er in seiner Ordination war. Unter den wachsamen Augen seiner Mutter und Schwester war davon nur mehr sehr wenig zu bemerken.

Er täte gut daran, wenn er mit seiner eifrigen Sprechstundenhilfe auf und davon rennen würde, dachte Grace. Alles wäre besser als diese muffige Atmosphäre.

Aber die Lage des Hauses war schön.

Durch die Spitzenvorhänge konnte Grace das Schilf sehen, das sich im heftigen Wind über das Wasser des Sees neigte. Goldfarbene Blätter wirbelten durch die Luft, zu leicht und trocken, um sich irgendwo niederzulassen.

»Im Sommer ist es hier wirklich hübsch«, sagte Sven.

»Natürlich überfüllt. Alle kommen hier heraus, um zu schwimmen oder zu segeln.«

»Uns gefällt es hier am besten im Winter«, sagte Ulrika mit ihrem Wintergesicht, und das war genau das, was Grace von ihr erwartet hatte. »Dann ist es hier ruhig und privat. Dann gehört hier alles wieder den ständigen Bewohnern. Der Schnee fällt, der See friert zu, und wir haben immer ein großes Feuer. Ist es dann nicht am schönsten, Sven?«

»Es ist eine gute Zeit, um zu arbeiten«, gab Sven zu.

»Mein Bruder schreibt an einer wissenschaftlichen Arbeit«, erzählte Ulrika Grace voller Stolz. »Und da hat er es gern, wenn er nicht gestört wird.«

Es schien, als ob Mama Backe nicht Englisch sprach, obwohl ihre wachsamen Augen vermuten ließen, daß sie mehr verstand, als sie zugeben wollte. Gelegentlich machte sie zu Sven oder Ulrika eine Bemerkung auf schwedisch. Der alte Mann auf der anderen Seite des Kamins verhielt sich völlig ruhig.

Willa in diesem Haushalt war einfach ein Ding der Unmöglichkeit. Was hatten sie bloß mit ihr angefangen, als sie hier zu Besuch war?

Doch mußte sie irgendwie eine Bedeutung für diese Menschen haben, denn Ebba erzählte Sven und Ulrika von dem Brief.

»Grace war so erleichtert, als sie ihn bekam. Nicht wahr, Grace? Ich glaube gar, Sie dachten, sie sei entführt worden.«

Ulrika lachte kurz auf.

»Von wem wohl, das möchte ich wissen. Bestimmt nicht von Sven!«

»Sei nicht albern, Ulrika«, sagte Sven ungehalten.

»Nun, du mußt zugeben, daß anfangs gemunkelt wurde, du würdest sie heiraten.«

»Es wurde über jeden gemunkelt, mit dem sie gesehen wurde. Das weißt du so gut wie ich. Außerdem war sie nur einmal an einem Wochenende hier, und zwar mit zahlreichen anderen Leuten.« Die dunklen, melancholischen Augen ruhten auf Grace. »Wir gingen zum Schwimmen und Segeln. Auch die Sinclairs waren hier. Und Bill Jordan.«

»Wenn schon über jemanden gemunkelt werden mußte, dann doch über Bill Jordan«, sagte Ulrika entschieden. »Er lebte allerdings nicht lange genug, um die Geschichte zu erzählen.«

Grace sah Sven an. »Es muß schrecklich für Sie gewesen sein, den Tod eines Freundes zu bestätigen.«

»So ist das nun einmal im Leben eines Arztes«, antwortete Sven. »Es war ganz offensichtlich ein Unfall. Ich hatte daran niemals den geringsten Zweifel.«

»Und weshalb«, sagte Ebba gedehnt, »müssen wir wieder von diesem unerfreulichen Thema sprechen? Oder von Ihrer dummen Kusine, Grace? Ich sagte Ihnen doch, ich habe es wirklich endgültig satt, immer nur davon zu sprechen.«

»So geht es uns allen«, sagte Ulrika und stellte die Teekanne mit einem dumpfen Knall auf den Tisch. Sie fügte einige Worte auf schwedisch zu ihrer Mutter gewandt hinzu, worauf die alte Dame verschiedene Male heftig nickte und dabei Grace ansah. Unterhielten sie sich etwa darüber, ob sie Absichten auf Sven habe? Waren sie eifersüchtig auf jede alleinstehende Frau, die in seinen Gesichtskreis kam? Was auch immer über Sven und Willa gemunkelt worden war, man konnte völlig davon Abstand nehmen. Die beiden waren zu verschieden. Willa wäre Meilen um Meilen gerannt, um von diesem deprimierenden Haus wegzukommen.

Grace sagte das auch zu Ebba, als sie nach Hause fuhren, und Ebba lachte wieder ihr tiefes, satyrisches Lachen.

»Lieber Himmel, Grace, dachten Sie, Willa und Sven hätten etwas miteinander gehabt? Unmöglich. Er wird niemals seiner Mutter entkommen, viel weniger seiner entsetzlichen Schwester. Nicht daß er nicht wollte.«

»Will er denn?«

»Nun, vielleicht auch wieder nicht. Der Mensch gewöhnt sich an sein Gefängnis.«

»Ist seine wissenschaftliche Arbeit wichtig?«

»Ich glaube schon. Er ist sehr klug. Er will gern berühmt werden. Auch Ulrika will das, aber wenn die Zeit gekommen ist, wird sie ihre Meinung schnell ändern. Er könnte ihr ja entzogen werden. Die Menschen sind zu kompliziert, sie schaffen sich künstlich Probleme. Es tut mir für Sven leid, daß er diese Familie am Hals hat, aber ich möchte ihn auch schütteln, daß er sich nicht davon freimacht.«

Grace war ziemlich sicher, daß Willa das gleiche empfunden hatte. Ein Mann wie Sven konnte für sie nicht von mehr als nur momentanem Interesse gewesen sein. Trotzdem bildete er einen wichtigen Bestandteil ihres Tagebuches. Sven, Axel, Jacob, Gustav ... Aber Gustav existierte nicht, außer in anderer Gestalt. Oder existierte er doch?

Denn eine seltsame, flüchtige Bemerkung verursachte Grace eine schlaflose Nacht. Der Boden in den oberen Zimmern knarrte, das war klar, aber Ebbas leise Worte zu Jacob, als sie mit ihm in der Bibliothek am Feuer saß und Grace, die sich bereits zurückgezogen hatte, noch einmal hereinkam, um nach einem Buch zu fragen, waren alarmierend.

»Gustav wird das natürlich arrangieren. Wer sonst?«

Ebba war aufgesprungen, als Grace hereinkam. Ihr bleiches Gesicht leuchtete aus dem Dämmerlicht des ersterbenden Feuers und der niedergebrannten Kerzen.

»Sie sind so geräuschlos hereingekommen. Ist irgend etwas los?«

»Ich wollte nur um ein Buch bitten, falls Sie etwas in Englisch haben.«

»Mengen. Bedienen Sie sich«, gähnte Ebba. »Ich muß zu Bett. Kommst du, Jacob? Leg deine Rechnungen weg. Es bringt eine Menge Sorgen mit sich, einen Besitz ohne die nötigen Mittel zu verwalten. Niemand soll uns beneiden, Grace.«

So war Gustav also ein Angestellter. Warum nicht? Es war ein häufiger Name in Schweden. Oder war Ebbas bereitwillige Erklärung ein wenig zu rasch gekommen?

Die Sinclair-Kinder trampelten die Stufen zur Eingangstür hinauf. Die Ankunft ihrer Eltern erfolgte ruhiger, Kate ging langsam, Peter schlich beinahe.

»Den armen Peter hat nun auch diese Krankheit erwischt«, erklärte Kate. »Nicht wahr, Liebling? Er ist nicht ansteckend, aber immer noch schwach.«

Peter sah mit seinen erloschenen, schwarzumränderten Augen und seiner gelben Haut tatsächlich schwach und krank aus.

»Das schlimme war, daß er nicht ins Bett wollte«, fuhr Kate fort. »Und er arbeitet immer bis spät in die Nacht.«

»Ich mußte«, sagte Peter. »Sei jetzt still, Kate. Das ist nun mal keine geruhsamer Beruf. Abgesehen davon konnte ich es noch nie ertragen, mit einem Thermometer im Bett zu bleiben. Gehen wir heute ein wenig auf die Jagd?«

»Wenn Sie dazu in der Lage sind«, sagte Jacob, und Ebba, die sowohl Kate wie Peter mit einem flüchtigen Kuß auf beide Wangen begrüßt hatte, fügte hinzu: »Wir werden zeitig essen, dann könnt ihr Männer tun, was euch Spaß macht. Sven und Ulrika sind da.«

Es war ein grauer Tag mit niederem, düsterem Himmel.

Um es im Haus gemütlicher zu machen, hatte Ebba die Vorhänge zugezogen und die in Kerzenhaltern rings an den Wänden steckenden roten und grünen Kerzen angezündet. Ihr Schein spiegelte sich in den schweren Glasschalen und Kristallgläsern, die auf dem Tisch standen. Wenn die jemandem auf die Füße fallen würden, könnten die Zehen brechen, überlegte Grace, oder sogar der Kopf. Aber natürlich würde hier niemand mit Schnapsgläsern um sich werden. Sie waren alle so gute Freunde und hatten so große Freude an den ausgetauschten Förmlichkeiten. An all dem nichtssagenden Gewäsch, mit dem die Hausfrau und jeder einzelne Gast bedacht wurden. Sogar Ulrika brachte es fertig, eine fröhliche Haltung an den Tag zu legen und vergnügt mit den Sinclairs-Kindern zu spielen. Sie aßen sogar mit ungewöhnlicher Eile, nachdem sie ihnen versprochen hatte, nachher mit ihnen ins Obergeschoß hinaufzugehen und Verkleiden zu spielen, das Lieblingsspiel der Kinder.

»Sie haben doch nichts dagegen, Ebba?« fragte sie.

»Nicht im geringsten. Ich bewahre dort oben alte Theatersachen auf«, erklärte Ebba Grace. »Außerdem stehen noch Schachteln mit allerlei Plunder aus Jacobs Familie herum. Einige alte Militäruniformen. Alexander wird sicher gern ein Schwert tragen wollen, nicht wahr, Liebling?«

Alexander kicherte vor Vergnügen. Georgy sagte, sie wolle den Hut mit den Straußenfedern haben. Sie hätte ihn so gern mit nach Hause genommen.

»Georgy!« mahnte Kate.

»Warum nicht?« sagte Ebba. »Haben Sie jemals gesehen, daß ich dieses Ding aufhatte?«

»Sie soll nicht um etwas betteln.«

»Da sie eine Frau ist, muß sie auch ihre Überredungskunst üben«, sagte Ebba. »Seid ihr Männer anderer Meinung?«

Die Herren lachten, aber Kate blickte zu Boden, zwischen ihren Augen stand die wohlbekannte Falte. Sie mag Ebba nicht, erkannte Grace. Möglicherweise war sie sogar ungern hierhergekommen. Aber da es herzlich wenig zu geben schien, was sie mochte, tat ihr Peter allmählich leid. Er hatte sein Essen kaum angerührt, sich dafür aber sein Glas mehr als einmal nachfüllen lassen und sah jetzt ein bißchen besser aus. Gegen Ende der Mahlzeit hatte er seine alte Fröhlichkeit wiedergewonnen, die gelbliche Farbe war aus seinem Gesicht verschwunden. Er brannte ungeduldig darauf, hinauszukommen, bevor die frühe Dämmerung hereinbrach.

»Wir dürften noch etwa zwei Stunden Tageslicht haben. Machen wir das Beste daraus.«

»Peter!« Kates Augen hefteten sich auf Peters leeres Glas.

»Solltest du wirklich? Ich meine ...«

»Willst du damit sagen, ich kann nicht richtig schießen nach drei Gläsern Wein?«

»Ich habe nur gedacht ...« Kate hielt ein, und Grace wußte, daß sie beinahe Bill Jordan erwähnt hätte.

»Um Himmels willen, hör auf mit diesem Getue!« rief Peter aus.

»Ich wollte nur sagen, daß du immer noch Temperatur haben kannst. Ich habe keine Lust, dich mit einer Lungenentzündung im Bett zu pflegen.«

»Ich werde auf ihn aufpassen, Kate«, sagte Sven in einem Ton, den er wahrscheinlich auch gegenüber allen seinen Patienten anwandte. »Wenn es zu kühl wird, kommen wir nach Hause.«

»Wie weit sind wir hier eigentlich von Ihrem Haus entfernt?« fragte Grace. »Ich komme ganz durcheinander. Wo immer ich hinkomme, ist eine Bucht von diesem See.«

»Oh, bis dahin sind es ungefähr zehn Meilen. Nicht wahr, Peter?«

»So etwa, ja«, antwortete Peter. »Wir haben es für den Winter abgeschlossen. Über kurz oder lang wird es völlig eingeschneit sein.«

»Bis Anfang Mai«, seufzte Kate. »All diese dunklen Monate.«

Am Feuer in der großen dunklen Halle war es gemütlich. Grace döste vor sich hin, Ebba war sogar eingeschlafen. Ihr wohlfrisierter Kopf war gegen die Kissen ihres Lehnstuhles gesunken. Kate hatte angefangen, an einem halbfertigen Kinderpullover zu stricken, aber sie legte die Arbeit in den Schoß, als ob sie zu tief in Gedanken versunken wäre, um sich darauf zu konzentrieren. Aus weiter Ferne kamen die Stimmen der Kinder, gelegentlich von Ulrikas Lachen begleitet. Ulrikas Wesen war Grace verständlicher geworden. Sie hatte zu viele mütterliche Instinkte und niemand außer ihren alten Eltern und ihrem Bruder, auf die sie sie anwenden konnte. Alle, so dachte Grace schläfrig, wirkten harmlos, wenn man ihre Eigenheiten und Vorlieben verstand.

Der Friede des Nachmittags wurde jäh unterbrochen, als die Kinder ins Zimmer platzten, um ihre Kostüme zu zeigen.

»Schaut mich an!« quiekte Georgy. »Ich bin eine Dame.«

Sie stakte auf hochhackigen Schuhen herein, den so heiß begehrten Hut mit den Straußenfedern schief über ein Auge gezogen. Eine Hand hielt ihren langen Seidenrock hoch, die andere krampfte sich um ein Stück schäbiges Leopardenfell, das sie sich um den Hals geschlungen hatte.

Alexander, in einem altertümlichen Militärrock, der ihm bis auf die Knöchel reichte, marschierte geräuschvoll umher und schwang ein Schwert, das noch in der Scheide steckte.

»Ich mache einen Krieg«, erklärte er. »Ich haue den Leuten die Köpfe ab.«

»Georgy«, sagte Kate mit seltsam gepreßter Stimme, »woher hast du diesen Pelz?«

»Aus einer Schachtel. Warum, Mammy?«

»Ich dachte nur ... Ich glaubte, ich hätte ihn schon einmal irgendwo gesehen.«

Ebba, die bisher die Kinder mit nachsichtigem Interesse beobachtet hatte, sah sich Georgy genauer an. Für einen Augenblick glitzerte etwas in ihren Augen. Dann lachte sie träge.

»Eine von Jacobs Tanten hatte eine Vorliebe für Pelzstükke. Es gibt eine ganze Schachtel voll von mottenzerfressenen Sachen. Sie muß wie eine alte Katze ausgesehen haben.«

Georgy brach in kreischendes Lachen aus.

»Sehe ich aus wie eine alte Katze, Mammy?«

»Es sieht aus wie eine Krawatte, die Willa hatte«, sagte Kate mit der gleichen gepreßten Stimme wie vorher.

»Nicht schon wieder diese Frau!« rief Ulrika aus, die soeben ins Zimmer trat. »Wie käme wohl ihr Pelz hierher?«

»Ja, wie wohl?« fragte Ebba. »Außer, sie hat ihn hiergelassen und eines der Mädchen steckte ihn irrtümlicherweise in die Kleiderschachtel.«

»Sie verstreute ihre Sachen«, murmelte Kate und starrte Grace an. »Ihre Sonnenbrille zum Beispiel unten am See.«

Ulrika unterzog das Pelzstück um Georgys Hals einer genaueren Prüfung.

»Es ist nur – wie nennen Sie das – eine Imitation. Wenn es wirklich Willa gehört, hielt sie es kaum für wert, besonders darauf aufzupassen.«

»Dann geschieht ihr ganz recht, wenn sie es verloren hat«, sagte Ebba. »Jeder, der einen so schlechten Geschmack hat, falsche Pelze zu tragen ... Weshalb schauen Sie so, Grace?«

Wie hatte sie geschaut? Zutiefst erschrocken, weil sie sich plötzlich an Frue Lindströms Beschreibung von Willas Kleidung an jenem Tag erinnerte, an dem sie so hoffnungsvoll wegging? ›Ihr fleckiger Pelzhut und ein dazu passendes Stück um den Hals ...‹

So mußte sie den Pelz also nach ihrem Verschwinden aus Stockholm verloren haben. Und jetzt war er wieder aufgetaucht im Dachgeschoß der von Sturpes. Alles natürlich nur für den Fall, daß dies wirklich das gleiche Stück war.

»Ich nehme an, ich war überrascht, da meine Hauswirtin sagte, Willa habe am Tage ihres Verschwindens einen Leopardenpelz getragen.«

»Aber doch sicherlich einen echten, für eine Hochzeit«, sagte Ebba. »Nicht einmal Willa würde diese alte Ratte tragen, um darin zu heiraten. Nicht wahr?«

Was sie sagte, klang pausibel. Alles klang so plausibel, wenn von Willa gesprochen wurde. Trotzdem, trotz all ihrer Fehler, ihrer Sonnenbrille, ihrer künstlichen Wimpern, ihres gefärbten Haares, wäre Willa kritiklos glücklich gewesen in einem falschen Pelz. Sie hätte es als sinnlose Geldverschwendung angesehen, einen echten zu kaufen.

Deshalb mußte Willa erst vor ganz kurzer Zeit hier gewesen sein, obwohl Ebba ganz offensichtlich nicht die Absicht hatte, dies zuzugeben.

Grace streckte ihre Hand nach Georgy aus.

»Wenn das Willa gehört, kann ich es dann bitte haben?«

»Aber, Grace . . .« Ebba schien darüber nicht sehr erfreut. Dann lachte sie wieder. »Nehmen Sie es, wenn Sie wollen. Ich hoffe, der Geist von Jacobs Tante wird es sich nicht wieder holen.«

»Ich glaube nicht. Willa kann das Stück dann mitnehmen, wenn sie den Rest ihrer Habe holt. Aber ich finde es äußerst seltsam, daß es hier gefunden wurde.«

Einen Augenblick lang sprach niemand. Dann setzte sich Kate auf und sagte angewidert: »Georgy! Alexander! Geht und zieht diese schrecklichen alten Kleider aus. Es tut mir leid, Ebba. Aber die Kleider Verstorbener haben für mich . . . Ich meine, ich bekomme da einfach eine Gänsehaut.«

Kurz nach Einbruch der Dunkelheit kamen die Männer zurück. Sie waren schlammbespritzt und sahen müde aus, besonders Peter, dessen Gesicht wieder diese ungesunde gelbliche Farbe hatte.

»Kein Glück gehabt«, sagte Jacob.

»Keines?« Es schien, als ob Ebba enttäuscht wäre. Ihre seltsamen Augen flackerten wieder. Hatte sie so große Freude am Anblick eines toten, blutenden Elches?

»Wir fanden nur Spuren«, sagte Sven. Er warf sich in einen Sessel, ungeachtet seiner dreckbespritzten Kleider. Aber Peter ging ruhelos auf und ab und erklärte, sie müßten sich auf den Weg machen. Wo waren die Kinder? Konnte Kate sie ganz schnell herbeiholen?

Grace traf eine plötzliche Entscheidung.

»Ebba, würde es Ihnen etwas ausmachen, wenn ich die Gelegenheit wahrnehme und mit Peter und Kate heute schon zurückfahre statt erst morgen früh?«

Es war ihr gleichgültig, ob sie unhöflich wirkte oder nicht. Sie traute Ebba plötzlich nicht und hatte den unbezwingbaren Wunsch, Polsen alles zu erzählen, was geschehen war.

Ebba schien sich aus der plötzlichen Abreise ihrer Gäste nichts zu machen. Oder konnte es sein, daß sie sogar erleichtert war?

»Aber natürlich nicht, Grace. Obwohl wir uns über Ihren Besuch sehr gefreut haben, so schrecklich kurz er auch war.«

Bevor sie noch etwas sagen konnte, läutete das Telefon, und sie griff nach dem Hörer. »Jacob, mach allen etwas zu trinken. Hallo! Wer ist da?«

Sie war eine vollendete Schauspielerin. Sie hatte ja selbst zugegeben, daß das ihr Beruf war. Aber sogar ihre Fassung schien durch das, was der Anrufer sagte, ziemlich erschüttert.

Grace sah, wie sich ihre Hand um den Hörer krampfte, daß die Knöchel weiß hervortraten. Ihr langes, schmales Gesicht wirkte wie erstarrt.

»Was! Sie haben nicht – aber das ist unmöglich! Nein, ich kann jetzt nicht sprechen. Ich habe Gäste. Die Männer sind eben von der Jagd nach Hause gekommen. Rufen Sie mich später noch einmal an, und berichten Sie mir Einzelheiten.«

Sie legte den Hörer heftig auf die Gabel und fluchte leise vor sich hin, dann entschuldigte sich sich und lachte.

»Wenn das nicht das letzte ist. Jacob, diese Arbeit, die ich da angeordnet habe ... nein, reden wir nicht davon. Ich brauche ja nicht alle mit meinen Dienstbotenproblemen zu langweilen. Wo ist mein Drink? Hast du mir denn keinen gemacht?«

Gustav, der diese geheimnisvolle Arbeit hätte erledigen

sollen, hat sie sitzenlassen, dachte Grace schadenfroh. Es muß etwas sehr Wichtiges gewesen sein, da sie ihre Fassung derartig verloren hatte. Und was noch mehr bedeutete, ihre Unzufriedenheit hatte sich auf alle im Raum übertragen, so daß eine Zeitlang niemand ein Wort sprach.

Dann sagte Peter überlaut: »Pech. Aber es ist nun mal so, wie es ist, nicht wahr? Man kann sich auf niemanden verlassen. Kate, hast du die Kinder denn nicht gerufen? Wir sollten schon fort sein. Natürlich werden wir Sie mitnehmen, Grace, aber Sie müssen in zehn Minuten fertig sein.«

Er fuhr viel zu schnell. Kate war nervös, sie saß gespannt neben ihm und wandte ab und zu den Kopf, um ihn anzusehen. Auf dem Rücksitz saß Grace und hatte um jedes Kind einen Arm gelegt. Sie war glücklich über die schnelle Fahrt und froh, so rasch nach Hause zu kommen. Vielleicht warteten dort weitere Nachrichten von Willa auf sie. Wenigstens würde Polsen dasein.

»Ich vermute, Ebba kann es nicht leiden, wenn ihr etwas in die Quere kommt«, sagte sie zwischendurch. »Sie schien über das, was sie da getan haben wollte, ganz aufgeregt zu sein.«

»Ich jedenfalls möchte sie lieber nicht herausfordern«, antwortete Kate. »Sie erschreckt mich immer wieder. Wie hat Ihnen Ihr Wochenende gefallen?«

»Es war interessant.«

»Sie sind diplomatisch.«

»Mir gefiel Sigtuna. Es ist hübsch.«

»Entsetzlicher Ort«, sagte Peter.

Kate sah ihn überrascht an.

»Aber ich dachte, du magst es. Im Sommer wolltest du immer dorthin.«

»Nun, jetzt haben wir Winter, und ich will überhaupt nirgends hin. In Zukunft werden wir zu Hause bleiben.«

Kate zuckte zusammen. »Guter Gott, bist du aber empfindlich. Ich bin sicher, du hast wieder Temperatur. Ich sagte ja, wir hätten heute nicht ausgehen sollen.«

Mehr um das Thema zu wechseln als aus einem anderen Grund, sagte Grace: »War es nicht eigenartig, daß wir Willas Pelz gefunden haben? Ich kann nicht umhin, Ebba recht zu geben. Es ist wirklich ein ziemlich scheußliches Ding.«

»Willas Pelz?« fragte Peter. »Wo?«

»Er war in die Kleiderschachtel im Dachgeschoß geraten«, antwortete Kate. »Willa muß ihn verloren haben, wie sie auch andere Dinge verloren hat.«

Peter überlegte. »In jener Nacht hat sie zuviel Schnaps getrunken«, rief er aus. »Erinnerst du dich? Wir mußten sie heimbringen.«

»Hat sie denn an diesem Tag ihren Pelz getragen? Das war doch im Sommer.«

»Spätsommer. Kühl. Wir waren alle an jenem Tag ein bißchen sehr fröhlich. Ich hätte niemals gewagt, mich ans Steuer zu setzen, wenn ich nicht diplomatische Immunität genießen würde.«

»Aber was ich nicht verstehe«, sagte Grace nachdenklich, »ist, wieso Frue Lindström behaupten konnte, Willa habe diesen Pelz getragen, als sie verschwand.«

»Das behauptet die Alte?« Peter sagte das, ohne besonderes Interesse zu bekunden, allerdings nach einer längeren Pause. »Sie kann sich geirrt haben. Zeugen irren sich oft. Sie haben vorgefaßte Meinungen. Ach, hol's der Teufel!«

»Ich weiß«, sagte Grace. »Ob mit oder ohne ihren miesen Pelz, Willa wird allmählich zur Plage.«

»Sie sagen es, Liebe. Und wie!«

Während einiger Meilen herrschte wieder Ruhe. Der Wald und die leeren Felder blieben zurück, die Lichter der Stadt strahlten heller. Alexander schmiegte sich schon halb eingeschlafen an Grace.

»Bin froh, daß keine Elche da war«, murmelte er.

»Da *waren*«, korrigierte ihn Georgy. »Du sprichst noch immer wie ein Baby.«

»War heute kein Elch da«, murmelte Alexander und schlief ein.

11

»Wieder zurück, Froken Asherton? Ich hoffe, Sie haben eine bessere Zeit verlebt als Kapitän Morgensson. Er ist in einer schönen Laune, das kann ich Ihnen sagen! Irgend etwas von seiner Ladung hat sich verzögert, und er wollte morgen abdampfen. Jetzt hat er Schwierigkeiten mit dem Zoll und was weiß ich noch alles.« Frue Lindström beobachtete Grace aufmerksam und wartete offensichtlich darauf, daß sie ihr auch irgend etwas Aufregendes erzählen würde, wofür sie offensichtlich sehr empfänglich schien.

»Das tut mir leid für Kapitän Morgensson«, sagte Grace obenhin, denn was ging sie dieser kalte, aufdringliche Mann an? »Ja, es war ein sehr schönes Wochenende, danke. Ist alles in Ordnung?«

Frue Lindström schlug die Hände zusammen und erinnerte sich plötzlich an ein fröhliches Geheimnis.

»Alles ist in bester Ordnung, Froken Asherton. Aber urteilen Sie selbst, wenn Sie hinaufkommen.«

Da man nie wußte, ob Frue Lindströms Fröhlichkeit von der Freude über das Glück oder das Ungklück eines anderen Menschen herrührte, ging Grace mit einiger Angst nach oben. Willa? dachte sie sofort.

Sobald sie die Tür geöffnet hatte, wußte sie, daß jemand in der Wohnung gewesen war. Was hatte sich verändert? Anscheind nichts. Alles war in Ordnung, genauso, wie sie es verlassen hatte, die Kissen geordnet, das Bett unberührt.

Doch nein! Über dem Vogelkäfig in der Ecke hing eine Decke, und darunter saß schläfrig auf seiner Stange ein hübscher gelber Kanarienvogel.

Grace ließ die Decke fallen und rannte die Treppe hinauf an Polsens Tür. Wenn er nicht da war – aber er *mußte* einfach dasein!

Die Tür öffnete sich, und er stand da, groß, vertrauenerweckend, ruhig, seine buschigen Augenbrauen wölbten sich über seinen milden Augen.

»Oh, Polsen, wie reizend! Der Kanarienvogel!«

Er lächelte erfreut. »Sie wußten, daß er von mir ist?«

»Natürlich! Wer sonst könnte sich so etwas Hübsches einfallen lassen?«

Polsen trat zur Seite, um sie hereinzulassen.

»Wir haben Sie nicht vor morgen früh erwartet. Der Vogel sollte Ihnen ein Willkommensliedchen singen.«

»Wir?«

»Magnus und ich. Magnus hat den Vogel ausgesucht. Er fand, daß dies das beste Exemplar war, das er bekommen konnte.«

»Das ist reizend! Ich habe den leeren Käfig immer gehaßt. Wie ich allerdings einen Kanarienvogel nach England schmuggeln soll, ist eine andere Frage. Ich darf ihn doch mit nach England nehmen?«

»Wenn Sie unbedingt zurück wollen.«

»Selbstverständlich muß ich wieder nach Hause. Seien Sie doch vernünftig. Polsen! Ist das nicht Willas Tagebuch?«

»Der Kanarienvogel wanderte in den Käfig, das Tagebuch wanderte hinaus.« Er hörte auf zu scherzen und fügte hinzu: »Ich habe es noch einmal genau durchgelesen. Sozusagen wie mit einem Haarkamm.«

»Haben Sie irgendwelche neuen Ideen? Ist an diesem Wochenende irgend etwas geschehen?«

»Das sollten Sie mir berichten. Nein, zuerst will ich Ihnen sagen, daß ich den König mit den zwei Königinnen gefunden habe.«

»Wo?«

»In Uppsala, in der Kathedrale. König Gustav Vasa mit seinem langen Bart liegt dort zwischen seinen zwei wunderschönen kleinen Königinnen.«

Wie symbolisch!

»Welche Bedeutung könnte das haben?« fragte Grace verwirrt.

»Eine verspätete Bedeutung, fürchte ich. Ich nehme an, Willa wollte damit andeuten, daß ihr Gustav bereits verheiratet ist. Sie sollte seine zweite Frau werden.«

»Wir wissen das.«

»Jetzt. Als wir das Tagebuch zum erstenmal lasen, wußten wir es nicht.«

»Und wenn man Ihrer Version folgen würde, wären beide Frauen tot!« protestierte Grace.

»Ich würde doch sagen, daß das eine zu wörtliche Auslegung wäre. Kommen Sie, setzen Sie sich, und erzählen Sie mir von Ihrem Wochenende. War es eine fröhliche Zeit mit Ebba?«

»Ich glaube kaum, daß fröhlich das richtige Wort dafür ist. Zuerst möchte ich wissen, was Sie in Uppsala gemacht haben.«

»Ich bin nur herumgelaufen. Habe zuviel Kaffee getrunken. Ich habe mich nach Zimmern erkundigt, die zu vermieten seien, auch nach leerstehenden Häuschen, die über den Winter nicht abgeschlossen sind. Ich habe gefragt, ob irgendwelche Fremde geblieben waren, nachdem es zu schneien begonnen hatte.«

»Und haben Sie irgendwelche interessanten Antworten bekommen?« fragte Grace ungeduldig.

»Nein. Nicht eine. Ich habe nur den König und seine Königinnen gefunden. Was allerdings nicht zu bedeuten hat, daß wir jetzt Ausschau halten müssen nach einem Mann mit langem Bart. Erzählen Sie mir jetzt, was Sie erlebt haben.«

Grace setzte sich auf den Fußboden vor den dickbauchigen Ofen, lehnte ihren Kopf an Polsens Knie und fühlte, wie die Spannung allmählich von ihr wich, als sie die Ereignisse des Wochenendes schilderte.

»Sie alle wissen irgend etwas«, endete sie. »Alle. Warum wollen sie mir nicht sagen, was das ist? Weshalb will man mir dauernd weismachen, wie normal und alltäglich alles ist? Dieses abscheuliche Pelzstück hätte natürlich nicht gefunden werden dürfen. Ich bin schon wie Kate. Ich bekomme die Gänsehaut. Und ich werde das Gefühl nicht los, daß etwas viel Schlimmeres als dieses alte Stück Pelzimitation gefunden werden wird.«

Da Polsen nicht sprach, fuhr sie fort: »Ebba bestand auf

ihrer Meinung, daß Willa zur Hochzeit bestimmt einen echten Pelz getragen haben würde. Wissen Sie, ob sie sich einmal eine Leopardenkrawatte gekauft hat?«

»Nein, aber meine Meinung ist, daß, wenn sie sich schon einen echten Pelz gekauft hätte, es bestimmt Nerz gewesen wäre.«

»So«, sagte Grace langsam.

»So.«

Im Ofen bullerte das Feuer. Grace versuchte, an nichts anderes zu denken als an die Wärme und die Behaglichkeit in diesem Zimmer.

»Hat der Kanarienvogel schon gesungen?« fragte sie.

»Wie ein Opernstar.«

»Dann wird er es morgen früh ja auch tun.« Ihr Lächeln erstarb. »Polsen, was soll ich jetzt als nächstes tun?«

»Warten.«

»Auf Willa? Aber ich habe überhaupt noch nichts anderes getan . . .«

»Wir werden beide am nächsten Samstag nach Uppsala fahren. Oder vielleicht schon am Donnerstag, wenn ich es einrichten kann, daß Oscar Johannson meine Vorlesung übernimmt.«

»Bis dahin sind es noch zwei Tage«, sagte Grace ungeduldig.

»Wenn all diese Leute etwas wissen, wie Sie glauben, kann es nicht so schlimm sein. Verstehen Sie, was ich meine?«

»Daß in der Vielzahl die Sicherheit liegt? Wenn dagegen nur ein Mensch etwas wüßte, könnte es ein tödliches Geheimnis sein?«

»Das wollte ich damit sagen«, antwortete Polsen mit unerschütterlicher Ruhe.

In der Nacht kam ein heftiger Wind auf. Schwere Wolken zogen am Mond vorbei, im Raum wurde es trotz der geschlossenen Fenster recht kühl. Als die Morgendämmerung heraufzog, färbte sich der Himmel perlmutterfarben und strahlend rosa. Ein rosafarbener Himmel für die sorgenbeladenen Schweden, dachte Grace, die aufgestanden war und zum Fenster hinaussah. Der Wind drückte noch immer heftig gegen die Scheiben, und die Straßen waren lebendig von durcheinanderwirbelnden goldenden Blättern. Die Boote rissen an ihren Ankerketten. Das dunkle, auf und nieder schwappende Wasser im Hafen wirkte kalt und drohend.

Plötzlich verblaßte die Röte am Himmel, die Sonne ging auf, und als der Raum vom Licht erfüllt war, begann der Kanarienvogel, dessen Käfig Grace abgedeckt hatte, fröhlich zu singen.

Ihre Augen füllten sich mit Freudentränen. Liebster Polsen! Wußte er, daß sie Willa immer mit diesem leeren Vogelkäfig in Verbindung gebracht hatte? Willa mit ihrem gelben Haar. Willa, der Kanarienvogel, war ausgeflogen. Jetzt aber saß wieder ein lebendiger, lebenslustiger Bewohner im Käfig, so daß die Hoffnung aufkam, auch Willa sei lebenslustig und am Leben. Am Leben jedenfalls.

Schon vor einiger Zeit war Polsen die Treppe hinuntergegangen. Jetzt hörte Grace, wie Kapitän Morgensson das Haus verließ, er rief seinen Tanten ›Farväl‹ zu und warf jede Tür hinter sich mit heftigem Knall ins Schloß. Sie beobachtete ihn vom Fenster aus und sah, wie er die Straße überquerte, den Seesack über der Schulter, die Mütze schräg über einem Auge. Er ging mit langen, federnden Schritten zielbewußt seines Wegs. Grace wunderte sich, ob er ohne die Fracht, die anscheinend gefehlt hatte, in See stechen würde.

Da sie nichts weiter zu tun hatte (warten, hatte Polsen gesagt, und diese Aussicht war beinahe unerträglich), beschloß sie, den Damen Morgensson einen Besuch anzustatten.

Sie wurde mit Freudenrufen begrüßt.

»Aber so kommen Sie doch herein, meine Liebe«, rief Miß Anna aus. »Wir sind immer so einsam, wenn Axel wieder fort ist.«

»Fährt er heute ab?«

»Ja. Gestern war er so ärgerlich, es gab eine Verzögerung mit einer wichtigen Fracht. Zuerst glaubte er, er müsse darauf warten, aber heute morgen sagte er, wenn sie nicht Mittag ankäme, würde er ohne sie in See stechen, gleichgültig, ob wichtig oder nicht. Er war sehr verärgert, denn er ist für absolute Disziplin.«

Das war anscheinend Axels Abgang. So blieb also noch der höfliche Jacob, der düstere Sven. Und Gustav?

»Hörten Sie heute morgen meinen Kanarienvogel singen?« fragte Grace.

»Sie haben einen Kanrienvogel! Wie reizend.«

»Herr Polsen hat ihn mir geschenkt.«

»Aha!« Fräulein Anna drohte scherzhaft mit dem Finger. »Ich glaube, Herr Polsen hat Sie sehr gern, Froken Asherton. Er ist ein einsamer Mann. Sie werden uns doch nicht so bald verlassen wie Froken Bedford, hoffe ich?«

»Ist sie zurück?« fragte Miß Katerina.

»Nej, Katerina. Ich sagte nicht, sie sei zurück. Ich sagte nur, ich hoffe, daß Froken Asherton uns nicht zu bald verlassen wird.«

Plötzlich wirbelten gelbe Blätter gegen das Fenster. Für Axel würde es eine stürmische Seefahrt werden. Aber hier in dem hellerleuchteten Zimmer mit den beiden alten Damen, die sie mit strahlenden Augen ansahen, Schals um die Schultern geschlungen, war es gemütlich. Der Duft von Kaffee, die gepflegten Topfpflanzen – und vor allem Axels Abwesenheit verstärkten diesen Eindruck.

Grace verließ die alten Damen nur ungern. Trotz der Anwesenheit des lustigen Kanarienvogels war es in Willas Wohnung noch immer zu leer und zu still. Doch in dem Augenblick, als Grace die Tür aufschloß, läutete das Telefon. Sie hatte das Gefühl, daß es schon die ganze Zeit, wo sie weg war, so drängend geläutet hatte.

»Grace! Peter bat mich, Ihnen zu sagen – die Polizei wird anrufen – oh, es ist zu schrecklich ...«

Kates Stimme stammelte Unzusammenhängendes. Ein

Schauder kroch Grace den Rücken hoch und breitete sich über ihren ganzen Körper aus.

»Willa?« flüsterte sie kaum verständlich.

»Ja, Willa. Man hat sie gefunden.«

»Gefunden! Wo? Warum ruft sie mich nicht selbst an? Hat ihr denn niemand gesagt, daß ich hier bin?«

Grace nahm sich zusammen. Sie wollte nicht wie Kate ins Stammeln kommen, sondern versuchen zu verstehen, was Kate ihr zu sagen hatte.

»Sie kann Sie nicht selbst anrufen. Sie ist tot!« Kates Stimme wurde schrill. »Schulkinder fanden sie im See von Sigtuna. Im Schilf. Wo wir immer schwimmen, wissen Sie?«

Gestern, nein, am Samstag hatte sie sich ebendiese Stelle angesehen. Sie hatte noch die zarten Schilfrispen bewundert, die sich im Wasser des Sees spiegelten, und nicht geahnt, was sie verbargen. Willa, ertrunken, mit triefendem Haar.

»Grace, sind Sie noch da? Ist alles in Ordnung?«

»Ist sie dort – hineingefallen?« Grace hatte die Augen geschlossen und versuchte, sich die Szene nicht vorzustellen. Aber das war ein Fehler, denn so sah sie alles nur noch deutlicher vor sich. Die entsetzten Schulkinder, den bitterkalten Wind über dem aufgewühlten grauen Wasser, die im Schlamm zertretenen goldenen Blätter der Birken, der dunkle Wald als Hintergrund.

»Das weiß man nicht. Sie glauben – die Leiche sei möglicherweise schon eine Weile im Wasser getrieben, bis sie der Sturm der letzten Nacht angeschwemmt hat.« Am anderen Ende der Leitung war ein Laut zu hören, als ob Kate tief Luft holen würde. »Ich muß auflegen, Grace. Ich fühle mich nicht gut.«

»Das werden Sie nicht tun. Sie müssen mir mehr berichten.«

»Das ist alles«, jammerte Kate. »Willa ist tot, mehr weiß ich nicht.«

»Wer hat es Ihnen und Peter gesagt?«

»Die Polizei rief in der Botschaft an. Peter sagt, der Botschafter ist außer sich. Es ist so schrecklich, nach Bill Jordan. Peter ist stundenlang verhört worden, weil sie seine Sekretärin war. Aber das ist alles, was ich weiß!«

»Sie müssen mehr wissen. Was glaubt die Polizei?«

»Natürlich Selbstmord. Sie war schwanger, und der Mann hat sie sitzenlassen. Dieser Gustv hat sie sitzenlassen. Grace, ich höre die Kinder kommen. Ich muß wirklich aufhören.«

Im Telefon klickte es, und Grace setzte sich nieder, langsam und vorsichtig, als ob sie alt und gebrechlich geworden wäre.

Willa tot. Nein, das konnte nicht wahr sein. Nicht die dumme, impulsive, gesellige Willa, die jedermann vertraute, die zu allem bereit war. Wilhelmina, die konnte vielleicht sterben. Wilhelmina mit ihrem lautlosen, verzweifelten Hilferuf. Weil sie ihren geheimnisvollen Gustav geliebt hatte, der sie verließ, und weil sie es nicht ertragen konnte, sein Kind allein zur Welt zu bringen. Die Schweden würden den Selbstmord einer jungen Frau in diesem Zustand nicht besonders überraschend finden. Pathetisch, unglücklich und unnötig, aber nicht verdächtig.

Wo doch Willa mit ihrem kanarienfarbenen Haar, ihrer Fröhlichkeit vollkommen außerstande war, sich selbst das Leben zu nehmen, Grace wußte das. Sie fragte sich, ob sie die Polizei von dieser Tatsache überzeugen konnte.

Noch immer saß sie in der gleichen Stellung, erstarrt, wie in Trance, als das Telefon wieder läutete.

»Grace«, sagte Peter Sinclair mit schwerfälliger Stimme, die Grace kaum hörte, »hat Kate Ihnen erzählt?«

»Ja, aber ich glaube es nicht.«

»Ich fürchte, das müssen Sie. Ich wollte Sie nur vorbereiten, die Polizei wird Sie bitten, nach Uppsala zu fahren, um die Leiche zu identifizieren.«

»Uppsala«, sagte sie. Wo Polsen am letzten Samstag war und die toten Königinnen in der Kathedrale gesehen hatte. Dem kam nun eine ganz besondere Bedeutung zu.

»Dorthin hat man sie gebracht. Es tut mir leid; glauben Sie, daß Sie das fertigbringen?«

»Ich muß.«

»Gutes Mädchen. Sie sind verdammt großartig. Sie wirken so ruhig. Möchten Sie, daß ich mitkomme?«

»Nein, danke.« Natürlich wirkte sie ruhig. Wie konnte sie erregt sprechen, wenn ihr Inneres wie mit Eis ausgefüllt war? »Wenn mich jemand begleitet, dann muß es Polsen sein.«

»Polsen!« Sie hatte den Eindruck, daß Peter verletzt war. Was machte das schon. Niemand außer Polsen hatte auf ihre Vorahnungen gehört, niemand hatte sich gekümmert. Weshalb also sollte sich Peter ausgerechnet jetzt darum kümmern, wenn nicht aus dem einzigen Grund, um einen neuerlichen Skandal zu vertuschen?

»Sind Sie sicher, Grace?«

»Daß er mitkommen wird? Natürlich.«

»Nun, dann . . . Ich gestehe, daß ich an solchen grausigen Pflichten keinen besonderen Geschmack habe. Nebenbei, wenn Sie die Kinder sehen, Kate und ich möchten das vor ihnen geheimhalten. Und was werden Sie der Polizei sagen?«

»Selbstverständlich alles.«

»Doch nicht all dieses Gewäsch über die Sachen, die Willa verloren hat, über den Telefonanruf, von dem die Kinder gefaselt haben, oder über den Burschen, der mit einem Schlüssel in Ihrer Wohnung war.«

»Bursche?« Wie gewöhnlich und etwas ordinär es klang, wenn Peter von ›Gewäsch‹ sprach.

»Nun, natürlich war es ein Bursche. Wann hätte Willa wohl Mädchenfreundschaften gehabt!« Peters Stimme klang rauh vor Spannung. »Berücksichtigen Sie die Umstände ein bißchen, Grace, der Botschafter wird sonst nicht sehr zufrieden sein.«

»Es ist schon ein Jammer mit diesem Botschafter.«

»Wir möchten kein zweites Bonn werden.«

»Ihre kostbare Reputation!« schrie Grace. »Ist das alles, an was Sie denken können?«

»Auch an Willas Ruf denke ich. Dem könnte ein bißchen Weißwäsche nicht schaden, wenn Sie es unbedingt wissen wollen.«

Grace hätte nicht gedacht, daß Peter so hart sein könnte. Aber vielleicht war das eine Eigenschaft, die bei allen guten Diplomaten zutage trat, wenn die Situation bedrohlich wurde. Alles ins richtige Maß bringen, in die Reihe zurücktreten, nicht zögern, die unwichtige Unschuld der größeren Sache zu opfern.

Denn Willa war unschuldig, was immer man auch über sie sagte.

Und jetzt war sie tot. Man mußte versuchen, mit diesem harten, kalten Stein des Wissens in der Brust fertig zu werden. Und zu einem unabänderlichen Entschluß kommen.

»Wenn Sie es unbedingt wissen wollen, Peter«, sagte Grace, »ich glaubte nicht eine Minute daran, daß es Selbstmord war. Deshalb habe ich noch immer vor, der Polizei alle Informationen zu geben, die ich geben kann, einschließlich Willas Tagebuch.«

Das hatte ihn getroffen. Sie hörte, wie er scharf den Atem einzog.

»Sie haben mir niemals davon erzählt, daß Sie ein Tagebuch gefunden haben.«

»Nein. Das war in den Tagen, als ich verschwiegen war«, sagte Grace, ohne humorvoll sein zu wollen.

»Was steht drin? Irgend etwas Wichtiges?«

»Ich denke schon. Sagen Sie es dem Botschafter.«

Sie legte auf. Plötzlich fühlte sie sich todmüde. Sie sah Peters ärgerliches Gesicht vor sich, seine leicht hervorquellenden Augen, seinen harten, schmalen Mund, den sie von den Momenten her kannte, in denen er sich über seine Frau ärgerte. Sein Sunnyboy-Charme verbarg einen zweiten Menschen. Natürlich. Denn er wäre wohl kaum in seiner jetzigen Position, ohne die Fähigkeit, wenn nötig, vollkommen ohne Emotionen zu scheinen.

In diesem Augenblick konnte Grace es ihm aber nicht verzeihen, daß er nicht auf Willas Seite stand. Die Vorstellung, daß er jetzt schwitzte in Gedanken daran, was dieses Tagebuch wohl für skandalöse Eröffnungen bergen mochte, bereitete ihr ein gewisses Vergnügen.

Willa war tot, und sie, Grace, mußte sich das ansehen, was jetzt einfach ›die Leiche‹ genannt wurde. Sie mußte an ihren Vater schreiben, die Einzelheiten des Begräbnisses arrangieren und sehen, daß sie all diese Kleider los wurde. Verschwendete auch nur jemand von all diesen hochnäsigen Leute in der Botschaft einen Gedanken daran, wie schrecklich das alles war?

12

Die beiden Polizisten, der Kommissar und sein Sergeant, saßen vorn im Wagen, Polsen und Grace auf dem Rücksitz. Die Polizei war mehr als erfreut, daß Polsen mitkam. Die beiden Beamten sprachen zwar Englisch, hatten aber keinen sehr großen Wortschatz. Herre Polsen würde also als Dolmetscher sehr nützlich sein. Es gab eine Menge Fragen, auch wenn als Todesursache, was anzunehmen war, Selbstmord durch Ertrinken festgestellt wurde. Es war nur zu einfach, bei diesem Wetter zu ertrinken. Man brauchte nur durch einen Unglücksfall in den See zu stürzen und wäre innerhalb weniger Minuten erfroren.

Polsen fragte mit schulmeisterlicher Pedanterie, wie lange die Leiche schon im Wasser gelegen habe, und erhielt zur Antwort, daß das möglicherweise einen oder zwei Tage gewesen sei. Es war nicht gesagt, daß der tödliche Sturz, oder was immer es gewesen sein mochte, in Sigtuna erfolgte. Sigtuna war ein zu belebter Ort, immer gingen Schulkinder, Fischer oder Spaziergänger am See entlang. Der Körper mußte während des Sturms eine ganze Strecke getrieben sein. Es bestand die Möglichkeit, daß er von Bord eines Schiffes gefallen war. Diese Möglichkeit war aber unhaltbar, wenn man nicht die Möglichkeit eines Mordes in Betracht zog, was aber wohl kaum jemand annahm. Die junge Dame war im vierten oder fünften Monat schwanger. Wenn jeder Mann das Mädchen umbringen würde, das er in diese Lage gebracht hatte, gäbe es nicht genug Polizisten oder genug Gefängnisse hierzulande.

Die beiden Polizisten mit ihren geschorenen Köpfen und dicken, rosafarbenen Nacken lachten jovial. Tod durch Ertrinken ist nicht so schlimm, sagte einer von ihnen. Besser jedenfalls, als bei einem Autounfall verstümmelt zu werden.

Polsen saß in seine Ecke zurückgezogen, machte keinerlei Versuch, Grace beruhigend zu berühren oder ihr gar zuzulächeln. So war er, seit sie ihn vor der Universität abgeholt hatten. Er war durch die Nachricht zutiefst entsetzt, aber eigentlich nicht überrascht. Tatsächlich nicht überrascht. Jetzt war in seinen klaren Augen, in seinem verschlossenen Gesicht nicht die geringste Empfindung zu entdecken.

Er hatte nicht erwartet, so bald schon wieder in Uppsala zu sein, dachte Grace. Oder etwa doch?

Sie konnten nicht miteinander sprechen, während die beiden Hüter des Gesetzes da vorn im Wagen saßen. Grace sagte, daß Frue Lindström nach dem Kanarienvogel sehen würde. Stubenvögel brauchen Gesellschaft, und Frue Lindström, die durch die tragische Nachricht so schockiert gewesen war, daß sie sogar die Sprache verloren hatte, würde besser sein als niemand. Den Damen Morgensson hatten sie nichts gesagt. Weshalb die alten Damen noch eigens aufregen? Und das Schiff ihres Neffen Axel hatte um die Mittagszeit den Hafen verlassen. Aus irgendeinem Grunde hatte die Polizei sich die Mühe gemacht, diese Tatsache festzustellen.

Die Reaktion der von Sturpes, der Backes, Winifred Wrights und der anderen würde man später erfahren. Mittlerweile zeigte eine dünne grüne Kirchturmspitze am Horizont an, daß man sich Uppsala näherte. Unter dem niederen Himmel kreisten krächzende Krähen, am Ufer des Kanals spazierten einige Menschen langsam, in dicke Mäntel gehüllt, die Hüte tief in die Stirn gezogen. Durch die engen Straßen pfiff ein eisiger Wind. Gegenüber der Kathedrale und den Universitätsgebäuden lag der Friedhof, die dunklen, hohen Bäume standen regungslos, die Grabsteine wirkten kalt und drohend.

Und in einem quadratischen, häßlichen, hygienischen Raum lag Willa, ebenfalls kalt und endlich ruhig.

Wenigstens ergab sich eine Gelegenheit, mit Polsen zu sprechen. Grace hatte den Eindruck, daß sie ebenso schrecklich aussah wie das, was sie sich in dem kleinen, stillen Raum ansehen mußte, denn einer der Polizisten schlug vor, daß Polsen sie in ein Café am Ende der Straße führte. Der Sergeant könne sie hinfahren und sie in etwa einer halben Stunde wieder abholen. Es sei schon eine schwere Prüfung, wenn man etwas Derartiges zum erstenmal tun müsse. Es sei jedesmal eine unangenehme Sache, man gewöhne sich nie so richtig daran, besonders wenn das Opfer jung sei.

Zuerst dachte Grace, ihr würde vom Kaffee übel. Sie behielt die warme Flüssigkeit im Mund und zwang sich endlich, sie langsam hinunterzuschlucken. Sie durfte hier einfach nicht schlappmachen, in der Gegenwart von Polsen, in diesem hübschen, sauberen Café mit dem Blick auf den Kanal. Im Sommer mußte das eine zauberhafte Aussicht sein, wenn das langsam dahinfließende Wasser glitzerte und die tief überhängenden Bäume grün belaubt waren. Die Häuser am gegenüberliegenden Ufer waren alt und ehrwürdig, mit langen Freitreppen und interessanten Torbögen. Mit etwas mehr Sonnenschein und Farbe hätte es eine pariserische Szene sein können. Doch das träge fließende Wasser widerspiegelte den grauen Himmel. Die dahintreibenden gelben Blätter, die von den überhängenden Birken ins Wasser gefallen waren, erhöhten den Eindruck der Melancholie.

Wie Grace so in das Wasser blickte, mußte sie an das

schreckliche, aufgedunsene Gesicht denken und an das Haar, aus dem all die kanariengelbe Farbe herausgespült war. Sie nahm noch einen Schluck Kaffee und sagte:

»Es ist in Ordnung, Polsen. Ich werde Sie nicht blamieren.«

»Wie könnten Sie das!«

Endlich berührte er ihre Hand, nahm sie in die seine und hielt sie lange. Grace überlief ein Frösteln.

»Mir ist so kalt. Das Wasser im See muß eisig gewesen sein. Polsen, sie hätte sich niemals selbst das Leben genommen. Denn dann hätte sie das Baby getötet, und es war eben dieses Baby, für das sie leben wollte. Andernfalls hätte sie doch die Abtreibung vornehmen lassen, die man ihr vorgeschlagen hat, nicht wahr?«

»Hat man ihr denn das vorgeschlagen?«

»Es muß so sein. Das hätte Gustav davor bewahrt, eine Scheidung anzustrengen, die er bestimmt nicht anstrengen wollte. Finden Sie nicht auch?«

»Sie stellen mir dauernd Fragen. Ich weiß es nicht.«

»Sie wissen es recht gut. Gustav ist eine Ratte, und wir müssen ihn finden. Ich habe der Polizei Willas Tagebuch gegeben.«

»Ich habe es gehört.« Die Kürze seiner Antwort veranlaßte sie zu der Frage:

»Haben Sie auch etwas dagegen?«

»Weshalb sollte ich? Wer hat etwas dagegen?«

»Die Botschaft. Zumindest findet Peter Sinclair, er habe als Sprecher der Botschaft dagegen zu sein. Nun gut, im Fall Bill Jordan mochte es ihnen gelungen sein, diplomatische Immunität zu beanspruchen. Bei Willa ist das etwas anderes, da sie ja kein Mitglied der Botschaft mehr war. Sie sollen zusehen, wie sie am besten aus dem Zeitungsrummel herauskommen.«

»Es wird nicht mehr als eine Tagessensation sein«, sagte Polsen. »Nicht einmal das. Ein Mädchen, das sich das Leben nimmt, weil es schwanger, unglücklich und einsam ist, das geschieht alle Tage.«

»Aber diesmal ist es nicht so einfach gewesen. Gustav wird uns das erzählen. Wenn wir ihn finden.«

»Das ist jetzt doch Sache der Polizei. Trotz allem, es ist kein Verbrechen, ein Mädchen in andere Umstände zu bringen.«

»Nein, aber es ist eines, sie zu ertränken«, sagte Grace mit solcher Heftigkeit, daß die Frau hinter der Theke erstaunt zu ihnen herübersah.

»Sie ziehen da recht voreilige Schlüsse, Grace. Für gewöhnlich können Sie doch recht logisch denken. Kommen Sie, trinken Sie noch eine Tasse Kaffee. Wir haben Zeit.«

»Ich bin nicht mehr ich selbst«, murmelte Grace. »Ich habe begonnen, wie Willa zu denken. Schon die ganze Zeit, seit ich ihre Kleider getragen und ihr Parfüm benutzt habe. Ich kann nicht mehr logisch denken, ich laufe Gefahr, Ahnungen nachzugehen. Impulsiv. Unvernünftig vielleicht. Vielleicht auch nicht. Vielleicht bin ich wirklich ich selbst und weiß es nur nicht.« Sie rieb sich müde die Augen. »Ich könnte ebensogut im Mälarsee enden, oder etwa nicht?«

»Grace, seien Sie nicht verrückt! Sie müssen nach England zurück«

»Bevor mich die Trostlosigkeit des Winters verrückt macht? Wie Kate Sinclair? Und wie auch Peter ein bißchen, glaube ich. Sie mußte auch Willa erfaßt haben. All dieses verworrene Zeug, das sie in ihrem Tagebuch niederschrieb.«

»Willa hatte eine unkontrollierte Fantasie, Sie aber nicht.« Ungeachtet des wilden Aufruhrs, der in Graces Kopf herrschte, blieb Polsen bewundernswert ruhig und gefaßt. »Statt auf geheimnisvolle Weise von einem König mit zwei Königinnen zu sprechen, hätten Sie zum Beispiel klipp und klar geschrieben, daß Gustav zwei Frauen hat und eine davon loswerden muß, damit die andere glücklich sein kann.«

Grace sah ihn mit großen Augen an.

»Aber Polsen, das ist es! Jetzt wird mir alles klar! Willa war die Frau, die er loswerden, nicht diejenige, die er behalten wollte!«

Der Polizist sagte, es sei zu dumm, daß niemand zu wissen schien, wo Willa sich vor ihrem Tod aufgehalten hatte. Sie waren geneigt, das Tagebuch mit all dem Unsinn über »den Regen auf dem Dach und dem dunklen Wald« als unwichtig abzutun. Und was den unbekannten Gustav anbetraf, der wie ein Porträt in Schloß Gripsholm aussieht, so gäbe es eine Menge Schweden, die diese charakteristischen Merkmale hätten wie blaue Augen, blondes Haar und wulstige Lippen. Trotzdem würden sie Nachforschungen anstellen. Die Habseligkeiten des Mädchens mußten irgendwo sein. Zum Beispiel ihre Handtasche. Wußten Polsen und Grace, daß eine Frau selten mit ihrer Handtasche ins Wasser ging? Ein Instinkt, der sie sogar in diesem Augenblick größter Verwirrung nicht verließ, veranlaßte sie dazu, die Tasche sicher am Ufer zu verstecken.

Aber bis jetzt hatte man noch nicht herausgefunden, wo das Unglück geschehen war. Die Untersuchung würde einige Zeit dauern. Der See war sehr groß.

Die einzigen Gegenstände von einigem Wert, die Willa bei sich gehabt hatte, waren eine goldene Armbanduhr und ein Ring. Ein Lapislazuli mit einer verschlungenen antiken Fassung aus Gold. Wußte Grace etwas darüber?

»Nur, was mir die Mädchen aus der Botschaft erzählt haben«, antwortete Grace. »Sie sagten, Gustav – der Mann, mit dem sie davongelaufen ist – habe ihn ihr geschenkt. Ich weiß nicht, ob er ihn in Stockholm gekauft hat. Es könnte sich auch um ein Familienstück handeln. Er war alt, sagten die Mädchen.«

»Ja«, sagte der Mann. Das war alles.

In Willas Wohnung hatte sich äußerlich nichts verändert. Nur das Fluidum des Wartens und der Hoffnung war gewichen. Grace sagte Polsen auf dem Treppenabsatz gute Nacht. Sie mußte ein Telefongespräch mit ihrem Vater anmelden, eine Pflicht, die sie beinahe ebensosehr verabscheute wie diese Fahrt nach Uppsala. Früher oder später mußte sie auch Willas Sachen durchsehen, Anordnungen wegen des Begräbnisses treffen, an Willas Freunde schreiben.

Der schreckliche Abend verwandelte sich zu einem richtigen Alptraum, als Grace zu schlafen versuchte. Sie wälzte sich herum, und als sie endlich in einen leichten Schlaf gefallen war, träumte sie, Willa würde versuchen, sie aus dem hübschen Bett hinauszustoßen. Sie sagte, es sei ihres und sie möchte zurückkommen.

Graces Haut brannte vor Entsetzen, sie sprang aus dem Bett, rannte aus der Wohnung und im Nachthemd die Treppe hinauf. Sie rüttelte an Polsens Tür, fand sie unverschlossen und stürzte in das dunkle Zimmer, geradewegs auf Polsens Bett zu.

»Laß mich zu dir«, flüsterte sie. »Ich bin zu Tode erschrocken. Ich ertrage es nicht, jetzt allein zu sein.«

Die Bettdecke wurde zurückgeschlagen, und sein Arm zog sie neben sich. Er hielt ihren Kopf an seine Brust gedrückt, sein Kinn preßte sich in ihr Haar.

»Ich habe auch nicht geschlafen«, sagte er nahe an ihrem Ohr.

»Es genügt, wenn Willa heute nacht allein ist. Wir nicht auch.«

»Richtig. Wir sollten nicht allein sein.«

Nach und nach hörte ihr Schüttelfrost auf. Sie merkte, daß Polsen nackt schlief. Seine Brust war glatt und unbehaart. Sein Herz schlug ruhig und stetig gegen ihr Schlüsselbein. Sie spürte dieses Klopfen voll Freude, es war so stark und beruhigend, es würde immer andauern.

Plötzlich sagte er: »Hast du nicht zuviel an?«

Still setzte sie sich auf und streifte das Nachthemd über den Kopf, dann glitt sie in das schmale Bett, ihr Herz schlug gegen das seine.

»Grace?«

»Ja, Polsen? Bitte!«

Schwer und zärtlich zugleich senkte sich sein Körper auf den ihren. Und es war gut, denn die düsteren Bilder schwanden. Das Blut sang in ihren Adern, sie lebte, lebte, lebte. Und irgendwo hörte sie Willa lachen.

Sie lachte selbst, obwohl es mehr wie ein Seufzen klang, dann schlief sie ein, wohlgeborgen in Polsens Armen.

Als sie erwachte, waren die Arme nicht mehr da. Sie lag allein im Bett, aber ein angenehmer Duft nach Kaffee strömte ihr entgegen, und Polsen sagte: »Das Frühstück ist fertig. Wie möchtest du deinen Kaffee haben?«

»Mit Milch bitte.«

Er reichte ihr das Nachthemd.

»Nicht daß ich dich so nicht mag, aber es ist ein kalter Morgen. Ich glaube, heute wird es wirklich schneien.«

»Polsen . . .«

Er stand mit dem Rücken zu ihr und rührte in seiner Kaffeetasse.

»Ja? Falls du über die vergangene Nacht sprechen willst, jetzt ist nicht der geeignete Augenblick dazu.«

Sie nickte. Er hatte recht, wie immer. Er wußte, es war ihre Art zu erklären, zu ergründen, sogar nach Entschuldigungen zu suchen. Es könnte sogar geschehen, daß sie sich einbildete, der Grund für ihr Benehmen sei der, daß sie wieder in Willas Haut geschlüpft sei, und das wäre verheerend.

»Polsen, ich glaube, ich liebe dich«, sagte sie.

Das schien gut zu sein, denn er sah sie lächelnd an.

»Du glaubst nur? Das ist ganz meine nüchterne Grace.«

Nicht Willa. Dem Himmel sei Dank. Er hatte die letzte Nacht nicht für eine Willa-Angelegenheit gehalten.

»Polsen, und du, liebst du mich?«

»Ich sagte dir doch schon, jetzt ist nicht der richtige Zeitpunkt für eine derartige Unterhaltung. Es ist alles noch so verworren. Aber wenn du mich fragst, ob ich letzte Nacht glücklich war – ja, ich war glücklich. Und jetzt laß deinen Kaffee nicht kalt werden. Ganz nebenbei, ich habe es so eingerichtet, daß ich diese Woche nicht auf die Universität muß, wenn ich also etwas tun kann, stehe ich zur Verfügung.«

Aber was war schon zu tun, außer auf das Läuten des Telefons zu reagieren? Grace lauschte der Stimme ihres Vaters, die aus dem Frieden eines kleinen Städtchens in Suffolk herübertönte.

»Grace, das, was du mir gestern abend gesagt hast, will einfach nicht in mich hinein. Ist diese schreckliche Geschichte mit Willa wahr?«

»Ich habe sie gesehen, Daddy, das sagte ich dir schon.«

»Guter Gott! Das ist unglaublich. Möchtest du, daß ich hinüberfliege?«

»Nein, nein, daran darfst du nicht einmal im Traum denken. Alles ist in besten Händen.«

»Was ist mit der Botschaft? Sind sie nicht entsetzt dort?«

»Das sind sie natürlich schon, aber nicht so, als ob Willa noch zum Stab gehörte. Mach dir keine Sorgen, Daddy. Man kümmert sich hier um mich.«

»Wann kommst du dann heim?«

»Wenn wir Gustav gefunden haben.«

»Wer, zum Teufel, ist das?«

»Willas Geliebter. Der, der sie in dieses Unglück gebracht hat.«

»Nun, er sollte lieber Farbe bekennen, es wäre jetzt Zeit dafür.«

Das ist wohl das letzte, was Mörder tun, dachte Grace, als sie den Hörer auflegte. Gustav war nicht der Typ, irgendeine Farbe zu bekennen, noch sich aus dem Schutz seiner Anonymität zu begeben.

Die beiden Polizisten statteten ihr an diesem Morgen einen Besuch ab. Sie gingen schweigend durch die Wohnung, öffneten Schubladen, stöberten in Ecken herum. Einer sagte, die Todesursache sei nun geklärt. Froken Bedford war durch Ertrinken ums Leben gekommen. Aber der hohe Prozentsatz von Alkohol in ihrem Blut ließ einen der folgenden drei Schlüsse zu: Entweder hatte sie so viel getrunken, daß sie Mut bekam, in das eisige Wasser zu gehen, oder sie war hineingefallen infolge ihrer Trunkenheit, oder aber sie hatte keinen ernstlichen Widerstand geleistet, als man sie hineinstieß. Die erste Möglichkeit sei die wahrscheinlichste.

Die Polizei mit ihrem Sinn fürs Praktische hielt das Tagebuch noch immer für ein ziemlich nutzloses und unrealistisches Dokument. Das einzige, was sie daran interessierte, außer Gustavs Identität, war die Stelle, an der sich Willa über den Wald und den Regen auf dem Dach beklagt hatte. Es schien höchst wahrscheinlich, daß sie an diesem Ort ihre letzten Tage verbracht hatte.

»Weshalb fragen Sie mich, wo das ist?« fragte Grace. »Ich bin hier fremd.«

Die beiden Männer nickten zustimmend. Sie schienen heute noch weniger an der Sache interessiert, als sie es gestern bei der Vernehmung gewesen waren. Das war für sie ein Routine-Selbstmordfall. Langweilig.

Polsen bestand darauf, Grace zum Lunch auszuführen. Er sei hungrig, sagte er ohne Scham. Sie würde merken, daß sie es ebenfalls sei, wenn sie erst zu essen anfinge. Außerdem mußten sie unbedingt Frue Lindström entkommen, die ihren Schachtel-Teufel-Trick mit bewundernswerter Ausdauer vollführte. Sie stürzte bei dem kleinsten Geräusch nicht nur sofort aus ihrer Tür, sondern erschien alle Augenblicke ohne Entschuldigung auch vor der von Grace. Sie hatte natürlich dieses tragische Ende kommen sehen, obwohl sie nie etwas gesagt hatte. Froken Bedford war trotz all ihrer scheinbaren Weltklugheit doch eine rechte Einfalt gewesen. Man stelle sich vor, einem Mann so vollkommen zu vertrauen! Frue Lindström hatte aufgehört, Männern zu trauen, bevor sie zwanzig war. Das bedeutete nicht, daß sie sie nicht mochte. Aber ein Mädchen sollte niemals so verrückt sein, sich von einem Mann das Herz brechen zu lassen.

Sie würde diesen Gustav gern sehen. Er mußte ja wirklich etwas Besonderes sein. Zwei Tage war das arme Mädchen im See. Wo waren alle anderen denn in dieser Zeit gewesen?

»Das einzige von Bedeutung ist, wo Gustav war«, sagte Grace.

»Und wer Gustav ist«, fügte Polsen hinzu. »Zieh deinen Mantel an, Grace. Wir gehen zum Essen aus, Frue Lindström.«

»Gut, gut. Froken Asherton muß gefüttert werden. Seit gestern ist sie viel kleiner geworden. Nicht viel größer als dieser Kanarienvolgel ist sie.« Es war schon ein Jammer, daß Frue Lindströms Lachen immer so fröhlich klang. Ein bißchen makaber war das in dieser Situation.

Sie gingen in die Altstadt zu einem Restaurant, das Polsen kannte. Es sei genau der richtige Ort für einen kalten Tag, sagte er, ein gemütlicher, dunkel getäfelter Raum, dessen Fenster über den alten Platz sahen. Zufällig – war es wirklich Zufall? – lag die Tür von Doktor Backes Haus genau im Blickfeld. Grace konnte den kupferfarbenen Schimmer des hübschen kleinen Drachen sehen.

»Was haben wir alle eigentlich am Samstagabend gemacht«, sagte Polsen. »Ich fuhr von Uppsala zurück. Ich war allein. Ich habe dafür keine Zeugen. Dann verbrachte ich den Abend mit Übersetzungen. Wieder allein.«

»Du brauchst mir nicht zu erzählen, was du getan hast«, sagte Grace und sah ihn offen an.

»Ich hoffe es. Nun der Rest. Axel? Das wissen wir nicht. Angeblich machte er sich Sorgen über seine Schiffsladung. Sven?«

»Er war zu Hause bei seiner Familie. Wenigstens verließen Ebba und ich ihn dort nach dem Tee. Und Jacob war bei Ebba und mir. Außer – da war diese Unterhaltung über etwas, was von Gustav erwartet wurde.«

»Ja. Ich erinnere mich.«

»Könnte das Willas Gustav gewesen sein?«

»Das wissen wir eben nicht. Wer kommt sonst noch in Frage? Peter Sinclair? Wir dürfen ihn nicht ausschließen. Er gehört mit zu dem Kreis.«

»Kate sagte, er habe bis spät gearbeitet. Er hatte Fieber. Tatsächlich sah er ziemlich krank aus. Am Sonntag waren alle Männer auf der Jagd, aber zu dieser Zeit ...« Grace konnte doch nicht essen. Sie legte Messer und Gabel nieder und sagte: »Wenn ich mir vorstelle, daß ich all diese hübschen rehfarbenen Schilfhalme bewunderte, die sich über das Wasser beugten . . .«

»Ich teile die Ansicht der Polizei, Grace«, sagte Polsen und übersah taktvoll ihre Bemerkung. »Wir müssen herausfinden, wo Willa verborgen gehalten wurde.«

»Als Gefangene?«

»Es scheint so.«

Grace beugte sich über den Tisch und sagte eindringlich: »Sag mir, daß du mich für verrückt hältst, wenn du willst, aber ich bin sicher, eine Zeitlang war sie im Dachgeschoß der von Sturpes. Ich habe keinen Beweis außer dem alten Pelzstück. Und daß ich glaube, Ebba wollte mich bei sich haben, um mir indirekt zu beweisen, daß die oberen Zimmer ihres Hauses leer seien. Es ist nur so ein Gefühl, das ich da habe. Lach mich nicht aus.«

»Ich lache dich nicht aus. Schau doch!« Polsen starrte aus dem Fenster. »Da geschieht irgend etwas.«

»Was?«

»Doktor Backe verläßt sein Haus und trägt eine ziemlich große Aktentasche. Er wird kaum mit einer Aktentasche Patientenbesuche machen, oder? In diesem Fall hätte er seine Arzttasche bei sich.« Polsen erhob sich. »Entschuldige mich, Grace. Ich habe plötzlich das Gefühl, ich sollte mich mal wieder von einem Arzt untersuchen lassen.«

Er verschwand, kam aber nach wenigen Minuten wieder und erzählte, daß er leider mit dem Arzt keinen Termin habe vereinbaren können, da er eben zu einer Konferenz nach Kopenhagen abgereist sei. Er hatte keinerlei Notiz hinterlassen, bis wann er wieder zurück sei. In ungefähr einer Woche, meinte die Schwester, aber er habe versprochen, von Kopenhagen zu telefonieren.

»Am Wochenende sagte er davon überhaupt nichts«, sagte Grace überrascht.

»Nein, das glaube ich auch.«

»*Ist* denn eine solche Konferenz in Kopenhagen?«

»Das können wir sehr schnell herausbekommen. Ich

würde sagen, es ist eine solche Konferenz. Ich glaube nicht, daß Doktor Backe das erfunden hat, das wäre zu riskant, aber er hat sich sicherlich in letzter Minute zur Teilnahme entschlossen. Ich frage mich nur, weshalb? Komm, iß auf. Wir müssen gehen.«

Vermutlich war es ein großes Glück gewesen, Sven Bakkes Unternehmung entdeckt zu haben. Durch einen anderen Glücksfall entdeckten sie die Sprechstundenhilfe, die eilig um eine Ecke bog, als sie durch die schmalen, kopfsteingepflasterten Gassen gingen. Sven mußte ihr gesagt haben, daß sie für heute nach Hause gehen könne. Sie war in einen schweren Tweedmantel gehüllt und trug einen scheckigen Pelzhut, der ihr kleines, unscheinbares Gesicht beinahe verdeckte. Aber doch nicht vollständig, so daß Grace ihre vom Weinen geröteten Augen bemerkte. Oder hatte sie der Wind so gerötet?

Was konnte Sven ihr gesagt haten? Daß er nicht zurückkomme?

Ein paar Minuten, nachdem sie die Wohnung betreten hatte, rief Peter Sinclair an. Er habe alle zehn Minuten angerufen, sagte er. Wo war Grace nur gewesen?

»Zum Essen aus«, antwortete sie, und er schien sowohl erleichtert als auch überrascht.

»Da sind Sie gefaßter als meine Frau. Sie will das Essen nicht einmal anschauen. Ich fürchtete schon, die Polizei hätte Sie zum Verhör mitgeschleppt.«

»Nein, sie war hier.«

»Und haben sie irgend etwas Bemerkenswertes gefunden? Im Tagebuch oder sonstwo?«

»Sie scheinen an dem Tagebuch nicht besonders interessiert zu sein.«

»Sie teilen also nicht Ihre Ansicht, daß es wichtig ist?«

»Nein, sie ziehen Tatsachen Fantastereien vor.«

Peter lachte. »Willa hielt die Leute gerne zum besten, wissen Sie.«

»Aber am Ende war sie es, die zum besten gehalten wurde, nicht wahr?«

Peters Stimme zitterte. »Sie brauchen mich daran nicht eigens zu erinnern, Grace. Eigentlich rief ich an, um zu fragen, ob Sie zu uns kommen könnten. Ich muß im Büro sein, und Kate geht mir wirklich auf die Nerven. Sie ist in einer derartigen Stimmung, daß sie auch die Kinder aufregt. Ich möchte sie nicht mit ihr allein lassen. Ich wollte fragen, ob es Ihnen möglich wäre, sie für einige Stunden spazierenzuführen. Ich dachte, es würde auch Ihnen guttun. Schauen Sie, daß Sie aus dieser morbiden Wohnung herauskommen.«

Damit die Botschaft ein Auge auf mich haben kann, dachte Grace.

»Ich bin nicht allein, Peter. Polsen ist hier.«

»Ach, der! Sehen Sie mal, wieviel wissen Sie eigentlich über ihn? Wie können Sie wissen, ob er nicht ein zweiter Gustav ist? Oder sogar der Gustav? Antworten Sie nicht, ich nehme an, er hört zu, nicht wahr? Aber lassen Sie ein bißchen Vorsicht walten, Grace. Und es würde den Kindern so guttun, Sie zu sehen. Sie sprechen die ganze Zeit von Ihnen. Nehmen Sie sie mit auf einen Spaziergang nach Gorbit.«

Peter war offensichtlich ein Mann, der keinerlei Hemmungen hatte, Befehle zu erteilen. Grace fragte sich, ob er seine Direktiven von weiter oben erhalten habe oder ob es einfach der Wahrheit entsprach, daß Alexander und Georgy ängstlich und elend waren.

Es gab keine andere Möglichkeit, sie mußte gehen und das herausbekommen, sonst würden sie die angsterfüllten weißen Gesichter der Kinder verfolgen.

»Gute Idee«, meinte Polsen. »Ich werde dich hinfahren und nach ein paar Stunden wieder abholen.«

»Du hast es möglicherweise mitbekommen – Peter sagte, ich soll vorsichtig sein und was ich über dich wüßte.«

Er beugte sich über sie und küßte sie auf die Stirn.

»Und was weißt du?«

»Genug.«

Grace wußte eigentlich nicht, weshalb sie so verblüfft

war, daß die Tür zur Wohnung der Sinclairs von Ebba geöffnet wurde. Diese Frau scheint einfach überall zu sein, dachte Grace, als Ebba mit einer um einige Nuancen höheren Stimme als gewöhnlich zu sprechen begann.

»Oh, Grace, ich habe versucht, Sie anzurufen. Gestern den ganzen Tag, als ich hörte, Sie seien in Uppsala gewesen – und heute morgen wieder.«

Als ich in Polsens Bett lag, dachte Grace und fühlte, wie sich bei der Erinnerung daran Wärme in ihr ausbreitete.

»Hatten Sie mir irgend etwas mitzuteilen?« fragte sie. Es war viel leichter, Ebba gegenüber reserviert zu sein, wenn man nicht mehr ihr Gast war.

»Über Willa?«

»Das ist das einzige, was mich im Augenblick interessiert.«

»Natürlich nicht. Ich wollte Ihnen nur sagen, wie entsetzt und unglücklich ich bin. Ich hielt es zu Hause einfach nicht aus, nachdem die Polizei dagewesen war.«

»Weshalb war die Polizei bei Ihnen?«

»Sie war überall, wo Willa bekannt war. Auch bei den Backes. Sie haben die alte Dame beinahe zu Tode erschreckt.« (Die selbstzufriedene alte Frau mit ihren weißen Patschhändchen. Die würde nichts erschrecken. Ebensowenig wie Ulrika. Aber Sven – ob Ebba wohl wußte, daß er sich davongemacht hatte?)

»Wer hätte gedacht, Willa würde so etwas Verrücktes tun?«

»Niemand«, sagte Grace tonlos.

Die seltsamen, fahlen Augen flackerten. »Sie glauben nicht, daß sie sich selbst das Leben genommen hat?«

»Nur weil sie schwanger war? Du lieber Himmel, nein!«

»Sie glauben nicht, daß sie noch andere Gründe hatte?«

»Nicht, um Selbstmord zu begehen. Ich kann Ihnen versichern, Willa war einfach nicht der Typ dazu.« Sie sah Ebba geradewegs in die Augen. »Ungeachtet dessen, was man ihr angetan hat. Ich habe der Polizei gesagt, was für ein Mensch sie war. Ich bin froh, daß man auch bei Ihnen nachgerorscht hat. Ich fand es sehr eigenartig, daß dieser Pelz in Ihrem Haus auftauchte.«

Ebba runzelte die Stirn. »Warum sind Sie so, Grace? So aggressiv. Ich habe Willa nichts getan.«

Grace hob ihr Kinn. »Ich bin im Moment zu jedermann aggressiv. Willa ist tot, und ich kann es noch immer nicht glauben. Ich bin eher ärgerlich als entsetzt. Ich kann mir nichts vorstellen, was so schlimm für sie gewesen wäre, daß sie sich das Leben genommen hätte. Aber ich werde es herausbekommen, das verspreche ich Ihnen.« Sie machte eine Pause und zuckte wie zur Entschuldigung für ihren Ausbruch mit den Schultern. »Ich glaube, etwas von Willas Wesen ist in mich geschlüpft. Oder aber ich war ihr schon immer ähnlicher als ich dachte oder wußte. Vielleicht mache ich eine Wandlung durch.«

»Dann geben Sie acht, daß Sie nicht den gleichen Weg wie sie gehen«, sagte Ebba.

»Oh, ich werde schon aufpassen, daß mich niemand in einen See stößt«, sagte Grace nachdenklich. »Wenn es das ist, was Sie meinen. Wo ist Kate?«

»Sie hat sich hingelegt. Ich habe ihr ein Beruhigungsmittel gegeben. Ich kam her, nachdem ich mit Peter gesprochen hatte. Er macht sich Sorgen wegen Kate. Sie ist einfach schrecklich empfindsam, finden Sie nicht auch? Wie sind Sie hergekommen? Mit einem Taxi?«

»Polsen hat mich hergefahren.«

»Oh. Schauen Sie, Grace – niemand von uns weiß viel über diesen Polsen. Sind Sie sicher, daß Sie ihm nicht allzuviel Vertrauen schenken?«

»Wie Willa? Da bin ich ganz sicher.«

»Sie sagen das sehr überzeugt.«

Ärger stieg in Grace hoch.

»Natürlich. Und ich möchte nicht, daß Sie irgend etwas Schlechtes über Polsen sagen. Ich bin wegen der Kinder gekommen. Ich werde sie jetzt holen.«

Die Kinder kamen nicht wie gewöhnlich die Treppe heruntergerast. Sie waren unnatürlich ruhig. Jemand mußte ihnen befohlen haben, ihre Ausgehsachen anzuziehen, denn sie waren bereits in ihre wollenen Übermäntel gehüllt und trugen ihre Baskenmützen. Alexanders Mütze war völlig zerknüllt, Georgy hatte sich die ihre auf ihr ungekämmtes Haar gestülpt, das ihr bis in die Augen hing. Georgy hatte all ihre Aufsässigkeit abgelegt und hielt Alexanders Hand ganz fest in der ihren.

»Hallo! Wieso seid ihr schon ganz angezogen?« sagte Grace fröhlich.

»Daddy hat gesagt, du gehst mit uns spazieren. Tust du das?«

»Aber sicher. Wir gehen nach Gordit. Weißt du den Weg?«

»Natürlich. Wir waren schon hundertmal dort.«

»Einmal bekommen wir einen kleinen Hund, sagt Daddy«, wisperte Alexander.

»Ja, man sollte wirklich einen Hund haben, um mit ihm spazierenzugehen«, sagte Georgy.

Das war wirklich wahr, denn die meisten Leute, die in dem hübschen, leicht hügeligen Park spazierengingen, der sich über mehrere Meilen erstreckte und kleine Gaststätten und Restaurants und natürlich eine Bucht des unvermeidlichen Mälarsees umrahmte, hatten einen tollenden, zerrenden Hund an der Leine. Die Spaziergänger trugen wie üblich nüchterne, dunkle Überzieher und Schals, obwohl heute das Sonnenlicht wie Champagner auf der Landschaft lag und das Gras aufleuchten ließ.

Je weiter sie gingen, um so mehr lebten die Kinder auf. Sie zeigten sich ungemein interessiert an der Geschichte über den Kanarienvogel, den Polsen Grace geschenkt hatte.

»Das möchte ich auch haben, wenn ich keinen kleinen Hund bekomme«, sagte Alexander.

»Ein Hund ist besser«, sagte Georgy. »Einen Vogel kannst du nicht spazierenführen. Er würde wegfliegen.« Alexander kicherte und bewegte seine Arme, als ob er fliegen wolle. Georgy sagte ernsthaft: »Mag Polsen dich, Grace?«

»Es ist unhöflich, Polsen zu sagen. Du mußt Herre Polsen sagen.«

Georgy ignorierte Alexander und bohrte weiter: »Mag er dich? Will er dich heiraten?«

»Wer hat dich denn bloß auf diese Idee gebracht?« fragte Grace.

»Mammy sagt, es wird dir ebenso schlechtgehen wie Willa, wenn du dich mit Männern abgibst, über die du nichts weißt, und Daddy sagt, du sollst nach England zurückgehen.«

»Ich mag Polsen«, sagte Alexander.

»Wie kannst du, du hast ihn ja noch gar nicht gesehen.«

»Doch. Ich habe gesehen, wie er Grace im Auto herbrachte. Ich habe gesehen, wie er sie geküßt hat. Ich habe geglaubt, nur Mamas und Papas küssen.«

»Du bist altmodisch«, sagte Grace. »Küssen macht Spaß. Du wirst eines Tages schon noch dahinterkommen.«

»Pfui!« sagte Georgy. »Ich habe einmal gesehen, wie Daddy und Ebba sich küßten. Ihre Lippen waren so aufeinandergepreßt.« Sie stülpte ihren kleinen Mund vor. »Es sah aus, als ob sie sich gegenseitig aufessen wollten.«

Alexander schüttelte sich vor Lachen und mußte stehenbleiben, um zu Atem zu kommen.

»Das ist nicht wahr, Georgy! Du erfindest das!«

»Nein, bestimmt nicht. Ich zeig's dir, wie sie sich geküßt haben.«

Dann rannten die beiden davon, Georgy jagte Alexander in weiten Kreisen über das schimmernde Gras. Und Grace dachte: Peter und Ebba. War das der eigentliche Grund für Kates Melancholie? Wenn ja, wie konnte Peter es wagen, ihr Vorhaltungen wegen Polsen zu machen. Wie konnte er die Nerven dazu haben, über mangelnde Diskretion zu sprechen? In seiner Position konnte seine eigene Indiskretion verheerende Folgen haben.

Erst gegen Ende ihres Spaziergangs wurde Willa erwähnt. Als nämlich Georgy mit ihrem Scharfsinn ganz ruhig bemerkte: »Ich nehme an, Willa konnte nicht sehen, wohin sie ging, weil sie ihre Brille verloren hatte. Deshalb ist sie in den See gefallen.«

Als sie nach Hause kamen, war Kate bereits aufgestanden, angekleidet und bereitete Tee. Sie sah krank aus, ihr Gesicht war aufgedunsen, ihre Augen eingesunken und dunkel umrändert. Sie hantierte ungeschickt mit Tassen und Tellern und ließ sie geradezu gefährlich aneinanderklirren. Aber schließlich schaffte sie es doch. Von Ebba war keine Spur zu sehen.

»Grace, Sie sind ein Schatz, daß Sie die Kinder mit hinausgenommen haben. Sie sehen so viel besser aus. Ich konnte mich ausruhen und fühle mich jetzt auch besser. Unser Haushalt ist ein bißchen durcheinander. Peter ist noch immer kein bißchen gesund, aber er besteht darauf, wie gewöhnlich ins Büro zu gehen. Besonders jetzt.« Kate biß sich auf die Lippen und schien krampfhaft zu versuchen, Willa mit keinem Wort zu erwähnen. »Sie bleiben doch zum Tee, Grace?«

»Polsen will mich um fünf Uhr abholen. Habe ich noch Zeit?«

»Er kann doch mit uns Tee trinken. Wir haben ihn ja tatsächlich noch nicht richtig kennengelernt. Ich weiß, Peter würde sich freuen. Kinder, geht hinauf und wascht euch. Und habt ihr euch bei Grace auch für den schönen Spaziergang bedankt?«

Etwas mußte Polsen aufgehalten haben. Sie waren mit dem Tee fertig, die Uhr schlug sechs, und er war noch immer nicht gekommen. Peter kam heim und rief mit unnatürlich jovialer Stimme: »Hallo, Grace. Nett, daß Sie da sind.«

Seine Jovialität wurde allerdings durch sein müdes, überanstrengtes Aussehen Lügen gestraft. Er war noch immer erkältet und hatte eine geschwollene Nase und aufgedunsene Lippen. Flüchtig erinnerte er Grace an jemanden, aber sie kam nicht drauf, an wen.

»Diese Woche war die reinste Hölle«, sagte er. »Die Grippe, eine Unmenge Arbeit und jetzt noch Willa.«

»Ebba war hier«, sagte Kate mit ausdruckslosem Gesicht.

»Ich weiß. Sie kam auch ins Büro. Sie macht sich solche Vorwürfe. Wie wir alle.«

»Weshalb?« fragte Grace.

»Nun, weil wir Willas Geschichte so gutgläubig aufgenommen haben. Weil wir nicht versucht haben, mehr über diesen mysteriösen Gustav herauszubekommen . . .«

»Was hat das mit Ebba zu tun?« unterbrach Kate.

»Das gleiche wie mit uns allen. Wir waren Freunde. Es ist . . .«

»Still. Die Kinder. Sprich vor ihnen nicht darüber.«

»Kann ich telefonieren?« fragte Grace. »Ich frage mich langsam, was mit Polsen geschehen ist.«

»Sollte er Sie hier abholen? Ich nehme an, sein alter Wagen ist endgültig zusammengebrochen. Ist noch Tee da, Kate? Nein, bemühe dich nicht. Ich nehme Whisky.«

Niemand kam ans Telefon. Grace spielte mit dem Gedanken, Frue Lindström anzurufen, ließ es dann aber sein. Es bestand kein Grund dafür, eine große Sache daraus zu entwickeln, daß Polsen sich um eine Stunde verspätet hatte. Man mußte der alten Hexe keine Hoffnung auf eine neue Tragödie machen. Kein Grund auch, weshalb ihr Herz plötzlich so ängstlich zu schlagen anfing. Im nächsten Augenblick würde bestimmt die Türglocke schrillen.

Als jedoch eine weitere halbe Stunde vergangen war, wurde sie unruhig.

»Peter, würden Sie mich nach Hause bringen? Es macht Ihnen doch nichts aus, Kate?«

»Natürlich nicht. Aber wo ist Polsen? Er scheint nicht sehr zuverlässig zu sein.«

»Doch. Sie alle reden mir dauernd ein, daß ich nicht viel über ihn weiß. Zuverlässigkeit ist jedoch eine seiner hervorstechendsten Eigenschaften.«

»Das hat Willa auch von Gustav behauptet«, sagte Kate. »Wußten Sie das? Sie stand hier in diesem Zimmer, als sie das sagte. Nicht wahr, Peter?«

Peter stand auf und sagte brüsk: »Natürlich bringe ich Sie heim, Grace. Ich verstehe nicht, weshalb wir alle darüber nachgrübeln, warum der Bursche unpünktlich ist. Vielleicht hat er es einfach vergessen. Der zerstreute Professor, wie?«.

13

Es sei bestimmt ganz harmlos, sagte Frue Lindström. Herre Polsen sei um etwa vier Uhr angerufen worden und habe daraufhin das Haus verlassen. Frue Lindström hätte nicht einmal so viel gewußt, wenn sie nicht, wie gewöhnlich, herausgekommen wäre und ihn eben, als er aus dem Haus ging, erwischt hätte. Seit den letzten Ereignissen war sie nervös und legte immer nachts die Kette vor. Deshalb hatte sie sich erkundigt, um welche Zeit Herre Polsen zurückkommen werde. Er hatte ihr gesagt, er würde in einer Stunde wieder zurück sein, da er versprochen habe, Froken Asherton abzuholen und herzubrinen. Er konnte nicht weit gegangen sein, denn sein Wagen stehe noch draußen, wie man sich überzeugen könne. Wie spät war es jetzt? Sieben Uhr? Nun, man weiß ja, wie Männer sind, wenn sie ein paar Gläser getrunken haben.

»Ich komme mit Ihnen hinauf«, sagte Peter zu Grace. »Ich will mich davon überzeugen, daß alles in Ordnung ist.«

Als sie in Willas Wohnung kamen, war er es, der sich schüttelte.

»Ich weiß nicht, aber dieser Ort kommt mir einfach morbid vor. Sie sollten nicht hier bleiben.«

Grace breitete die Decke über den Vogelkäfig. Sie wußte, sie würde nicht einen Millimeter von hier weggehen, bevor Polsen zurück war. Er mußte jeden Augenblick kommen. Sie wollte etwas zu essen vorbereiten und eine Flasche Wein öffnen.

Es machte ihr nichts aus, allein zu sein oder zu warten. Sie war gewohnt zu warten.

»Auf Willa? Aber sie kommt nicht zurück«, sagte Peter geradeheraus.

Grace wandte sich nach ihm um. »Wollen Sie damit sagen, auch Polsen kommt nicht zurück? Einmal bestehen Sie darauf, daß Willas Tod Selbstmord war, im anderen Moment wollen Sie mir weismachen, irgend etwas Abscheuliches könnte sich an einem vollkommen normalen Nachmittag in Stockholm ereignen.«

Aber sie konnte es nicht verhindern, daß ihr Herz wie rasend zu schlagen begann.

»Seien Sie doch nicht vollkommen verrückt«, fuhr sie fort und versuchte, sich durch ihre eigenen Worte zu beruhigen.

»Ich nehme an, Polsen hat seinen Sohn getroffen. Er ist vollkommen vernarrt in diesen Jungen. Ich glaube, teils aus schlechtem Gewissen, teils aus Liebe. Ich meine, seine Ehe ist doch kaputtgegangen ...« Ihre Stimme schwand, als sie Peters Blick begegnete.

»Sie wollen doch wohl nicht andeuten, er habe auch wegen Willa ein schlechtes Gewissen«, fuhr sie ihn ungläubig an.

»Oder Willas zu erwartendem Kind?« sagte Peter obenhin. »Also gut, Grace, ich werde Sie jetzt verlassen, wenn Sie darauf bestehen. Aber Sie müssen Ihren Rückflug buchen, sobald die Polizei die Freigabe ... Ich meine, sobald wegen Willa alles geregelt ist. Das ist ein Befehl. Ansonsten werden Sie hier zur Persona non grata.«

Grace stand mucksmäuschenstill und lauschte auf Peters Schritte, die die Treppe hinabgingen. Sie glaubte ihn zu hassen, sein offenes, jungenhaftes englisches Gesicht, die ungeheuerlichen Gedanken, die sich langsam in ihrem Kopf drehten.

Der König mit zwei Königinnen ... Ein Mann, dessen erste Frau, oder die zweite, eine Belastung für ihn geworden war ...

Gegen zehn Uhr, nachdem Frue Lindström bereits zweimal gefragt hatte, ob bei Grace alles in Ordnung sei (was erwartete sie eigentlich?), und das Haus so still war, daß sie es kaum mehr ertragen konnte, griff Grace zum Telefon und rief die Polizei an.

»Aber ich weiß, er würde nicht verreisen, ohne mir etwas davon zu sagen«, erklärte sie. »Er sollte mich um fünf Uhr abholen. Seitdem sind mehr als fünf Stunden vergangen. Ja, er hat immer sein Wort gehalten. Für meine Begriffe war er sogar außergewöhnlich zuverlässig. Nur etwas ganz Ernstes könnte ihn so lange aufhalten.«

Man sagte ihr etwas unineressiert, daß man Nachforschungen anstellen würde. Vielleicht könne Frue Polsen ihnen irgend etwas sagen.

»Frue ...«, begann Grace und hielt dann inne. Polsens Frau war für sie niemals Wirklichkeit gewesen, bis jetzt.

»Bitte lassen Sie es mich wissen, wenn Sie irgend etwas herausgefunden haben«, bat sie.

Eine Stunde später telefonierte der Sergeant. »Kein Glück, Froken Asherton«, berichtete er. »Frue Polsen hat von ihrem Mann heute weder etwas gesehen noch gehört, und er war auch nicht auf der Universität. Aber einer seiner Studenten sah ihn heute nachmittag in der Altstadt.«

»Aber das war mit mir zusammen. Wir waren beim Essen.«

»Nein, später. Ungefähr um vier Uhr. Könnte er Ihres Wissens nach dort irgend jemanden besucht haben?«

»Nur Doktor Backe, aber der ist nach Kopenhagen gereist. Wir sahen, wie er wegging.«

»Kopenhagen, eh?«

»Es ist dort eine Konferenz. Zu der fuhr er hin.«

»Aha. Das könnte interessant sein.«

»Es ist Herre Polsen, nicht Doktor Backe, den ich finden will«, stellte Grace klar.

»Ja. Überlassen Sie das uns, Froken Asherton. Wir werden sie beide finden.«

Das klang ihr beinahe zu zungenfertig, wenn sie an Willa dachte. Niemand hatte ihr indessen gesagt, wie sie diese Nacht durchstehen sollte. Sicherlich würde Polsen nach

Hause kommen. Wenn nicht – aber wo sollte er sein, wenn er nicht heimkam, oder heimkommen konnte?

Grace kochte Tee, duschte, um sich zu erfrischen und die Zeit totzuschlagen, zog sich wieder an und ging ruhelos auf und ab. Einmal stieg sie zu Polsens Wohnung hinauf. Vielleicht war er ganz still hinaufgeschlichen, ohne daß sie es gehört hatte. Aber auch diese Wohnung war wie die ihre, erfüllt von der ihr schon vertrauten, beängstigenden Stille. Wo in aller Welt war Polsen?

In den frühen Morgenstunden begann der Wind wieder gegen die Fenster zu drücken. Der Klang traf ihre aufgewühlten Nerven wie eine Peitsche. Sie saß da, die Hände gegen die Schläfen gepreßt, zu angespannt, zu verzweifelt, um zu weinen. Es war die einsamste Nacht, die sie jemals verbracht hatte.

Ganz früh am Morgen rief die Polizei wieder an. Es hatte sich herausgestellt, daß Doktor Sven Backe weder einen Flug von Stockholm nach Kopenhagen noch sonstwohin gebucht hatte. War Grace sicher, daß ihre Information richtig war?

»Fragen Sie seine Sprechstundenhilfe«, sagte Grace mit vor Müdigkeit tonloser Stimme. »Haben Sie nichts über Herre Polsen erfahren?«

»Noch nicht. Es tut uns leid, Froken. Manchmal kommt ein Mann allerdings rechtzeitig zum Frühstück nach Hause.«

Grace knallte den Hörer auf die Gabel. Sie zitterte vor Wut auf diesen gefühllosen, stiernackigen und dickfelligen Polizisten.

Sie machte sich wieder Tee und trank ihn mit einem Gefühl der Hoffnungslosigkeit und Verzweiflung. Es war acht Uhr und noch immer dunkel. Was sollte sie den ganzen Tag beginnen? Was sollte sie tun, wenn Polsen nicht zurückkam?

»Grace! Grace!«

Das Flüstern von der Tür her erschreckte sie fast zu Tode. Sie hatte nicht bemerkt, daß sie die Tür unverschlossen gelassen hatte. Winifred Wright war gewiß die letzte Person, die sie um diese Zeit hier erwartete.

»Ich habe geklopft, aber Sie hörten nicht. Es tut mir leid, daß ich so hereinplatze, aber da ist etwas, was ich Ihnen erzählen muß. Wenigstens glaube ich, Sie sollten es wissen. Ich nehme an, Sie können nicht ein bißchen Kaffee machen? Ich bin einfach so von zu Hause weggerannt, ich fürchtete, ich könnte meine Meinung ändern, wenn ich warte. Gott weiß, es gehen so viele wilde Gerüchte um.«

Winifred war hochrot im Gesicht und sah etwas unordentlich aus, als ob sie ganz schnell in ihre Kleider geschlüpft wäre und sich nicht einmal frisiert hätte. Grace sträubte sich trotz ihrer Neugier instinktiv gegen die Mitteilung, die Winifred so eilig loswerden wollte.

Sie ging in die Küche, um den Kaffee aufzubrühen, und sagte über die Schulter hinweg: »Ist es wegen Willa? Oder wegen Polsen?«

»Polsen? Was hat er damit zu tun?«

»Er ist letzte Nacht nicht nach Hause gekommen. Ich mache mir seinetwegen Sorgen.« Sie lachte trocken. »Sorgen ist wohl kaum das richtige Wort. Ich bin beinahe wahnsinnig.« Winifred kam an die Küchentür. Ihr großes, faltiges und plumpes Gesicht war jetzt ein einziges Erstaunen.

»Sagt er Ihnen für gewöhnlich, wohin er geht?«

»Seit neuestem, ja. Wir...« Graces Stimme schwand vor Erregung. »Zum Teufel, ist hier irgendwo ein böser Geist? Alle verschwinden!«

»Sie sind nervös. Erst das lange Warten auf Willa, und dann...«

»Polsen ist nicht im See!« sagte Grace heftig. »Glauben Sie bloß das nicht.«

»Guter Gott, nein. Wer hätte wohl die Kraft, ihn zu ertränken!«

Die häßlichen Worte waren draußen, bevor Winifred stoppen konnte. Sie sagte schnell: »Ich meinte das nicht so, Grace. Es ist sicher alles in Ordnung. Er wird jeden Augenblick zurückkommen. Oh, der Kaffee riecht aber gut. Nein, es ist etwas über Willa, was ich Ihnen sagen wollte. Sie wissen doch, daß sie einen antiken Ring trug, ein enormes Ding, viel zu groß für ihre Hand.«

»Ja, die Polizei hat ihn mir gezeigt.« Zusammen mit dem kleinen Häufchen zerknüllter Kleider, den mit Wasser vollgesogenen Schuhen, der goldenen Uhr, die ein Geschenk zum einundzwanzigsten Geburtstag gewesen war, und dem Armband mit den klimpernden Glücksbringern. Der Ring mit dem dunkelblauen Stein und der verschlungenen Fassung wirkte mittelalterlich, so, als ob der Geber ihn aus dem Familienschmuck ausgewählt hätte.

»Was hat er für eine Bedeutung?« fragte sie.

»Es war kein Verlobungsring, obwohl Willa ihn als solchen ausgab. Ich glaube nicht, daß Gustav ihr jemals irgend etwas gegeben hat, so mußte sie halt schwindeln.«

Grace starrte sie an. »Aber wer gab ihn ihr dann? Wissen Sie es?«

»Ich glaube schon. Ich glaube, es war Peter Sinclair.«

»Peter!«

»Und ich glaube, Kate weiß das. Deshalb ist sie in einer solchen Verfassung.«

»Peter!« Grace atmete schwer. »Aber warum? Sie glauben doch nicht, er hatte etwas mit ihr?«

»Ich würde es für äußerst unwahrscheinlich halten. Erstens ist er zu ehrgeizig. Er hätte nicht seine Karriere aufs Spiel gesetzt für ein Verhältnis mit seiner Sekretärin. Zweitens war sie wirklich nicht sein Typ. Sie brachte ihn zur Weißglut. Er war drauf und dran, sie in eine andere Abteilung versetzen zu lassen.«

»Aber sie war immer bei den Sinclairs zu Hause.«

»Kate mochte sie. Willa war fröhlich und amüsant und verstand sich gut mit den Kindern. Als sie nach Stockholm kam, war sie schon ein bißchen scharf auf Peter, aber niemand nahm das ernst, denn sie flirtete mit jedem Mann, der in ihren Gesichtskreis kam.«

Warum in aller Welt gab er ihr dann einen Ring, noch dazu einen so teuren!«

»Ich kenne nur Willas Geschichte. Bei der Abschiedsparty, die wir für sie gaben, traf ich sie weinend in der Damentoilette. Sie hatte zuviel getrunken. Sie versuchte, ihr Gesicht wieder in Ordnung zu bringen, und hatte den Ring auf die Waschmuschel gelegt. Ich nahm ihn und sagte: ›Gustav würde sich bestimmt nicht darüber freuen, wenn Sie den verlieren.‹ Sie nahm den Ring und sagte, daß sie sich eigentlich nichts Besonderes daraus mache und ihn nur trage, um Peters Gefühle nicht zu verletzen.«

»Sie war betrunken, sie hat sich versprochen.«

»Nein, denn sie merkte, was sie gesagt hatte, und erschrak furchtbar. Sie bat mich, niemandem etwas davon zu erzählen. Die Wahrheit war, daß Gustav ihr keinen Ring gegeben hatte, er würde es erst tun, wenn sie verheiratet seien. Aber sie wollte nicht, daß die Leute glaubten, er sei geizig, deshalb gab sie vor, der Ring sei von ihm. Sie hatte ihn bei einem Juwelier gesehen und ihn sich so sehr gewünscht, daß Peter ihn ihr gekauft hatte. Er sagte, es solle ein Geschenk dafür sein, daß sie so oft auf die Kinder aufgepaßt habe. Sie solle nur Kate nichts davon sagen. Er hatte nichts dagegen, daß sie den Ring als Verlobungsring ausgab – natürlich nur in Botschaftskreisen.«

»Was für eine ungewöhnliche Geschichte!« sagte Grace. »Ich kann das einfach nicht glauben.«

»Ich auch nicht, um die Wahrheit zu sagen. Ich weiß noch immer nicht, was Tatsache ist und was nicht, denn Willa war wirklich ziemlich betrunken in jener Nacht, und sie konnte schon immer gut Geschichten erfinden.«

»Aber wenn sie sich den Ring so sehr gewünscht hatte, weshalb sagte sie dann, sie hasse ihn?«

»Das weiß der Himmel. Möglicherweise, weil sie sich insgeheim Diamanten wünschte.«

Grace nickte. Das war möglich. Willa hatte schon immer die Angewohnheit, sich von ganzem Herzen etwas zu wünschen, und wenn sie es dann bekommen hatte, wollte sie etwas Besseres.

»Und Kate kennt diese Geschichte?«

»Ich bin nicht sicher. Sie ahnte sie vielleicht bloß. Sie hat nicht besonders viel Selbstvertrauen. Ich habe beobachtet, daß sie neulich Ebba von Sturpe ansah, als ob sie ihr nicht trauen würde.«

Und mit Recht, wenn sie den Kuß mit angesehen hatte, von dem Georgy erzählte. Arme Kate. Peter schien ein ziemlicher Schürzenjäger zu sein. Wenn er tatsächlich so ehrgeizig war und so hinter seiner Karriere her, sollte er etwas vorsichtiger sein.

Aber diese seltsame Geschichte mit dem Ring! Er mußte Willas Hand hinabgezogen haben, als sie in den See sank. Was hatte das alles zu bedeuten? Und weshalb war Polsen nicht da, um es ihr zu erklären?

»Macht das die Dinge irgendwie klarer?« fragte Winifred.

»So klar wie dicke Tinte«, antwortete Grace hoffnungslos.

»Werden Sie das der Polizei sagen?«

»Ich bin nicht sicher. Wie wichtig ist es? Ich möchte Kate nicht weh tun. Und den Kindern. Sie ahnen ohnehin schon viel zuviel. Ich muß darüber nachdenken. Trotzdem vielen Dank, Winifred. Danke, daß Sie gekommen sind. Ich werde vollkommen verrückt, wenn ich allein bin.«

Sitz nicht herum und grüble, sagte Grace zu sich selbst, als Winifred gegangen war. Tu etwas! Ruf Peter an und versuche, etwas über diesen Ring zu erfahren. Frage bei der Polizei an, ob sie irgendwelche Spuren von Polsen haben. Lieber Gott, laß ihm nichts geschehen sein! Schau, ob diese liebeskranke Schwester in der Praxis von Doktor Backe ist, und nimm sie wegen der Konferenz ins Gebet.

Es gab eine Menge wichtiger Dinge zu tun. Eine blasse Sonne war aufgegangen, der Kanarienvogel begann zu zwitschern und schickte sich an, seinen vollen Gesang ertönen zu lassen. Polsen würde sagen, dies sei ein Tag wie jeder andere, nicht das Ende der Welt. Nun, eben das mußte sie herausfinden.

Peters Stimme klang überrascht, dann ausgesprochen vorsichtig. Oder bildete sie sich das nur ein?

»Dieser Lapislazuli-Ring? Was für eine Geschichte haben Sie da gehört? Nein, sagen Sie nichts. Das können wir nicht am Telefon besprechen. Ich komme zu Ihnen. Nennen Sie mir eine Zeit. Ich muß erst meinen Schreibtisch ein bißchen aufräumen. Da sieht's aus, als ob die Wandalen gehaust hätten. Okay?«

Er legte ziemlich unvermittelt auf. Grace war mit dem ersten Resultat recht zufrieden. Wenigstens rührte sich etwas. Nun zu der liebeskranken Schwester.

Diese Unterhaltung ließ sich nicht so gut an. Sie hatte einige Schwierigkeiten, dem Mädchen begreiflich zu machen, wer sie war, und erst als sie Willas Namen erwähnte, hörte sie am anderen Ende der Leitung so etwas wie ein Aufseufzen. Nach einer langen Pause fragte das Mädchen: »Was möchten Sie wissen?«

»Ich wollte eigentlich Doktor Backe aufsuchen, aber wie ich höre, ist er in Kopenhagen.«

»Ja.«

»Ist er geflogen?«

»Das weiß ich nicht. Sein Auto ist fort. Er könnte nach Malmö gefahren sein.«

»Sagte er, wann er wieder zurückkommt?«

»Nein. Ich glaube in einer Woche – aber tatsächlich . . .«

»Tatsächlich was?«

»Ich mache mir Sorgen. Er hat einiges mitgenommen. Zum Beispiel sein Mikroskop. Als ob . . .«

»Als ob er nicht zurückkommen würde?« half Grace nach. Sie hörte unterdrücktes Schluchzen. »Das fürchte ich auch. Denn vor einiger Zeit – nein, ich darf darüber nicht reden. Aber gestern, nachdem er sich von mir verabschiedet und mich nach Hause geschickt hatte, kam er nochmals zurück.«

»Sie waren nicht nach Hause gegangen?«

Sie erinnerte sich deutlich an die dünne Gestalt mit den rotverweinten Augen, die so plötzlich kehrtgemacht hatte und wieder zu dem Haus mit dem Drachen-Türklopfer zurückgelaufen war.

»Nein, ich war ziemlich erregt. Ich wollte lieber den ganzen Nachmittag arbeiten. Da waren Rechnungen . . .« Die Stimme verlor sich in Schluchzen.

»So hörten Sie, wie Doktor Backe zurückkahm?«

»Ja. Da ich noch nicht fortgegangen war, bat er mich, ein Telefongespräch für ihn zu erledigen. Ich rief Herre Polsen an. Dann wartete Doktor Backe, und Herre Polsen kam, und . . .«

Es gelang Grace, ruhig zu sagen: »Und weiter.«

»Sie gingen die Treppe hinauf. Nach einer Weile kamen der Baron und die Baronin von Sturpe und gingen ebenfalls hinauf. Dann gingen sie alle zusammen fort.«

»Auch Polsen?«

»Ja. Ich sah am Ende der Straße ein weißes Auto stehen. Es gibt in Stockholm nicht viele weiße Mercedes.«

Polsen, du Idiot, du hast dich in eine Falle locken lassen! Um Gottes willen, was haben sie mit dir gemacht?

»Danke«, sagte Grace schnell. »Sie waren mir eine große Hilfe.«

Das Mädchen heulte wieder.

»Froken Asherton, glauben Sie, er wird zurückkommen?«

»Doktor Backe? Warum nicht? Da er doch nur zu einer Konferenz gefahren ist.«

»Aber es ist da noch etwas anderes. Das müssen Sie doch wissen.«

Sie hatte keine Zeit, sich mit der armen Haut, deren Herz gebrochen schien, darüber zu unterhalten, ob Sven zurückkommen würde oder nicht. Sie mußte ganz dringend die Polizei anrufen.

Seltsamerweise wollten die sich eben auch mit ihr in Verbindung setzen. Sie glaubten, das Häuschen entdeckt zu haben, wo Willa Bedford ihre letzten Tage verbracht hatte. Grace sollte ihnen helfen, einige Sachen zu identifizieren, die sie dort gefunden hatten. Sie baten sie, sofort mitzukommen. Es sei nur eine Stunde bis dahin. Ob sie in zehn Minuten fertig sein könne? Sie könnten dann im Auto weitersprechen.

Endlich war das untätige Warten vorbei. Grace holte in aller Eile ihre Ausgehsachen zusammen, einen warmen Mantel, Schal und Pelzmütze. Es würde kalt sein, trotz der bläßlichen Sonne. Sie dachte noch daran, eine Notiz für Peter zu hinterlassen. Die Ringgeschichte konnte warten. Vielleicht würde sie sich ohnehin erübrigt haben, war sie erst wieder zurück. Sie war so sicher, obwohl sie dafür keinerlei Anhaltspunkte hatte, daß Polsen dieses Häuschen als erster entdeckt hatte und dort auf sie wartete.

Was Polsen betraf, hatte sie sich geirrt, nicht aber in der Annahme, daß das Häuschen, dem sie entgegenrasten, dasjenige der Sinclairs war, denn in diesem seltsamen Spiel ging man immer wieder auf den gleichen Pfaden. Da stand es, auf der kleinen Lichtung, und der Wald erschien dunkler als je zuvor, da sich düstere Wolken bis tief herab gesenkt hatten. Es wirkte so vertraut, beinahe wie zu Hause, so mußte es auch auf Willa gewirkt haben, obwohl ihr der Regen auf die Nerven ging.

»Sie waren schon einmal hier?« fragte der Kommissar.

»Ja. Woher wissen Sie das?«

»Sie scheinen nicht überrascht zu sein.«

»Mich überrascht gar nichts mehr.«

Sie hatte der Polizei noch nichts von dem Ring erzählt, den Peter Willa gegeben hatte. Das konnte warten. Statt dessen hatte sie Wort für Wort ihre Unterhaltung mit dem Mädchen aus Doktor Backes Praxis wiedergegeben. Nachdem sie ihr stillschweigend zugehört hatten, gab einer der Polizisten einige unverständliche Anweisungen per Funk an die Zentrale. Ein wenig später kam die Antwort. Das einzige Wort, das Grace verstehen konnte, war Gothenburg. Glaubten sie, Polsen sei dort?

Sie fragte und erhielt zur Antwort, nein, das sei eine andere Angelegenheit. Aber um nichts weniger interessant.

So stieg wieder die Hoffnung in ihr hoch, Polsen sei doch in dem Häuschen.

Natürlich war er nicht dort. Es war leer und still und erfüllt von einem seltsamen Geruch. Grace rümpfte die Nase. »Riecht nach etwas Verbranntem. Wolle?«

»Richtig, Froken. Sie würden eine gute Detektivin abgeben.«

Der Herd war saubergefegt, zu sauber. Aber auf einem Blatt Papier lag ein Häufchen sorgfältig zusammengekehrter Asche. Und auf dem Fußboden stand ein völlig von Schlamm verkrusteter Koffer.

Einer der Polizisten öffnete ihn, und Graces Hand fuhr zum Mund. Er war voller Frauenkleider, und auch wenn sie nicht eine gelbgestreifte Bluse erkannt hätte, die sie gelegentlich an Willa gesehen hatte, konnte sie nur zu genau erraten, wem diese verlorenen Kleidungsstücke gehörten.

»Die schuldige Person«, wurde sie von dem Polizisten in geschraubtem Amtsenglisch belehrt, »hatte angefangen, Froken Bedfords Kleider zu verbrennen. Aber das dauerte zu lange. Wolle, zum Beispiel, ist sehr schwierig zu verbrennen. Deshalb grub sie ein Loch neben dem Holzstoß und vergrub dort diesen Koffer und die halbverbrannten Kleidungsstücke. Dann schichtete sie das Holz über die Stelle und hoffte auf Schnee.«

Weshalb auf Schnee?«

»Wenn diese Dinge da unter einem halben Meter Schnee vergraben worden wären, hätten wir sie nicht vor dem Frühjahr gefunden. Im Frühjahr allerdings hätten wir nicht mehr danach gesucht. Es war für den Verdächtigen ein rechtes Unglück, daß es noch nicht zu schneien begonnen hat.«

Es war schrecklich kalt hier drinnen, muffig und kalt.

»Jetzt ist es also Mord.«

»Ja.«

»Wie entsetzlich«, flüsterte Grace. Nach einer kleinen Weile sagte sie scharf: »Was soll ich hier? Habe ich Willas Sachen nicht schon genug identifiziert?«

»Können Sie die hier identifizieren?«

»Einige davon«, sagte sie.

»Gut.« Der Mann schloß den Koffer wieder. Dann sagte er ganz unerwartet: »Das Tagebuch. Sie sagten, Sie haben es im Vogelkäfig gefunden. Ihre Kusine war recht erfinderisch, was ihre Verstecke anbelangt. Hier zum Beispiel versteckte sie noch ein Tagebuch, was der Aufmerksamkeit der Person entging, die glaubte, alle Spuren verwischt zu haben. Wir fanden es hinter der Uhr. So einfach, nicht wahr?«

Grace sah das kleine schweinslederne Taschentagebuch fasziniert an.

»Was steht drin? Noch mehr Rätsel?«

»Rätsel?« Der Kommissar, der in seinem Bemühen, Englisch zu verstehen, und mit seinen ernsten Augen recht liebenswert wirkte, schien das Wort nicht zu kennen. »Wir wissen nicht, was drin steht. Wir möchten, daß Sie es für uns lesen. Die Schrift ist sehr klein und schwer zu entziffern, aber Sie kennen ja die Schrift Ihrer Kusine.«

Grace blickte auf die krakelige Schrift auf den kleinen Tagebuchseiten. Ihr Herz schlug wieder bis zum Hals. Was war das? Wieder verschlüsselte Hinweise?

Es schien ein richtiges Tagebuch zu sein mit Eintragungen unter dem richtigen Datum. Aber die Eintragungen wurden länger und länger, sie zogen sich über mehrere Tage hin. Die Schrift war so gedrängt, beinahe unleserlich. Der letzte Satz unvollendet. Willa mußte unterbrochen worden sein. Sie mußte zu dieser Zeit Angst gehabt haben vor demjenigen, der sie unterbrochen hatte. Aber sie hatte noch die Zeit gefunden, das Tagebuch hinter der Uhr zu verstecken. Es war ihr letzter, verzweifelter Hilferuf gewesen.

»Setzen Sie sich, Froken«, sagte der Kommissar. »Und bitte, sprechen Sie langsam, so daß ich mir Notizen machen kann.«

Grace gehorchte, sie beugte sich über das kleine Buch und las mit belegter Stimme.

3. Oktober. Peter wartete auf mich am Bahnhof wie vereinbart. Eine gute Idee, die neugierige Frue Lindström und

alle anderen in dem Glauben zu lassen, ich würde mit dem Zug wegfahren. Wir setzten uns ins Auto und fuhren sehr schnell. Sehr glücklich. Wir lachten die ganze Zeit. Ich fragte mich, ob ich ein bißchen verrückt gewesen bin, Grace diesen Brief zu schreiben. Aber wenn ich an Bill denke, glaube ich doch, es war nicht schlecht, ein bißchen vorsichtig zu sein. Ist es schlimm, daß ich Peter noch immer liebe?

5. Oktober. Zwei Tage voller Seligkeit. Peter ist angeblich auf einer Elchjagd gewesen. Aber jetzt ist er wieder nach Stockholm zurückgefahren, und ich fühle mich ein wenig elend. Es ist diese frühe Dunkelheit und das ewige Rauschen des Waldes. Da muß ich immer an Bill denken. Um die Zeit totzuschlagen, werde ich also niederschreiben, was mich hierhergeführt hat.

Warum vertrauen sich mir die Männer eigentlich immer wieder an? Bill sagte, ich sei sympathisch. Armer Teufel. Er machte sich schreckliche Sorgen und war ziemlich betrunken. Man stelle sich vor, er sagte mir, er solle von einem russischen Agenten geschnappt werden, weil die Russen diese pornographischen Fotografien haben. Bill hatte einen schwedischen Freund. Man hätte niemals vermutet, daß er von dieser Sorte sei. Ich wette, der Botschafter weiß es nicht. Natürlich mußten sie seinen Tod als Unglücksfall ausgeben, aber ich weiß, daß es Selbstmord war. Ich mußte so viel daran denken, daß ich Peter darüber berichtete, aber er befahl mir, den Mund zu halten. Es sollte keinen Skandal geben. Ich sah das natürlich ein. Ich sah auch ein, daß Peter und ich diskret sein müssen. Wir verliebten uns ineinander in der Woche nach Bills Tod, an jenem heißen Sommertag unten am See, als ich Peter Bills Geschichte erzählte. Ich habe Peter von Anfang an bewundert, aber ich wußte nicht, daß es ihm genauso ging. Er sagte, er sei schon seit langer Zeit mit Kate nicht mehr glücklich, aber ich müsse ihm Zeit lassen, das in Ordnung zu bringen. Es ist nicht fair, daß jemand ihn unglücklich macht, denn er ist so wunderbar, wenn er glücklich ist.

Bald nachdem wir um unsere Liebe wußten, überredete er mich, aus Winifreds Wohnung auszuziehen und ein eigenes Apartment zu nehmen, das er für mich ausgesucht hatte. Alles war einfach wunderbar, wir hatten eine herrliche Zeit, bis ich schwanger wurde.

Ehrlich, das war nicht beabsichtigt, ich mache keine solchen Tricks. Aber als ich wegen meines Zustandes sicher war, wollte ich auch nicht auf Peters Vorschlag hören, mir das Kind nehmen zu lassen. Ich wollte nicht nochmals zur Mörderin werden. Ich erzählte ihm, daß ich nach meiner ersten Abtreibung beinahe gestorben wäre. Diesmal wollte ich mein Baby haben. Ich wollte es vor allem auch, weil es seines war. Wir fuhren zum Häuschen hinaus, und dort diskutierten wir den ganzen Tag. Ich würde keinen Zoll weichen. Es tat mir leid wegen Peter, denn das würde seine Karriere erschweren, aber daran hätte er früher denken sollen. Ich war entschlossen, mein Baby zu behalten – und ihn auch. Er sagt, ich sei starrsinnig. Das stimmt, aber ich habe gelernt, um Dinge zu kämpfen.

Jedenfalls war das der Tag, an dem das Schreckliche, das Verheerende geschah. Peter ging hinaus, um neues Holz für das Feuer zu holen, ich wollte eine Zigarette haben und nahm mir sein silbernes Zigarettenetui aus seinem Jackett, das er auf dem Bett hatte liegenlassen. Ich hatte das Etui vorher noch nie benützt, so daß ich erst jetzt aus Versehen den Verschluß betätigt, der ein kleines Geheimfach öffnete. Natürlich sah ich hinein, ich bin genauso neugierig wie Frue Lindström. Und ich fand ein hauchdünnes Stück Papier mit kurzgefaßten Berichten über einige Leute der Botschaft. Dinge wie ›Schwäche für blaue Filme‹ oder ›Schwierigkeiten mit Frauen‹ waren unterstrichen.

Zuerst konnte ich es nicht glauben. Es konnte einfach nicht Peter sein, der den Russen etwas über Bill Jordan erzählt hatte. Aber es mußte wohl so sein. Mein Peter! Ich liebe diesen Mann wirklich. Sogar mit diesem Wissen liebe ich ihn noch. Man kann Gefühle nicht einfach abstreifen.

Auch Melinda Maclean folgte ihrem Mann. Und später heiratete sie einen anderen Spion, Philby.

War Peter ein Spion? Ich wollte es gar nicht wissen. Alles, was ich wußte, war, daß ich hier in meinen Händen das Mittel hielt, um Peter zu zwingen, mich zu heiraten. Und ich, ich wollte es nutzen, das wußte ich. Mein Baby braucht einen legitimen Vater.

Bin ich schlecht? So schlecht wie Peter, der Bill betrogen hat? Aber ich bin wirklich verrückt nach ihm. Wenn er mich zum Bett trägt, kann ich an nichts anderes mehr auf der ganzen Welt denken. Er ist ein Mann, ich bin eine Frau, alles andere ist unwichtig. Kommunisten, Antikommunisten, was ist das? Nur wenn ich hier im Halbdunkel sitze und auf das Rauschen des Waldes höre, frage ich mich, wie lange es dauern kann, bis er Kate und die Kinder nach England zurückschickt (wohin sie ja sowieso wollen) und seine Entlassung eingereicht hat. (Wir haben vor, nach Deutschland zu gehen, vielleicht nach München. Peter spricht perfekt Deutsch und wird dort schon eine Stelle finden.)

Aber zurück zu jenem Abend. Er war schrecklich. Wir tranken eine Menge Schnaps, und ich weinte. Peter sagte, er liebe mich natürlich, aber das sei alles verrückt, ich steigere mich da in etwas hinein, diese Notizen seien völlig harmlos. Trotzdem wich ich keinen Zoll von meiner Einstellung. Tatsächlich hatte ich mit Bill gesprochen, und von diesem Haus aus war er hinausgegangen und hatte sich erschossen. Ich möchte den Ort am liebsten nie mehr wiedersehen, und ich hasse es, hier allein zu sein.

Peter erkannte, daß ihm diese Geschichte, auch wenn sie mir niemand glauben würde, in der Botschaft zumindest eine Menge Ärger bringen würde. So willigte er endlich ein. Wir würden heiraten, sobald er geschieden sei. Noch in dieser Nacht fuhren wir nach Stockholm zurück, ich gab bekannt, ich sei mit einem Schweden verlobt. Wir mußten dem Mann irgendeinen Namen geben und entschieden uns für Gustav, wie ich ihn seit jenem Tag in Schloß Gripsholm immer genannt hatte.

Er kaufte mir einen Ring, diesen großartigen Lapislazuli, den ich so bewunderte. Ich zeigte ihn überall herum und gab eine Party und lud alle dazu ein, sogar diesen kaltäugigen Axel. Und Peter flirtete zuviel mit Ebba, um die Leute von uns abzulenken. Kate war eifersüchtig. Ich auch, obwohl ich es nicht zugeben durfte.

Und so kommt es, daß ich jetzt hier im Dunkeln sitze und vor mich hin grüble. Da Peter recht schlecht war (obwohl er noch immer nicht zugibt, etwas Falsches getan zu haben), nehme ich an, daß auch ich dafür bezahlen muß. Eben dadurch, einsam und verlassen zu sein. Und ein bißchen Angst zu haben. Immerhin unterstützte ich seine Missetat. Bill ist seinetwegen tot. O Hölle, weshalb muß ich ausgerechnet *hier* sein?

16. Oktober. Gott sei Dank, Peter kam an diesem Wochenende zurück. Er sagte, Grace sei in Stockholm und gehe allen auf die Nerven. (Weshalb bloß habe ich ihr diesen Brief geschrieben? Aber ich kann mir jetzt nicht helfen, ich bin doch recht froh darüber, denn vielleicht brauche ich einen Rettungsanker.) Peter konnte nicht lange bleiben. Er hatte niemandem gesagt, daß er hierherkommt. Aber ich solle mich darüber freuen, daß Ebba und Jacob von Sturpe die ganze Geschichte nun kennen und ungewöhnliches Verständnis zeigen. Ich solle für eine Weile zu ihnen kommen. Solange ich verspreche, mich von niemandem sehen zu lassen.

Wieso konnte er es wagen, Ebba und Jacob davon zu erzählen? Doch nur, weil sie ebenfalls in diesem Komplott mit den Russen drin sind?

Jetzt bin ich froh, daß Grace hier ist. Das gibt mir eine gewisse Sicherheit. Und ein Tapetenwechsel, wie Peter sagte, wird mir nur guttun, obwohl Ebba nicht gerade meine Freundin ist.

18. Oktober. Bei Ebba, aber im Dachgeschoß! Sie hat mich gebeten, niemals herunterzukommen, wenn jemand da ist. Ich war entsetzt, als ich entdeckte, daß man mich eingeschlossen hatte.

Ich rüttelte an der Tür, bis Ebba kam und mir bedeutete, ich solle nicht verrückt spielen. Das sei alles zu meiner Sicherheit, nicht zu ihrer eigenen. Wieso muß man eine so geheime Affäre daraus machen, schwanger zu sein und darauf zu warten, daß der Geliebte geschieden ist? Ich habe immer geglaubt, die Schweden kümmern sich einen Dreck um solche Dinge. Natürlich läuft alles immer wieder darauf hinaus, daß es an der Botschaft keinen Skandal geben darf. Soll sie der Kuckuck holen! Ich sitze hier wie ein Trauerkloß und sterbe allmählich vor Langeweile.

20. Oktober. Ebba und Peter haben mich gebeten, an Grace zu schreiben. Sie wird allmählich lästig, ich muß sie beruhigen. Insgeheim habe ich meine diebische Freude daran, meinen Geheimnamen unter den Brief zu setzen, den nur Grace versteht. Jetzt wird sie noch mehr Fragen als vorher stellen. Hörte, sie habe meine Sonnenbrille gefunden, die ich verloren hatte, als ich im Häuschen war. Ich hätte sie auch selbst finden können, wenn ich mich darum gekümmert hätte .Aber was soll's! Das ist doch jetzt alles unwichtig. Ebenso unwichtig wie mein Haar, das jetzt, da die Farbe allmählich herausgeht, einfach scheußlich aussieht. Wenn Peter nicht aufpaßt, werde ich bald damit aufhören, mich für ihn schön zu machen. Das ist wohl die abscheulichste Behandlung, die jemals einer Braut zuteil wurde.

21. Oktober. Ich habe eine schreckliche Ahnung. Peter hat nicht damit aufgehört, dieser mysteriösen Person Informationen zu geben, und ich bin jetzt ganz sicher, auch Ebba und Jacob stecken mit in der Geschichte. Deshalb war es sicherer, mich hierherzubringen. Ich fange an, Ebba zu hassen. Sie war schon immer kalt. Jetzt kommt sie mir vor wie eine weiße Schlange, wenn sie ihren langen Hals dreht und wendet. Jacob ist nur ihr Werkzeug, ein dummer, verliebter alter Mann. Ich bin es müde, immer allein zu essen, wenn sie sich unterhalten. Eines Tages werde ich einfach schreien. Das wird die Gäste aufschrecken. Aber wenn ich

irgend etwas Dummes mache, werde ich Peter verlieren. Ich muß einfach geduldig sein.

22. Oktober. Ich könnte schwören, daß ich heute Axel Morgenssons Stimme unten gehört habe. Ist er auch mit von der Partie? Ich mußte auf einen Stuhl steigen, um aus diesem verdammten Fenster sehen zu können. Indem ich mir fast den Kopf ausrenkte, gelang es mir zu sehen, wer das Haus verließ. Axel und Sven Backe. Deshalb also wollte Sven von mir nicht wegen Bill Jordans Tod ausgefragt werden! Jetzt bin ich froh darüber, daß ich all diese Namen in den Notizen niedergeschrieben habe, die ich für Grace hinterließ. Damals hatte ich nur eine unbestimmte Ahnung, jetzt bin ich sicher, daß ich recht hatte. Oh, Gott, wann werde ich hier herauskommen und einen Ehering an meinem Finger haben?

23. Oktober. Ebba kommt herein und lächelt und sagt: ›Liebes Kind, haben Sie Geduld. Wir wollen Ihnen helfen. Wenn Sie irgend etwas Dummes anstellen, wird es auf Peter zurückfallen, das wissen Sie doch.‹ Was könnte ich schon Dummes anstellen, außer aus dem Fenster springen?

Sie hat mir Wolle gegeben, um Babysachen zu stricken. Und dabei weiß ich, daß sie mein Baby am liebsten erwürgen würde.

24. Oktober. Das war heute ein Ding – Ebba hat vergessen, die Tür abzuschließen, und so schlich ich mich hinunter und rief Peter an. Nicht im Büro, zu Hause. Georgy kam an den Apparat und verstand nicht, was ich wollte, aber sie würde ihrem Vater sagen, daß er mich holen soll. Bestimmt wird er mich holen. Ebba erwischte mich und war wütend. Sie sagte, das sei das Ende, ich verdiene ihr Vertrauen nicht, und ab jetzt dürfe ich nicht einmal mehr mit ihnen essen, wenn sie und Jacob allein seien. Ich kann nicht gerade behaupten, daß das eine große Strafe für mich ist. Außer, daß ich verrückt werde, wenn ich immer allein bin. Was hat Peter bloß vor?

26. Oktober. Peter kommt und holt mich, hurra, hurra! Ebba hat es mir gerade gesagt. Axel war heute auch da, er

kam gerade von einer Reise zurück. War es seine Idee, daß Peter mich hier wegbringen soll? Jetzt erinnere ich mich, daß er es war, der Peter von der leeren Wohnung in Frue Lindströms Haus erzählt hatte. Das war kurz nachdem ich bei Sven gewesen bin und ihn wegen Bill Jordan ausgequetscht hatte. Ich glaube, Axel wollte mich unter Kontrolle haben. Ist er derjenige, dem Peter all diese Dinge berichtet? Oh, Gott, ist das eine dreckige Geschichte!

27. Oktober. Wieder am alten Ort. Peter ist kalt und unfreundlich. Er will nicht mehr übers Heiraten sprechen. Ich glaube nicht, daß er auch nur ein Wort darüber zu Kate gesagt hat. Jetzt ist er draußen, um Feuerholz zu holen. Wenn er erwartet, wie üblich einen gemütlichen Abend am Feuer mit einer Flasche Schnaps vor sich zu haben und dann wieder nach Stockholm zurückzufahren, um mich hier allein zu lassen, hat er sich geirrt. Sollte das ein Witz sein, als er von einer Seereise auf Axels Schiff sprach? Das geht doch zur Antarktis. All diese Eisberge. Es kann sich wohl kaum um eine Vergnügungsreise handeln. Ich werde dieses Ansinnen ganz höflich ablehnen. Höflich! Peter hat mich noch nicht erlebt, wenn ich wirklich wütend bin. Das soll er heute abend erfahren, und wenn es ihm nicht paßt . . .

Das war das Ende. Da hatte sie Peter zurückkommen hören und gerade noch Zeit gefunden, das kleine Buch hinter der Uhr zu verstecken. Grace fühlte sich kalt bis ins innerste Mark.

»Willa war also die Fracht, auf die Axel wartete«, sagte sie. »Sie sollte an jenem Tag ›verladen‹ werden, an dem Jacob, Sven und Peter angeblich auf Elchjagd gingen. Aber sie entdeckten, daß sie fort war. Peter muß irgendein Ding gedreht haben, denn nur er allein wußte genau, wo sie sich befand. Er war ja gut in solchen Dingen.«

»Ja. Ich stellte mir vor, Herre Sinclairs Freunde waren böse auf ihn, daß er ihnen die Geschichte verdorben hatte. Er war nicht auf den Widerstand der jungen Dame gefaßt gewesen.«

»Sie fiel in den See statt ins Meer bei den Eisbergen. Aber wieso ließ sie sich dazu überreden, zum See hinunterzugehen?«

»Da war die leere Schnapsflasche, und die junge Dame dürfte wohl ein wenig hilflos gewesen sein aufgrund des Alkohols. Sie wurde hinuntergetragen und in ein Ruderboot gesetzt und zu einer tiefen Stelle im See hinausgerudert. Einen Drink, Froken?«

Grace hob ihr starres Gesicht.

»Nein, machen Sie sich keine Sorgen, mir fehlt nichts.«

Der Kommissar sprach ruhig, vielleicht sogar ein wenig geringschätzig über die Angelegenheit: »Es ist eine sehr unbedeutende Affäre, verglichen mit dem, was zum Beispiel in Berlin geschehen mag. Die Baronin von Sturpe kommt aus Ostdeutschland, wie Sie vielleicht wissen. Sie ist eine sehr unerfreuliche Erscheinung, und wir wissen nun, daß sie eine Menge Leute für ihre Zwecke eingespannt hat, einschließlich ihres eigenen Mannes, der zwar schwach, aber im Grunde anständig ist. Sie übt eine fatale Macht über die Männer aus, auch über Herre Sinclair, der bereit war, ihretwegen seine Kollegen zu verraten. Und wegen des Geldes natürlich auch. Er ist ein sehr geldgieriger Mann. Ihre Kusine war auch gierig. Sie liebte zum Beispiel die Geschenke, die Herre Sinclair ihr machte.«

»All diese Leute, vor denen Willa uns warnen wollte«, sagte Grace. »Axel, Jacob, Sven, Gustav.« Sie konnte noch immer nicht ganz an die Enthüllung über die Identität Gustavs glauben, obwohl sie nun haarscharf erkannte, an wen sie gestern Peter mit seinen von der Erkältung geschwollenen Lippen und seinen schweren Lidern erinnert hatte. Polsen hätte sofort auf Gustav getippt. Und plötzlich war Willa gänzlich aus ihren Gedanken verschwunden.

»Polsen!« schrie sie voller Entsetzen. »Sie haben ihn jetzt! Er ging zu Svens Haus. Oh, Gott!«

Eine schwere Hand legte sich auf ihre Schulter.

»Machen Sie sich keine Sorgen, Ihrem Freund wird nichts geschehen. Zum Beispiel«, dieser Ausdruck, den der Kommissar offensichtlich sehr liebte, wurde allmählich langweilig, »erhielten wir über Funk Nachricht, als wir hierherkamen, daß Kapitän Morgenssons Schiff in Göteborg eingelaufen ist. Vermutlich ist die Fracht, die es in Stockholm nicht an Bord nehmen konnte, nun zur Verfügung. Oder das . . .« Er suchte nach dem passenden Wort, und der Sergeant, voller Stolz auf sein Wissen, sprach es für ihn aus: »Äquivalent.«

»Unglücklicherweise«, sagte der Kommissar, »gibt es bei derartigen Affären oft unschuldige Opfer. Aber Ihr Freund Polsen wird kein solches Opfer sein. Ebensowenig wie Sie. Kommen Sie, wir bringen Sie nach Hause.«

Es war jetzt dunkel. Der Wald zu beiden Seiten der langen Straße war düster, die Szene wirkte wie in einem Kriminalfilm. Nur im Licht der Scheinwerfer sah man die wirbelnden Blätter der Birken.

»Schauen Sie«, sagte der Sergeant und zeigte auf die Windschutzscheibe. Dicke weiße Kleckse bildeten sich dort. »Es beginnt zu schneien.«

Gott sei Dank war Frue Lindström wenigstens dieses eine Mal nicht auf ihrem Posten in der Halle. Müde zum Umfallen stieg Grace die Treppe hinauf. Sie hatte das Angebot des Sergeanten abgelehnt, sie hinaufzubegleiten.

»Wovor sollte ich mich noch fürchten?« hatte sie gefragt.

Trotzdem erstarrte sie, als sie bemerkte, daß die Tür leicht angelehnt war und das Licht in der Wohnung brannte. Wer war dort drinnen? Peter Sinclair, mit diesem Ausdruck des Wahnsinns in seinen blauen Augen, um Rache zu nehmen?

Sei nicht blöd, sagte sie zu sich selbst. Wenn jemand dir auflauern wollte, würde er wohl kaum das Licht brennen lassen. Mit einem Ruck stieß sie die Tür vollends auf.

»So«, sagte Polsen.

Sie flog in seine Arme. Sein dicker Mantel roch nach Salzwasser. Seine Arme brachen ihr beinahe die Knochen. Als sie aufsah, bemerkte sie, daß er seine Brille nicht trug und seine Augen voller Tränen standen. Über eine Wange lief ein roter Striemen, auf der Stirn klebte ein Pflaster.

»Polsen, du bist verletzt!«

»Das bißchen da? Das ist nichts. Weshalb weinen wir eigentlich?«

»Du weinst. Wo ist deine Brille?«

»Die ist leider zerbrochen. Ich weiß, du frierst, und du bist müde, mein Gesicht sieht nicht sehr schön aus, und ich bin ohne Brille halb blind und äußerst ungeschickt, trotzdem werden wir jetzt in das hübscheste Lokal zum Essen gehen, das wir finden können.«

»Feiern wir etwas?« fragte Grace ungläubig.

»Ja. Daß wir am Leben sind. Und frei. Ich wäre es wegen meiner eigenen Dummheit um ein Haar nicht mehr. Stell dir vor, ich ließ mich durch einen Telefonanruf hereinlegen. Und noch dazu von diesem Mädchen, das wir für einen Einfaltspinsel hielten.«

»Was für ein Mädchen?«

»Doktor Backes Sprechstundenhilfe. Sie sagte, sie hätte mir etwas Wichtiges mitzuteilen, das sie nicht am Telefon erzählen könne. Natürlich handelte sie auf Befehl. Und als ich hinkam, war ihr Chef, ihr Liebhaber oder was immer er sein mag, auch da. Und dann kamen Ebba und Jacob. Obwohl ich ein kräftiger Mann bin, war ich nicht kräftig genug, um drei Menschen zu überwältigen, die nur den einen Wunsch hatten, nämlich mir eine Betäubungsspritze zu geben.«

»Und dann?«

»Bevor ich ganz das Bewußtsein verloren hatte, brachte man mich in ein Auto. Jeder, der zusah, hätte glauben können, man bringe einen kranken Mann ins Spital. Und dann weiß ich nichts mehr, bis die Polizei den Wagen in Göteborg anhielt. Das war irgendwann am nächsten Tag, erzählte man mir.«

»An der Anlegestelle?«

»Du weißt davon?«

»Ja. Du solltest auf Axels Schiff hinter den Eisernen Vorhang oder sonstwohin gebracht werden. Der unerwünschte Professor. Oh, Polsen, du hast dein Leben für Willa aufs Spiel gesetzt!«

»Nein, für Willa eigentlich nicht. Grace, du bist doch nicht wirklich so begriffsstutzig. Und nun beeil dich mit deinem Bad. Ich habe Hunger.«

Es war seltsam, daß das hübsche Schlafzimmer jetzt nicht mehr so kalt wirkte. Es war beinahe warm und gemütlich. Grace wollte ihr rotes Kleid anziehen, fand dann aber, das sei herzlos. »Es ist eine prächtige Farbe, Grace«, hörte sie Willa sagen. »Zieh's an.«

»Polsen«, rief sie. »Was ist mit den anderen geschehen?«

»Soviel ich verstanden habe, wollten sich der Baron und die Baronin von Sturpe nach Finnland absetzen. Natürlich werden sie nicht hinüberkommen. Es dürfte mit ihren Pässen einige Schwierigkeiten geben. Der tapfere Doktor Backe hatte sich im Schlafzimmer seiner Schwester versteckt, die die Tür bewachte. Seine wissenschaftliche Arbeit, die er in Leningrad herausgeben wollte, trug er in seiner Aktentasche bei sich. Er wollte tatsächlich verreisen, allerdings nicht nach Kopenhagen, sondern nach Moskau, als Ebba ihm den Befehl gab, zurückzugehen und mich in sein Haus zu locken. Als letzter wurde Kapitän Morgensson von seinem Schiff heruntergeholt. Er wird jetzt noch verhört.«

»Nicht als letzter, Peter Sinclair ist der letzte«, sagte Grace bitter.

»Seine Frau und seine Kinder wurden heute am späten Nachmittag mit dem Flugzeug nach London zurückgeschickt. Das weiß ich genau. Die Kinder waren glücklich und erregt über den Flug, hörte ich.«

»Polsen, ich bin darüber so froh.«

»Sinclair selbst ist in der Botschaft. Das ist natürlich außerhalb unserer Reichweite und der Reichweite unserer Polizei. Ich nehme an, der Botschafter möchte dich morgen sprechen. Aber das ist morgen. Beeile dich, Grace. Bist du fertig angezogen? Soll ich dir helfen?«

»Willst du wirklich ohne deine Brille ausgehen?« neckte ihn Grace.

»Ja. Du mußt mir deine Augen leihen.«

Das Restaurant, das Polsen ausgesucht hatte, das Teatro Grillen, war warm und gemütlich mit seinen rot tapezierten Wänden, den von der Decke herabbaumelnden Puppen und den Kostümen an den Wänden. Es erinnerte Grace daran, und der Gedanke war nicht einmal unangenehm, daß das Leben manchmal wirklich einem Theater gleicht. Obwohl es natürlich nicht unbedingt ein dauerndes Melodrama sein mußte, zu dem Willa es mit ihrer rastlosen Lebenseinstellung gemacht hatte.

Polsens Augen, die ohne die Barriere der dicken Brillengläser viel sanfter aussahen, trafen sich mit den ihren über die Kerzenflamme hinweg.

»Champagner«, sagte er. »Wir müssen auf einen Beginn trinken, nicht auf ein Ende.«

Ihr Herz schlug wieder einmal höher, diesmal aber nicht vor Angst oder Schrecken.

»Neulich, am Morgen, wolltest du nicht darüber sprechen, Polsen.«

»Das war etwas anderes.«

»Gefühle reifen in der Stille«, murmelte Grace.

»Ja. Meine Gefühle begannen, als wir in Gripsholm waren, wenn du den genauen Zeitpunkt wissen willst.«

»Als wir uns Gustav ansahen. Und wir dachten immer, er müsse Schwede sein. Ich glaube, sonst hätte ich ihn schon früher in Peters Gesicht erkennen müssen. Glaubst du, Ebba war in Peter verliebt?«

»Diese Frau? Die hat niemals etwas anderes geliebt als Macht, Intrige und sich selbst.«

»Aber er war mit ihr zusammen. Ich nehme an, am Anfang war er geschmeichelt. Er war ja trotz allem nur ein ganz gewöhnlicher, ganz kleiner Diplomat. Sie muß ihn mit ihrer Eleganz, ihrer Überheblichkeit und ihrer Stellung eingefangen haben. Kate ist ja doch ein bißchen bürgerlich.«

»Er war eine Marionette, wie diese da«, sagte Polsen und deutete auf die Puppen an den Wänden. »Verschwende keine Sympathie an ihn, Grace. Er ist dumm und einfältig, er betrog einen Kollegen für Geld und Sex und war seiner

Frau und seinen Kindern gegenüber vollkommen gefühllos. Er verdiente Willas Zuneigung nicht. Oder vielleicht doch, denn letzten Endes war sie für ihn verhängnisvoll. Spionage im großen Stil wegen politischer Belange ist eine an sich schon genug schmutzige Sache, aber diese häßliche Zuträgerei kleiner menschlicher Schwächen ist einfach unter jeder Beschreibung. Wollen wir jetzt von anderen Dingen reden?«

Aber Grace wollte sich noch eine Weile ihrem Schmerz hingeben.

»Ich nehme an. Willa wurde mit ihrem Ende zu hart bestraft. Sie war leider zu dumm. Und gedankenlos und vollgesogen mit Scheinmoral. Ein legitimer Vater! Sie hat nie daran gedacht, was sie Kate, Georgy und Alexander antat.« Grace seufzte tief. »Ja, sprechen wir doch lieber von anderen Dingen. Erzähl mir von Magnus.«

»Oh, der ist in Ordnung«, sagte Polsen begeistert. »Er ist jetzt in die Fußballmannschaft aufgenommen worden. Er ist ein kräftiger Bursche. Darf ich ihn am nächsten Sonntag zu dir bringen?«

»Polsen, das ist das erste Mal, daß du so ein Ansinnen stellst«, sagte Grace erfreut. »Ich dachte immer, du würdest ihn vor mir verborgen halten.«

»Natürlich. Kleine Jungen erwarten, daß es keine unklaren Dinge gibt. Wir mußten erst ganz sicher sein, daß wir zueinander gehören.«

»Tun wir das?«

»Ohne Zweifel!«

»Oh, Polsen! Du ewiger Professor mit deinen langen, gewichtigen Worten! Aber ich muß zuerst nach England zurück. Ich muß mit meinem Vater sprechen, mit meinen Verlegern, mich zuerst zurechtfinden.«

»Selbstverständlich, das verstehe ich. Wann wirst du zurückkommen?«

Nicht *wirst* du zurückkommen, sondern *wann* wirst du zurückkommen? fragte er. Wie sein Sohn, so liebte auch Polsen das Klare.

»Weihnachten?« sagte sie vorsichtig.

»Wunderbar. Du wirst immer noch rechtzeitig für den ersten Schnee kommen.«

Aber diesmal irrte er sich. Denn als sie das Restaurant verließen, waren die Straßen mit einer weißen, knisternden Schneedecke überzogen. Der Wind blies die letzten standhaften Blätter von den Bäumen, die Luft, von wirbelnden Schneeflocken erfüllt, war ungemein sauber und belebend. Grace dachte an die plötzlich verwandelten, reinen weißen Wälder, an die gefrorenen Seen, an die schneebedeckten Felder. Sie lachte vor freudiger Erregung und preßte sich ganz fest gegen Polsens breiten, schützenden Körper.

Dorothy Eden

Krähenrufe

Roman

Moewig bei Ullstein
Nr. 62671

Nach der Ankunft auf dem alten Schloß in Irland konzentriert sich Cathleen Lamb ganz auf ihre neue Aufgabe: die Chronik der Familie O'Riordan zu verfassen. Sie hofft, dadurch über den Unfalltod von Mann und Kind hinwegzukommen. Doch unversehens wird die junge Frau auf dem Schloß in mysteriöse Ereignisse verwickelt. Entsetzt muß sie feststellen, daß ihr Leben in Gefahr ist . . .

MOEWIG BEI Ullstein